刘迪生 著

飞江泳浪别云沙

陈建华书
甲午秋

SPM
南方传媒

花城出版社
中国·广州

图书在版编目（CIP）数据

桃江流浪到天河 / 刘迪生著. -- 广州 ： 花城出版
社，2025. 6. -- ISBN 978-7-5749-0442-2

Ⅰ. I267

中国国家版本馆CIP数据核字第2025RP6611号

桃江流浪到天河
TAOJIANG LIULANG DAO TIANHE

刘迪生/著

出 版 人	张 懿
责任编辑	李 谓　安 然
责任校对	梁秋华
技术编辑	凌春梅
书名题写	陈建华
内文插图	区广安
作者肖像供图	陈 中
封面设计	集力书装　彭 力
出版发行	花城出版社
经　　销	全国新华书店
印　　刷	佛山市浩文彩色印刷有限公司
开　　本	889毫米×1194毫米　32开
印　　张	8.625　1插页
字　　数	250,000字
版　　次	2025年6月第1版　2025年6月第1次印刷
定　　价	68.00元

风在流浪

风的命运就是流浪

风在路上

风的故乡就在路上

万物有情皆是爱

陈剑晖

摆在案头的，是一本叫《桃江流浪到天河》的书稿。作者刘迪生，《华夏》杂志总编辑，知名报告文学作家或叫纪实文学作家。他著有《大河之魂：冼星海和他的非常岁月》《南国高原：徐克成和他的医学世界》《点亮生命：志愿者赵广军感动中国》《南粤琴韵：澳门大学新校区建设纪实》《北回归线上的彩虹》等多部纪实文学作品。这些作品，有的获全国百种优秀青春读物奖、全国书刊优秀畅销品种奖、中国传记文学学会优秀作品奖、广东省鲁迅文学艺术奖；有的获广东省精神文明建设"五个一工程"奖；有的被中宣部、中央文明办、国家新闻出版总署联合推荐为百种优秀思想道德读物，并列入全国农家书屋重点出版物。可谓主旋律嘹亮，多样化生动，时代色彩鲜明，正是这些因素，使刘迪生成为广东文学界的获奖专业户。不过他的书稿《桃江流浪到天河》却另有一番风采和意趣。这里没有黄河的奔腾咆哮与悲怆，没有历经淬火的钢铁生命，也没有高亢激昂的时代主旋律。收录在《桃江流浪到天河》集子里的这些散文，更像委婉抒情的小夜曲，是刘迪生面向大地的歌吟，是他对南国都市发自内心的倾诉，而在诗性倾诉的调子里，我感受到一种爱，一种包容万事万物的大爱。是的，爱是刘迪生这本散文集的底色和基调，也是他的作品能够打动人心的魅力之所在。

刘迪生的祖先从山西汾阳迁徙到广东南雄，又从广东南雄迁徙到江西信丰。他的少年时期在信丰度过，十几岁便离开江西来到广东，先是在南雄念完高中，继而又到广州求学，而后到广州从化谋生，最终扎根在广州天河。在从化，他一待就是10年。他做过美工、秘书、导游、婚纱摄影师、亚运会摄影记者、建筑助理工程师、公务员、新闻工作者，但无论从事什么职业，都改变不了他对这片土地深深的眷恋。集子中的《我深爱的这片土地》《北回归线上的一墨醒笔》等作品，就是唱给他的第二故乡——从化的恋歌。在这片留下他的足印、渗透着他的情感、烙下他的精神印记的土地上，他贪婪地汲取着色彩斑斓的岭南文化和最有时代质感的快乐，感受着新兴城市的市影尘声，陶醉于北回归线上温泉的美妙神韵，倾听着流溪河温柔恬静的吟唱……对于刘迪生来说，"从化，每一滴水珠都珍藏着一段美丽的故事，每一片树叶都谱写着一段动听的旋律，每一朵花儿都蕴含着一段痴情的缠绵，每一块砖瓦都见证着一段沧桑的历史"。而当回到南方大都市广州，他既震惊于现代大都市的潋滟与润泽、锦绣与繁华，又忘情于滔滔天河浪、滚滚珠江潮。对于北京路步行街、天河花市、黄埔古港、十三行、沙湾古镇等现代街市和文化遗存，刘迪生更是一咏三叹、流连忘返，为作为这座城市的一分子，作为一个广州人而自豪。因为在这里，他寻找到了他的根，获得了他的爱。

从刘迪生的散文中，我读到了他创作中一种可贵的品质。

这就是悲悯与爱。首先，他爱家乡，爱土地，爱国家。其次，他爱亲人，爱朋友，爱同事，悲悯同情一切弱小的事物。最后，他爱大自然，爱大地上的一棵树、一朵花，甚至一块石头。我将刘迪生散文中的这种爱，理解为"人道"与"天道"的和谐共处、相生相长的大爱。这种天地万物皆有情、皆有大爱的写作，有着十分丰富的内涵与特色：一是写作者必须尊重常识，着眼于天地自然之道。因为人是天地自然中的一个微粒，他的生命是大自然赋予的，所以人在发挥主观能动性时，应有敬畏之心，不能"无法无天"，无视天地自然的常识与规律，以及其对"人"的制约与规范。二是强调"体悟"与"诗心"。因万物皆有性灵，天地大美而不言，这就要求人面对自然世界，不能靠逻辑推理，而应以"心有灵犀"的会心体悟，同时通过诗心，去感受大自然的秘密和生命力。并将这种生命力与自身的生命，与人间的大爱融通起来。三是在强调"人道"与"天道"相融合时，要重视"人心"的培育，因为只有将"人心"安放进大自然中，人的"心灯"才能够清澈明亮，才能随遇而安，他乡是故乡，时时处于悠然自得和怡然自乐的幸福快乐之中。这样的见解，其实就是国学大师钱穆说的天地人间有"大生命"和"小生命"。宇宙自然是大生命，它包罗万象，广大悠久；而小生命乃人类个体的生命，它既微小，又短暂。因此，小生命唯有融进自然的大生命中，即心与神、与物合而为一，才能达到"心之大解放"，才有"心之大安顿"。

因为心中有大爱，所以一方面时怀向善向美之心，一方面又懂得感恩，懂得如何去护卫生命中的尊严，这是刘迪生散文可贵的地方。还应看到，由于有爱，刘迪生的散文不但有情，而且他的情既深且真。这是散文创作的常识，也是对散文最起码的要求，但要做到这一点却不容易。时下的散文创作存在两个比较大的问题：一是漫无边际、天马行空的"无限虚构"，完全无视散文乃是一种"有限度虚构"的文体。二是既缺乏生命的体验和思想的提纯，也漠视真实与真诚的写作原则。这一类作品要么矫揉造作，要么堆砌一些无关痛痒的生活素材。不错，它们写的也是现实生活题材，却总是与现实隔着一层。刘迪生散文的难得之处，在于既真实而又真诚。他一直以一种真性情在写作。因此，不论写故乡江西信丰、写从化流溪河畔垂钓、写广州的天河龙口西，还是写他的父亲、写与朋友喝酒，他都十分投入，而且总能将自我、个性与写作对象融为一体。请看他与鲍十喝酒：

> 鲍十和我一样，热爱天河，热爱这个充满灵性和浪漫的地方。鲍十热爱海心沙岛，说它是广州的一张新名片；鲍十热爱花城广场，说它是广州市最大的城市客厅；鲍十热爱六运小区，说它洋溢着欧陆风情……鲍十热爱生活，热爱他生活的地方。
>
> 鲍十热爱朋友，更热爱酒，但他从不酗酒。每次喝酒，他总能把持住。跟鲍十喝酒这些年，从没见他醉过。鲍十最喜欢微醺的感觉，享受那种放松，享受那种无我的状态。他总是一边喝酒，一边乐呵呵地小笑，喝到兴奋时，聊到开心时，他会很克制地大笑，这一笑，眼睛就眯成了一条缝。此刻，他黝黑的脸通红，活像一尊雕像，让人想起一些古老美好的传说。
>
> ——《酒友鲍十》

这样的描写，堪称生动传神。但在我看来，仅仅用"生动传神"还不能穷尽文章之妙。你看，一阵阵推杯换盏之后，空气中弥漫着一股潮湿芳香的气味，飘荡在南国斑斓的都市里，如飘融在轻柔无语的冬雪中。是的，喝酒是男人的至爱。懂得喝酒和品酒的人，是性情中人，也是单纯、浪漫、理想化的人，只有用心去品味酒中的韵味，才能感知其中的奥妙和做人的真谛。这是酒语，也是情语。这样的酒语情语，不仅让人陶醉神往，也让人感到世界的温暖，感到人生就像甘香醇绵的陈年美酒一样自然美妙。

在刘迪生这本散文集中，我最喜欢，认为写得最好的是那些写人的散文。这一类散文好在情深、情真，好在用笔朴实自然，不仅有丰满的生活细节，在记叙和描写方面也十分生动传神。如《小河墨中酒香浓》《阅读父亲》等，也大有可观。

有些文章是用文言写的，这多少让我有点吃惊和好奇。按说，作为七〇后的散文家，我以为刘迪生的古文功底不可能太好，但欣赏了《为信丰记》，客观地说，我真的对刘迪生有点"刮目相看"了：

信丰者，幽居赣南，弹丸于泱泱华夏。山川之妖冶，风物之传神，独秀南国。桃江源出大庾岭，纳千溪万泉，百回九转，汇入赣水，曲直顺势，清浊由天；经山村而历都市，傍茅舍而绕华屋，宠辱不惊，枯荣相忘。玉带桥前清故物，巨石叠垒，高古雄峙。桥孔可穿王濬之舟，对此不惊埃及之塔；桥上屋宇，遮去数百年风雨，依然情重；行旅匆匆，独不见韩、苏履迹，恨不逢时。大圣寺塔直凌霄汉，古典苍迈，九层六角，九层九境界，六角六画图。仙济岩仙风依旧，石窟小比大足云岗；南山寺宋人匠心，拂云老松果然成名。至于雷惊菜花，雨推稻浪，风拂金野，雪压脐橙……一方福土，四时胜景……

如此排比铺陈，对偶工整，文气畅达，文字讲究，古朴雅正，既想象丰富、色彩绚纷，又抑扬顿挫、富于节奏感。这表明，刘迪生的散文不仅有爱，而且是"有根"的。正因有根，他的散文才有灵魂和精神气，才扎实耐读并易于抵达读者心灵的深处……

刘迪生这本《桃江流浪到天河》为当下的散文创作提供了一个值得思考和借鉴的样本。

■ 陈剑晖，华南师范大学文学院二级教授、博士生导师，广东省人民政府文史研究馆馆员，鲁迅文学奖评委。

目　录

情缘结

据说"父子是仇人，夫妻是冤家"：上一世落下的"债"，这一世是来还的——人生就是来还债的吧。"满目河山空念远，不如怜取眼前人。"我对我的亲人、师长、朋友……深深地爱着，万分珍惜这份滚滚红尘的情缘。感谢上苍的赐予，我才从未有过孤独……

乡土恋

谁不敬父母，谁不恋家乡？不孝，何以言忠？不爱其乡，能爱其国？君王自起新丰后，项羽何曾在故乡？哈，项王虽以锦还之快贻笑后人，但我很在乎他老人家的乡恋……

逍遥游

飞鸿踏雪泥，偶尔留指爪。拂石坐来衫袖冷，踏花归来马蹄香。行千里路，读万卷书。窃想李太白云游天下的放达，杜拾遗饱经战乱的惊恐，苏东坡颠沛宦途的尴尬……才成就了他们经典不朽的绝世才调吧。夕阳花草无情物，解用都为绝妙词。

蝶恋花

"横看成岭侧成峰"——且不谈视角、感情的润泽与浇灌，"情人眼里出西施"吧，说是偏见也罢：有如弋射，偏见才是准确哩。欣赏我的师长、朋友们的艺术作品，常常扣案再三，叹服不已，正所谓：万紫千红处，我若蝶恋花。

蠡测海

意态由来画不成，当时枉杀毛延寿。一千个读者，是一千本《红楼梦》。袁牧先生曾有感于时人之浩卷的无盐，说："披沙十万斗，欲觅寸金难。"是他老人家太悭吝苛刻了吧。拜读我的师长、朋友们的诗文，总有寻幽探胜之感。有如苏子之览《阿房宫赋》，浮一大白，其乐何如也！

有所思

"人类一思考，上帝就发笑。"——其底蕴之深，可谓十八层地狱。天何言哉？可是，人和动物的区别，不就仅仅是"万灵之长"——有所思吗？安徒生很搞笑：如果说皇帝的新装竟被一个小屁孩说破了真相，窃想不是那位君主的愚昧，应该是整个儿的天下愚昧。

情缘结

据说，父子是仇人，夫妻是冤家：上一世落下的"债"，这一世是来还的——人生就是还债吧。我是一个宿命论者，以为人生的情缘都是天注定。说"相识满天下，知心能几人"，那是太苛求于命运了。"满目河山空念远，不如怜取眼前人。"我对我的亲人、师长、朋友……深深地爱着，万分珍惜这份滚滚红尘的情缘。感谢上苍的赐予，我才从未有过孤独……

总想把句号画得圆一点的人

清风扑面,朝阳明媚。广州从化山间的坦道静净如洗,不染纤尘。一辆墨绿色的越野车轻快地驰过,马达的蜂鸣音像竖琴的和弦,在葱郁的山峦间袅袅悠扬。

开车的是个中年人,豪眉俊目,鼻直口方,棱角分明,神情超逸飘举,似翰苑清才。坐在副驾驶位置上的是一个看不出多大年纪的雍雅少妇,淡妆清婉,丽质天然,率性简素的大众服饰,掩不住大家闺秀的绰约风姿。

这是21世纪初的阳春三月,一个星期天的上午,广州市委常委、从化市委书记陈建华和他的妻子张忆芬,有如逃出天庭的情侣,自个开车来到山里乡下,爪泥滚滚红尘。

"感觉如何?"陈建华不乏得意地问。

妻子没有回答,眯着眼盯着前面银光闪闪的山道,抿着嘴像含着一口蜜饴,甜甜地点头。

小车驰上山岭,在一个会车的弯道边停下来。

陈建华与妻子下了车。

山风吹拂,林涛轰响,白云在目,鸟语撩人。

"美吗?"陈建华伸开双臂,长长地吸了一口气,看着妻子笑。

妻子还是不说话,看一眼丈夫,美美地点头。

啊,从化,真的是美——

北回归线从这块土地上深情地穿过。从化太平镇油麻埔的北回归线标志塔,于1985年12月建成,是目前南北回归线上规模最大的一座天文地理标志。在北回归线两旁几十公里的地带，最适宜荔枝生长，这就无怪乎从化的桂味鸭头绿荔枝远近闻名、香飘万里了。地理学、气象学对此做了科学解释：那是太平洋季风带来了充沛雨水，滋润了中国境内的北回归线大地。地理、气象学家把中国境内北回归线上的亚热带地区，形象地称为"北回归线上的绿洲"。这里森林覆盖率高达70%，有四季常青的原始次生林，有童话世界般的湖光山色、蓝天白云。

其实，这两口儿说的"美"，并不是笔者所述说的教科书上的自然风物，更不是来看北回归线上的阳光和自己的身影，是他俩出发前就心有灵犀的默许：青少年时代第一次偷偷约会的故地重游吗？

非也。他俩，是来"看路"的啊。

"这里山高坡陡，工程量最大。"陈建华的运动鞋在凝固的水泥道边摩擦作响，"每公里57万多元啊。"

妻子看着平滑洁净的路面，还是抿着嘴笑，点头，满是欣赏之情。

一辆从大山深处开过来的客货两用车呼啸而过。车厢里一笼笼的鸡鸭，看来自知大限将至，呼天抢地地怪叫着，绝尘而去。

"这也算你们的政绩工程吧！"妻子纵目山林间若隐若现的公路，语气里不乏调侃之意。

"政绩工程"总在网络上被网民诟病，陈建华却美滋滋地点了下头。

从化村道，村村通公路，为闭锁山阿的乡民铺了一条放步天涯的坦途。《人民日报》网络版副总编蒋亚平在驱车至鱼洞村的路上，浏览眼前风物，大叹道："这是中国第一路！"

1998年的冬天，陈建华由广东省委办公厅副主任调任广州市委常委、从化市委书记，身为某公司老总的妻子为丈夫打点行装时，嘱咐他："从化是广州的后花园，温泉胜地，一点点小事都会通天，你可要小心点啊！"

陈建华笑道："商人需要智商，当官不过当差罢了。"

曾是谢非的秘书，在谢非身边久了，濡染了谢非太多超达淡定之气，抑或骨子里千古文人独省自爱的书生洁癖？陈建华的宦游情结很是另类。

在谢非身边，陈建华所亲历的非凡岁月，是公务员如牛负重的日日夜夜。

有一个故事说，老罗斯福带着十来岁的小罗斯福去白宫看望老朋友总统西奥多·罗斯福。正忙着处理公务的西奥多一脸憔悴，形销骨立。离开白宫的路上，老罗斯福对小罗斯福感叹道："儿子啊，你看当总统多累，你长大了可不要当总统！"小罗斯福直点头，童音清脆："我绝不当总统！"然而，数十年后，正是这个小罗斯福成了美国总统，而且一任就是四届。

西方人爱进教堂，那是去忏悔以求心灵的慰藉；东方人好进庙宇，多是去祈福而奢想个人的贪婪。如果说我们的政治也是一种信仰，哪个世俗的偶像经得起神坛的供奉？以肉身而菩萨的慧能和尚们，应该是东方硕果仅存的一盏盏不灭的青灯吧。古人把当官叫作"公门修行"，朝廷便有了"庙堂"之说。谢非那旷达儒雅的人生旨趣和恬淡质朴的生活起居，给陈建华一种清教徒的感觉。可这位老学究似的人物，对事业的执着与工作的严谨，又是一个职业革命家的经典风范。

陈建华对妻子轻描淡写地说，去从化主政不过是"当差"罢了；他对公务员这个天下翘楚的职业也从没给过高分。其实上任伊始，他就惴惴地想着要有所建树。不是"新官上任三把火"，也不是"为官一任，造福一方"的古老官箴。这个东江纵队老战士的后代，16年来跟着谢非亦步亦趋，如影随形，耻于泛泛庸庸碌碌，全身沸腾着一个革命者才会有的战战激情……

1991年早春，谢非受命就任广东省委第一书记，着手狠抓急办的第一项工作，是召开全省"科技座谈会"，阐述小平同志"科技是第一生产力"的思想，以期改变广东工业粗放型"世界工厂"模式，向高科技含量产业大刀阔斧地转移。

谢非在那个会议上的讲话应该是他的就职演说，也可以说是施政纲领吧。日月跳丸，春秋晦朔，转眼二十多年过去了，在今天看来，谢非在那个会议上对优先科技和产业转型的讲话，实在是令今人震撼的预言。

陈建华呢？走遍了从化的山山水水，熬过了多少不眠之夜，还有谢非的政治基因、文化遗传和人生风格，他的开篇之作在从化的青山绿水间斐然成章——228（条）村道凝固的大地诗行，一部暴晒在长天艳阳之下的巨著长歌，一抹横亘于北回归线上的灿烂彩虹。

谢非有轻车简从出行的习惯，身边只有秘书和司机，后来是中央政治局委员了，还是喜欢这种行状。陈建华更省了，自己开车，最惬意的是这会的景况：妻子阿芬坐在身边。在陈建华看来，行路清道、前呼后拥、所处防民、落雨伞盖……很是低级趣味得紧。

该吃午饭了。陈建华把车开到山路边一家饭馆前停下，和妻子走进餐厅，在大堂的一个角落坐下。

一阵摩托车响，进来几个农民模样的人，店老板迎上去派香烟："你们真是神速啊，这么快就来了！"

"路好走了嘛！"一个年岁稍长的农民汉子吐着烟说，"陈书记可是为我们做了一件大好事啊！"

一个红发后生仔笑道："阿叔总是把陈书记放在嘴上，他是你的谁呀？"

"他是我的亲兄弟！"

这一群人嘻嘻哈哈地被店老板迎进后厅。

妻子斜眼看着丈夫，捂着嘴忍俊不禁："看来呀，你在从化的口碑不错。"

"吃菜！"陈建华给爱人夹菜，"这是真正的农家菜，绝对没有农药化肥。"

陈建华的手机响了，是秘书戚桂芬打来的。戚桂芬说，一家电视台明天上午要来报道从化村道，请陈书记尽快看一下采访提纲。

陈建华站起来走到窗户边捂着手机说："你马上将采访提纲送交钟山等同志，请他们指挥部接受采访。他们最有发言权……"

大堂里觥筹交错，饕餮喧哗，张忆芬却对丈夫的话听得清清楚楚。回来的路上，张忆芬不经意地问："你明天真的不准备上镜？"

陈建华看着妻子笑："你觉得我上镜吗？"

张忆芬认真地点头。

陈建华无声地叹了一口气，说："我常跟年轻人说，人生只不过是在画圈圈而已，阿Q临刑前画了一个圈，我想应该是他的生命也是中国的历史，或者是一个农民的生存符号。我们自己呢，画的是一个个零吧，也可以是一个个句号。从化村道对我来说，不过是我人生当中在从化任上，想画得圆一点的一个句号而已。"

张忆芬定定地看着丈夫："建华，我有一个发现，你虽然过了不惑之年，还在改变自己。自从谢非同志走了之后，你变了许多许多。"

一提到谢非，陈建华眼里就会涩涩地要涌出泪水。没错，谢非的离去，让陈建华深感人生苦短而惜时如金，总是想着有所建树来告慰谢非的在天之灵。他有幸主政从化后的第一招——村道，每一块路标的指向，窃想都是谢非为之奋斗终身的精神家园……

我着意地写陈建华，当然还是那位领袖人物说的，世界上没有无缘无故的爱，也没有无缘无故的恨。读者诸君可知道，在陈建华同志主政从化期间，我有幸忝充从化报社总编辑。因工作关系，我这个小小的报社总编辑，会常常与建华同志近距离地待在一起，也时时得到建华同志的耳提面命。

那时，二十多岁的我，满腔激情、全身是劲、喜欢舞文弄墨、不怕加班熬夜。政治把关、新闻尺度、文字功力等，现在想起来真的是小儿科。一些重大的新闻稿，往往会经过建华同志反复斧正润色，有时被勾黄勒朱，大刀阔斧下几乎"体无完肤""面目全非"。那段时间，我像在被一位睿智非凡的导师宠着，一招一式、亦步亦趋地比画学步，天天、月月、年年，跌跌撞撞地走向成熟。

当建华同志离开从化，调任广州市委常委、宣传部部长，不久我也调到广州南风窗杂志社工作。那时，我就想把"从化村道"作为他"画得圆一点的句号"写出来。这个想法得到南风窗杂志社社长陈中先生的鼎力支持。陈中先生是《南风窗》创办人之一，他于2000年初至2002年上半年，在从化挂职两年半，担任市委常委，对从化村道有着特殊的感情。当年正是陈中常委的举荐，从化市委破格提拔我担任报社总编辑。他恳请时任从化市委副书记谭凯平支持我的工作。在凯平同志的协调和斡旋下，我才顺利地进行采访、收集资料。半年多的"业余创作"，稿子终于成型了，自我感觉还不错，敝帚自珍吧，希望得到建华同志的许可后，付梓成册。我都怀疑他看都没看，只听他在电话里认真地说："迪子（我当年的笔名），你怎么写是你的创作自由，但要发表，是不可以的！"

可谓斩钉截铁。

这不，星移斗转，暑往寒来，一忽十年驹光过隙，从化村道边的两行绿化小树，都已拱把成荫，让人不觉起桓温"木犹如此，人何以堪"的泫然之叹了。

我很理解他。受谢非同志的影响，他有许多清规戒律，政治生活上是个严谨得近于严厉——"泥古不化"的人。

后来，建华同志来到了广东省河源市主政，在市委书记的任上，他沿袭从化的工作思路，将保护生态环境放在重中之重：优先科技投入。有新闻说，河源在经济全面转型的广东，因为陈建华的前瞻思想和全局理念，"树立了一个独特的样本"。

在河源主政3年之后，2010年5月27日，陈建华接受了《时代周报》的采访。在谈到环境保护时，他毫不犹豫地亮出自己"既要金山银山，更要绿水青山"的经济建设理念。

他说："为官一任，造福一方。这是从政者的理想和追求。我不讳言自己是一个理想主义者，雁过留声，人走留名。谋利，当谋天下利；谋名，当谋千秋名。'吾日三省吾身'，我们做的每一件事，是否符合科学发展规律，是否符合可持续发展，既要考虑当前，更要打基础谋长远。因为我们追求的不仅仅是GDP，而是社会质量的提升，是群众福祉的增进……"

是啊，谋利当谋天下利，谋名当谋千秋名。庙堂之上肉食者，多少人有此精神？！

就像他"不讳言"自己是个"理想主义者"一样，每个人都会有自己的思维定式。

《时代周报》的记者说："我注意到早上七点半的时候，

您还在河源网的微博上发言。听说您的'公仆信箱'每天都要回复群众数十封信，这是不是已经成为生活中不可或缺的一部分？还听说在公开出来的邮件对话里，有一封市民来信，说自己丢了一辆自行车，向您求助，您回复说很抱歉，您也爱莫能助——这个回复让人感觉很坦诚，但是……"

陈建华哈哈笑了："但是什么呢？我每天在网上的时间大约一个小时，会用半个小时来处理群众来信，在微博上与网友进行交流。如果一天不上网，就会惦记着。那封信说他丢了辆自行车，我说没办法，你只能找派出所报案，作为市委书记，我真的是爱莫能助。在加强社会治安管理这些方面我可以做一些决策，但是，对一些像丢了自行车的个案，我确实是爱莫能助。我也不是一个全才全能的'超人'，还是要找有关部门处理。实事求是嘛，子曰：'知之为知之，不知为不知，是知也。'您说是吧？"

与《时代周报》记者的对话，是笔者所知的建华同志最为典型的内心道白。

他自认是个"理想主义者"。但在我眼里，他为人真实诚恳，是一个彻彻底底的唯美主义者。

他还在河源任上的时候，我们广州三四旧相识公出河源时去看望他，在机关餐厅草草用餐时，大家交口称赞河源的菜蔬清香味美，应该是最安全的了。建华同志说："这安全那安全，餐桌上的安全才是最重要的安全！吃的都不安全，还有什么安全？"

嗬，这话，像个"喷子"说的哩！

他后来出任广州市市长，第一次参加广州市两会，一个香港政协委员代表在"面对面"问政时说："我们香港同胞最大的不放心，就是食品不放心！"当时陈建华在接待另一批代表，竟然"冒冒失失"地挤过来，"抢"过话筒，语词铿锵地说："我是陈建华！我向您保证广州市的食品安全！这是我的责任！如果这个安全我不能保证，是我失职！"

那个香港代表看着陈建华直乐，连连点头。

那是"毒奶粉""地沟油""劣明胶""霉馒头"等"毒"食品层出不穷的年代，陈建华是忍无可忍了。他对"吃的危机"紧张到了有些"偏执"的地步——

有一个报道说，广州郊区的菜农都不敢吃自己种的蔬菜。陈建华在市政府常务会议上，扬着报纸，要分管食品监管的同志以此为线索，从食品安全的源头——"田头"抓起，当成"菜篮子"工程的"重中之重"。

2012年，广州市全面推行垃圾分类。陈建华在市政府召开的生活垃圾分类处理电视电话会议上，讲到番禺出现用"垃圾肥"种菜的现象时离开讲稿，一反他温文尔雅的传统形象，敲着台子语气凶狠地说："这种没有经过科学处理的肥料直接用在蔬菜上的行为，广州要严肃查处！容忍这类现象，就是对人民的犯罪！"

"垃圾肥"种的菜，在广州地区就此绝迹。

2012年，陈建华主持修改《广州市食品安全监督管理办法》，以四十一条做了法律上全面的规定，真可谓"天网恢恢，疏而不漏"了。

广州市后来成立食品安全委员会，陈建华自任主任，就像他当年对香港政协委员代表信誓旦旦表白的那样：广州市的食品安全，是我的责任！

就笔者所知，这些年来，"吃在广州"的广州，好像没有出现"食品安全"的重大纰漏。

爱顶真的陈建华，只要他顶真了，就会像"从化村道"一样，会"画出一个"他自认为"满意的句号"……

酒友鲍十

有一种物品，它将热烈与宁静完美结合；无论是在你孤独寂寞的时候，还是在你幸福高兴的那一刻，它都会陪伴着你；它就像红颜美人一样懂得你、欣赏你、温暖你，慰藉你的心……这神奇的物品不是别的，就是酒。

有一种人，他能从酒中品到真诚找到真谛，他也如同酒一样，一点一滴让人的心灵震撼、让人的世界温暖、让人的人生美好……这样的人总在你生活的不经意中出现，如同一杯你偶遇的酒，你品尝了就永生难忘，就成了你永远的朋友。比如我的酒友鲍十。是的，我的酒友鲍十如酒，一杯甘香醇绵的陈年美酒。

鲍十当过广州市作家协会副主席，广州市文艺报刊社社长，《广州文艺》主编。已出版中短篇小说集《拜庄》《我的父亲母亲》《葵花开放的声音》，长篇小说《痴迷》《好运之年》，日文版小说等。中篇小说《纪念》被导演张艺谋改编成电影《我的父亲母亲》，让章子怡一夜之间红遍了大江南北……

这就是我想说的鲍十，一个小说家，更是我的酒友、我的邻居、我的兄长。

鲍十如酒一样，保持着兴奋与安静的状态。这是一种最佳的写作状态。安静读书是他人生中的最爱。在鲍十看来，阅读是一种生活方式，阅读也是另外一种创作，那是一种与朋友交流的特别创作。他热爱朋友，热爱书。他对阅读有一句很经典的话让我铭记在心。他说，读书可以养人，养生，养精神，养气质。

喝酒是他人生中另一种至爱。他觉得懂得喝酒和品酒的人，是性情中人，单纯、浪漫、理想化，只有用心去品味酒中韵味，才能感知其中的奥妙。

我和鲍十同住天河。天河是我们的另一个故乡。我们常在天河北一带喝酒。我们不在天河的家里，就一定在去天河北喝酒的路上。

鲍十和我一样，热爱天河，热爱这个充满灵性和浪漫的地方。鲍十热爱海心沙岛，说它是广州的一张新名片；鲍十热爱花城广场，说它是广州市最大的城市客厅；鲍十热爱六运小区，说它洋溢着欧陆风情……鲍十热爱生活，热爱他生活的地方。

鲍十热爱朋友，更热爱酒，但他从不酗酒。每次喝酒，他总能把持住。跟鲍十喝酒这些年，从没见他醉过。鲍十最喜欢微醺的感觉，享受那种放松，享受那种无我的状态。他总是一边喝酒，一边乐呵呵地小笑，喝到兴奋时，聊到开心时，他会很克制地大笑，这一笑，眼睛就眯成了一条缝。此刻，他黝黑的脸通红，活像一尊雕像，让人想起一些古老美好的传说。

在我看来，真正的大家就是他这般的。好比创作，在文学创作的道路上，鲍十一直在勤奋地耕耘着，也取得了不俗的成绩，可他从来不喧哗、不浮夸。他仍然那么安静，那么低调，那么沉稳地写着他的小说。他说，写作，是一种修行；写作，是一件苦差事，要耐得住寂寞……

一直跟鲍十喝中国白酒，高度白酒。一阵阵推杯换盏之后，空气中弥漫着一股潮湿芳香的气味，飘荡在这斑斓的都市里，浸染着我们的心灵。与鲍十饮酒，不为山河国事，不为风月情愁，甚是痛快。举杯的一刹那，如飘融在轻柔无语的冬雪中——零落成泥碾作尘，只有香如故。触及舌尖的是那阵阵春雨，是那一池碎萍的漫天浮想。

鲍十一看就是憨厚之人，高大的个子，厚实的肩膀，朴实的笑容，十足一个东北大哥的样子，一点名家大师的派头也没有。鲍十体重颇有分量。有一次，我动个小手术，鲍十和几个朋友来看我，他一屁股就把病房里的凳子给坐塌了，整屋子的人都笑翻了……

鲍十从来不愿意在公众场合高谈阔论。不说春色三分，也不说尘土二分，更不说流水一分。

鲍十平常话不多，总是乐呵呵地笑着。酒后的鲍十话也不多。但一旦说起文学话题，他就活了，他就像个小伙子见到自己的心上人一样，激动地说个滔滔不绝，鲜活的亮光在他脸上闪着，可爱极了。

这时，看着谈笑风生的鲍十，我总有种恍惚的感觉，以为他就是那个可爱的老头儿——汪曾祺。

我虽未见过汪老本人，但他的作品看了很多，在潜移默化中，我认为，汪老就该是眼前这个高大汉子这般气质的，厚实庄重又不失幽默豁达。巧的是，鲍十也特别推崇汪曾祺。鲍十几乎看遍了汪曾祺的作品，有些作品甚至反复阅读不知多少遍。他对汪老和汪老作品的热爱，痴迷到了另外一种热度。这样的热度，让人动情。我曾经听鲍十说过，《黄油烙饼》是他看的第一部汪曾祺的小说，"印象太深了！叙述得那样平静，又很感人"。鲍十说，汪曾祺的文字有着漫不经心的美和高度，他和他的老师沈从文一脉相承，无论是做人还是做文，都那么神似。他们并没有活在那个时代的表层，而是活在生活的深邃里。

鲍十的作品，越读越好读，越读越有种非常熟悉的汪曾祺味道。如果说，中国当代作家中，谁的小说与汪曾祺的小说味道最相近，我认为，是鲍十。

正如他自己谈到好作家的观点："好的作家，我理解的是引人向善的、关怀人的作家。"鲍十觉得自己许多方面与汪曾祺在思维方式、性格、气质上都相当神似。

鲍十的文字里始终浸透着一种内在节奏，一种文化的气质，从容不迫，以此为平凡的人写照剪影，刻画无数栩栩如生的凡人小事，像流溪山泉一样流淌，无论是正面人物还是反面人物，都给人以真实、可信的形象。读到这样的作品，感到的是一种美的享受，给人强烈的艺术感染力。他是一个典型的"平民作家"。

鲍十的作品始终洋溢着真实精神，这是文学作品的高境界，也许，这也是人格上的高境界。"唯有从内心中生发出来的真情写作，才是值得尊重的写作。"鲍十这样总结自己的创作态度。鲍十的作品朴实地表达自己的思想，向善向上，给人温暖，给人梦想，给人力量。

鲍十特别推崇汪曾祺。我特别推崇鲍十。我为拥有这样的朋友而骄傲，我为拥有这样的酒友而幸福。"此中有真意，欲辨已忘言。"别林斯基说过一句话，意思是过了一段时间之后，所有的人都将各归其位。这句话使我想起了温和的鲍十。我喝着喝着酒，禁不住热泪盈眶。

捏弄心灵

我的朋友中，洪波与我一直是当兄弟来处的。

东方文化很看重交情，"桃园结义"，妇孺皆知；"绨袍之义"，闪烁古典；"高山流水"，文人自况……有人历数古人"八拜之交"的若干故事，个个都很有趣，有的让人很震撼甚至泪下，如羊角哀与左伯桃的生死之交。但我特别喜欢的是管鲍之谊。干吗？因为我总是穷，有时候真的是捉襟见肘，差点像嵇康大喊一声"穷"而吐出血来。而我的朋友呢，有些像是我的鲍叔，比如洪波。

洪波，大雕塑家潘鹤的弟子，广东省青年联合会与我同一个组的委员。第一次见面，与我脑海中的艺术家形象相去甚远。他眉清目秀、衣着整洁，没有齐胸的大胡子、过膝的长衣摆；他憨直亲切、性情腼腆，也并非想象中的高傲冷峻、孤芳自赏。

洪波嘴笨——问他一些艺术上的问题，他会"呵呵呵"地把大眼睛笑成一条缝，然后习惯性地扭头，向身边的太太求助："这个问题，我该怎么答？"

寂静的午后，时光从空气的罅隙里一晃而过。我看着洪波憨憨的表情，突然觉得，这是一个嘴巴长在作品上的雕塑家，他的语言如书画的枯笔和留白，可是思想却在作品中浓墨繁花似锦。

小洲艺术区内有一百多个工作室，从外面看，洪波的雕塑室素面朝天、其貌不扬。

走进室内，却别有洞天。三面墙壁上，立着一层层又高又宽的书架，上面挤满了大大小小的雕塑模型。人和神、远古和现代、东方与西方、战争与和平，都浓缩在这里了，风拂来，满室天香。

洪波与艺术的不解之缘从幼儿园就开始了。小时候，他迷上了《人猿泰山》，而巴勒斯写书的速度远远赶不上他看书的速度，于是洪波便在一遍遍重翻旧书的时候，对着小人书临摹，久而久之，素描的功夫也越来越精致了。1993年，年仅16岁的他怀着对绘画的浓厚兴趣，考进了广州美术学院附属中学。

在广美附中时，洪波第一次接触到雕塑。那三年，他经常往大学雕塑系钻，一有空就到师兄的宿舍去串门，也会借阅相关的国内外书籍。视野开阔了，不知不觉间，他对雕塑的兴趣也与日俱增。

"雕塑是三维立体的，感染力很强。你看，一尊人物摆在那里，如果与周边环境、建筑相匹配，它的渲染力、它对生活的干预，是绘画无法达到的。"洪波说。多年的美术训练，练就了他扎实的写实造型能力，以技术为前提，才能挖掘更多的潜在空间。

1997年高中毕业后，经老师推荐，洪波进入潘鹤工作室，师从著名雕塑家潘鹤。潘鹤认为文化艺术是神经系统，它渗透到全身的每个细胞，是情感的真实流露；有了感情之后，技巧的运用才天马行空。

这位在潘鹤眼中非常刻苦的学生，除了平时认真听课外，还经常"偷师"学艺：从门缝里"偷看"潘鹤做雕塑小样时的一举一动，从旁"偷听"潘鹤和其他学生交流有关雕塑的经验，就连潘鹤喜欢边走边构思的习惯也被他"偷学"了去。两年后，洪波以专业第一名的成绩考进了广州美术学院雕塑系。

他说，他还记得自己的第一部作品是毕业设计《胡一川》，因为喜欢胡一川的那句"做人要认真，画画要俏皮"。为了把人物的神韵雕刻出来，洪波下了好大工夫去了解他的生平、经历和性格，在雕刻的过程中，还根据自己的想法，不断地调整、修改。作品出来后不仅获得了老师的好评，还被当作范本用于课堂授课。哈，这个习作还被胡一川纪念馆及广州美术院收藏哩。

洪波早期的作品大多循着写实的路子，带着鲜明的学院印记，如《胡一川》《龙骨》《四大发明》等，均体现出扎实精到的写实功底。随着而立之年的到来，有如罗丹拥抱卡米尔之后，艺术理念瞬间羽化为蝶，对生活现实、社会现象重新解读，他的作品开始体现对某种生活状态的探索，也为观者营造出更为深远、更为多义的想象空间。如2008年的《抱着系列》，该系列作品主要由两大元素构成：一个庞大的物体，中间镶嵌着一个骨瘦如柴的人，两者之间的差别很大。作品简洁朴素，给人很强烈的视觉震撼。

著名画家、洪波的忘年交陆至炀站在《抱着系列》的雕塑作品前，一个劲儿地感叹"生容易，活容易，生活不容易"。他说，他是经由这部作品才发觉，人在宇宙中竟是如此渺小，而渺小的人却要负载着来自四面八方的压力。洪波的妻子李洁琼博士则说："创作这部作品时，洪波正面临着事业、婚姻、家庭等各方面的问题。艺术家都有自己的人生追求，然而现实生活会对他有羁绊。他大概是想借这系列作品，表达自己想要抓住很多东西的同时，也被束缚住了吧。"

2010年1月，受西安世界园艺博览会筹备委员会委托，洪波和著名设计师陈绍华承接了雕塑的规划设计制作，用了半年多才完成对《丝绸之路起点》的设计。《丝绸之路起点》的主体是两条扭在一起的腿，一条腿代表中国文化，穿着中国特色的绣花裤和虎头鞋；另一条腿代表西方文化，穿着黑色西裤和皮鞋，寓意中西方文化相互支撑、交融，不断前行，展示了中西方在思想、文化等方面的沟通、交流、合作。

李洁琼对我说，当洪波提出要用陶瓷拼接中国腿部分时，遭到了包括陈绍华和投资方在内的所有人的反对，陈绍华曾企图用工科的专业眼光说服他放弃这种想法。"但即使遭到了大家的痛骂，他仍固执己见，像一头铆着劲儿的老牛，拉也拉不动。因为他认为只有陶艺、彩绘这种古香古色的手工艺术，才能真正体现博大精深的中华文化。"

中国腿部分的制作工艺为陶瓷上釉彩绘，工艺过程复杂，制作难度高。首先要制成坯体，再进行彩绘上色，然后再高温烧制。烧制过程中不能出半点差错，一次成型，才能成功，要不就前功尽弃。

"为了制作《丝绸之路起点》，我先后进行了十几次烧制试验。要烧制这么大的作品必须克服收缩、变形、软塌等技术难题，功夫费了很多，但成效很低，一次一次试验才逐渐走向成功。"洪波腼腆地说。因为陶瓷易碎、易变形、易软塌，他日夜守在炉旁，一守就是半年。

2011年大年初一，301块陶瓷烧制成功，仅整体烧制的"虎头鞋"就长达2.4米，宽至1.3米。拼装起来的雕塑，总体高度达到10米多。

站在这个巨型作品面前，我眼前出现的是断臂维纳斯的残缺之凄美，乐山大佛的宏大之叙事，敦煌壁画的历史之沧桑，唐三彩的美轮美奂、金碧辉煌……

有人看交友节目《非诚勿扰》总结出一个结论：录制VCR

（录像、短片），最好别问朋友。因为每次到了朋友评价环节，女嘉宾的灯总灭得比风刮过还快。不过我想，若是洪波上台，"朋友眼中的他"反而能替他挣不少分。

陆至炀告诉我："洪波在广美附中就很有大哥范儿了，为人特仗义。他经常借钱给朋友，借光了就自己忍饥挨饿，也不吭声。最严重的一次是，他连续七天没吃一餐饱饭，光喝矿泉水充饥。后来跟我说起饥饿的感觉，就是成仙人的感觉，走路腾云驾雾……我暗自想，上苍保佑，下辈子还跟他做兄弟。"

是啊，若有来生，菩萨保佑，我还要和洪波做兄弟……

生命是思想之花

1995年7月，我在广州从化刚参加工作。杨子明于海南某部队回从化探亲，一次偶遇，我与子明兄在当地一家冠名"诚信"的职业介绍所相识。后来我采写了今生的第一篇通讯——《人才与企业的桥梁》。

数年后，子明兄转业到从化市委组织部工作，我调入从化市人事局工作。"组织人事一家亲"，世纪之交，从化市委组织部、从化市人事局在当地党报联合主办《组织人事》月刊，我兼任责编，刊发过子明兄不少关于组织人事方面的文章，觉得子明兄是一个实力派作者。

再后来，我主持地方党报编务，子明兄被委派到镇里担任领导职务。子明兄公务繁忙，却在百忙中坚持思考，在百忙中坚持写作，依然是当地报纸副刊的重要作者之一。如《本色》《荔枝词说》《读书与学问》等曾是我编发的篇章，现在看来倍感亲切。还有《荔枝极品》，让我回想起如荔枝蜜般甜美的荔乡生活来。《读书与学问》一文，后来参加广州书城读书征文，还获了奖。我调离从化来到广州工作，子明兄依旧是我的副刊作者。

2007年，子明兄要出版文集，嘱我写序。我从未敢帮人写序，诚惶诚恐。以往曾有文艺圈的朋友出版文集、画集或书法作品集，嘱我写序，均被我婉言谢绝。这回恭敬不如从命。子明兄第一次出书，我第一次写序，不敢怠慢，于是便认真拜读子明兄的书稿。

这60篇短文，是子明兄这些年在《羊城晚报》《北京晚报》《新民晚报》《海南日报》《散文》《杂文报》《中国青年》《杂文月刊》等知名报刊发表过的作品。子明兄说："漫长而又短暂的人生，总会有一些生活的感受、一些学习的积累、一些读书的心得，以及一些对社会和生活现象的看法，等等。渐成阅历，写成文字就成文章了。"我以为然。

这本文集，大都是精品力作，文字很干净。第一辑是对事物的观察和思考而写成的小散文，如《漂流物》《竹子开花》《弯腰的机会》等。第二辑是有感而发的小杂文，如《报喜不报忧》《官不贵，民不贱》《请勿倒置》等。第三辑是记录生活中的瞬间或细节的小品文，如《雨后一刻》《擦屁股》等。第四辑是掩卷而后思的读书笔记，如《事前有师》《不怕被人议》等。

这些精悍凝练的小文章，既有思想的高度，又有文字的深度。老子说"大巧若拙"，子明兄以简洁的文笔诠释着他对人生的智慧思考。智慧，是在一般人看不到智慧的地方，看出智慧的能力。这种看出"智慧"的智慧，并非与生俱来，而是多年阅历的积累和沉淀。

子明兄厚积薄发，以自己的智慧，在物与事中观照人生，思索人生，把最具个性的个人视角及体验与最具共性的问题和文字结合起来，既不庸俗，也不孤高，贴近日常生活而又超越之，发挥哲思妙想，丝丝入扣，却无丝毫的学问卖弄。

这本文集，不论是哪一类型的文体，都力求寓理于事，借事说理。用寓言、借禅理、引人事，都是为理而言，令人读后有所启迪，是为成文初衷。如《还能亲自什么》《执着的猫》《高度》《闲话"全票通过"》等，在这方面当达到一定的深度。还有一些是调侃闲文，也能找到寓意所立，如《改名杂记》《高高的树上结槟榔》《老子是谁》等。

这本文集，有很多引文和借史说事，文章都是在大量阅读和对生活的感受、思考之后写成的。性情中人，用理性的笔调，并不拘泥于对史事表面的理解，也非传统意义上的简单剖析，而是一种风格独特的散文随笔。当然，借史只为说事，不排除调侃和发挥，甚至戏说。毕竟不是史学文章，对历史事件和历史人物，出现曲解和断章取义亦在所难免。

整本书分为四个篇章，切入点个个不同，错落有致，格局各异，可谓智慧之盛宴。文字，可以带来阅读的快感；哲理，可以启迪人的心灵。文品即人品，正如一个人举手投足间，时时都显示出其精神脾性一样，文章的字里行间，也自然无不反映出作者的所思所想和所求。读书求知，为人处世，子明兄都是一个认真的人。认真地做，认真地想，认真地写，才有了这样一本认真的书。两位画家配以飘逸的插图，描绘出一幕幕动人的画卷，让我们在悲喜交加中思索……

这60篇短文，汇成一本充满深刻思想的文集。"许许多多盼望得到的东西就像那漂流的树枝，属于自己的时刻是那么短暂，而且往往不易看到。"（《漂流物》）"许多障碍不能越过，是因为舍不得后退一步。"（《越障》）"在百花群中，有谁比牡丹更美丽呢？又有谁的命运比牡丹更惨酷呢？美丽，历尽了煎熬。"（《花落红尘》）子明兄往往通过一两则小故事说出了大道理，字里行间充满了哲理思想，蕴含着诗性智慧。出于谦虚，起初子明兄把书名定为《人在江湖》，也曾考虑用《竹子开花》，我执意把它定为《思想之花》，一来切题，二来大气。

生命是思想之花。人正因为有了思想，他才有情，他才有义；人正因为有了思想，他才有德，他才有智；人正因为有了思想，他才明白自己是什么，世界是什么；人正因为有了思想，他才知道怎样求知，怎样生活。有思想、有责任的人，才能有尊严地活着。

思想照亮生活。子明兄无疑有尊严地在从化这片土地上活着。他为人低调、朴实、忠厚，他在不断地充实自己的生命意义，展示自己的思想。"人在江湖又是怎样一种处境呢？对于大海，陆地是这样狭小，人的江湖实在自愧不如。遗憾的是，与鱼的盆中小江湖相比，人的江湖居然也如此狭窄。一个渴望自由的人，千万不要在江湖上行走。"人活在世间，不可避免地要面对许多，要承担许多，细细想来，每一个人都活得不容易。成长，总是要付出代价的。

每一个人的成长，都在彰显社会和时代的进步。愿我们共同的成长，融于充满文化气息的从化的成长之中。

心有灵犀一点通，子明兄的睿智和信赖，最终使这样一本汇聚了他思想精华的智慧之书呈现在读者面前。

这是我们共同的期待。我们真切地希望能够为美丽的从化留下宝贵的思想印记。感谢从化，让我与子明兄相知。

思想的力量让我们热血沸腾。

清丽如斯

胡清丽是我的同乡。早就听信丰商会的朋友提起过她，朋友提起她时总是带着赞许，说她是一个传奇人物。数月前在一次老乡的聚会上，我见到了胡清丽，她随和，谦虚，自信，大方，乐观。拿现在时髦的词来说："充满正能量。"她总是微笑着，微笑面对世间的疼痛与苦难，从容面对人生的光荣与梦想。我想，她心里一定装满了阳光。

在这个日新月异的时代，每个人都可以创造属于自己的传奇。未来是一扇窗，只为开拓者打开。只要你愿意选择奔跑，足下的土地会给你带来智慧和力量，梦想终会在尘埃中开出花朵。

"相信自己，命运就会露出微笑。"胡清丽，一个用坚定的信念走向辉煌的女企业家。

胡清丽成功的起点源自她对内衣的关注。作为一个心思细密的女人，她敏锐地觉察到内衣这个被忽视的日常用品背后巨大的商业价值。对美的渴望是每个女人的天性，而这种天性却时常被忽视。她决定从纤体内衣入手，从重塑女性曲线开始，释放女性对美的渴求。她要做的不仅是一件内衣那么简单，她要在内衣中注入更多的文化内涵——她要让所有的女人重新认识自己的身体，她要让内衣成为每个女人身体里一种温柔和贴心的符号，她要让内衣成为女性自我关爱和自我解放的象征！

对内衣的重视并非胡清丽的创见。汉朝内衣称为"抱腹""心衣"，魏晋称为"两当"，唐代称为"可子"，宋代称为"抹胸"，元代称为"合欢襟"，明朝称为"主腰"，清朝称为"肚兜"，再后来就到了近代，就是我们现在这样的、别致又精巧的"小马甲"了。从这些称谓足以看出,内衣早已在女性生活中占据着不可或缺的地位。尽管如此,我们依然可以毫不夸张地说,胡清丽是新时期的拓荒者,她将内衣做成了每个女人独一无二的身体标签,将其升华为一种独特的女性文化,折射着这个色彩斑斓的新潮时代。

我时常冥思,是什么样的生活背景铸就了这样的胡清丽?她似乎应该成长在这样的环境:富足、优雅、华美、高贵。谁又能想到呢?她的过去曾经那样筚路蓝缕、颠沛流离。因为家庭的贫困,她小学三年级便辍学了。她本不必这样做,但是为了减轻家里的压力和负担,为了让她深爱的弟弟妹妹们更踏实地念书,她毅然决然地放弃了学业。那一年胡清丽才13岁,还只是个孩子。

胡清丽辍学了,但是她并没有因此放弃自己的人生。做了两年保姆之后,她毅然南下广州,寻找人生的一万种可能。在广州,她遇见过温暖,也遭受过白眼,最困难的时候甚至连落脚的地方都没有,但是她始终牵挂着家中的亲人,让家人过上幸福生活的信念激励着她、鞭策着她,让她不断超越自我,从洗头小妹到美容技师,从代理店长到自己创业,她用真挚和爱润泽了自己的生活。

她的经历并不伟大,但她的执着精神令人感动。迷茫的社会让无数人迷失在自造的迷宫中,他们如同行尸走肉般行走在都市的钢铁森林之中。回头一望,胡清丽走过的路令许多人汗颜,也令那些自以为是的人感到恐慌,她用她小小的心灵撑开了一条通往远方的路途。她怀揣着满满的热爱和感恩,离开故乡,寻找她的远方。她不抱怨不放弃,从最底层做起,默默无闻地工作着,无论前路如何崎岖,她始终用自己的坚强意志守护着一颗永远向上向善的美丽之心。

她用她看不见的强大内心捍卫着打工的尊严,她时刻怀抱着对成功的无限渴望。她朝着心里设置的那份美好默默地奔跑。不管风雨还是泥坑，跌倒了再爬起来。

读完胡清丽的自传，或许有人会艳羡她的好运，无论是主顾伯父，还是朋友阿蒙，或者是丈夫阿元，每个人都对她关怀备至，一个人只要心里装满了爱，她就能超越一切、成就一切。爱是对一个人的念想、对生活的一种态度。

她没有文凭，可她在磨难的生活里修炼了自己，她在经历的坎坷里丰富了自己。她相信：做人，靠的是良心和本事，而不是学历，社会需要的还是实干家。

如果贫穷落后的命运是她最初的不幸，那么这样的贫穷落后也最终造就了她，使她成为一个兼具高贵与优雅气质的美丽女人。一方水土养一方人，故土的质朴与贫瘠，使她获得了纯净和善良的心灵，也使她将改变现状的种子深埋心底。

命运怜惜这个经历过千辛万苦，受过种种折磨还坚持努力奋斗、勇往直前追求美丽人生的女人。一个人在外面的世界里行走，她不动声色地做到了无数女人没有做到的事情。

美国电影《阿甘正传》中有这样一个场景：阿甘一个人在马路上奔跑，而后在他身后逐渐聚集起一群奔跑者，他的奔跑由最初的个人奋斗变成了一种榜样的力量。胡清丽不正是生活中的阿甘吗？她用一个女人的美和力量引领着时代的潮流。她引领着更多的女性去热爱和奋斗，如同她在书中振聋发聩的召唤，她的成功之路告诉人们：现状可以改变。

河流是弯曲的。从来没有一帆风顺的人生之路。锋利的钢刀，在炽热的烈火中铸就。真正的强者，在艰苦的环境里成长。汹涌的大海，练出精悍的水手。非凡的时代，造就非凡的人物。胡清丽，历经贫寒，历经艰辛，她走的是一条不寻常的路。她是这个世界的王者，她的人生闪烁着迷人的光芒。

奔跑吧，亲爱的朋友，因为现状可以改变。

指数星辰

日月跳丸，驹光过隙，春秋晦朔，譬如朝露。一晃多年过去了。在鲁迅文学院学习的4个月，就像梦想繁花的种子，种出青春和欢乐；就像经年累月的蛰蝉，在此羽化飞升。4个月，鲁院的风，鲁院的雨，从延安一路走来的历史文化长河的波峰浪谷，千回百转，有胜于恒河之水，让每一个信徒在此洗礼重生。也正是在这里，我的内心世界的某个板块被召唤而醒，内心沉积太久的炽烈熔浆似要喷薄而出。如果说一根稻草能压死一头骆驼，一滴净瓶之水可点化万千生命，窃想从鲁院溢出的一粒尘沙，也会闪烁出金子的光辉；每飘出的一片红叶，也会化成孔凤的妖艳。

感谢命运，20世纪70年代出生的我，告别蒙童时代的"进学"时期，与改革开放、中国文场繁华竞逐的巅峰状态不期而遇。我读到了让我铭心刻骨的美妙文字。《哦，香雪》《受戒》《红高粱》《哥德巴赫猜想》《人妖之间》……一章章华彩纷呈，像胎记烙在了我的心头。哦，香雪姑娘，不就是我的小姐姐大妹妹吗？字里行间清露滴翠，读来芳菲满齿。就从这个时候，我有了"作家梦"。

梦里的行止总是处于摸索状态。同样感谢命运，发端于云贵、浩荡东去的珠江虽然也被污染，但比之于枯竭得已是季节河的黄河，珠三角的生态值得庆幸多了。尽管写过赵广军、徐克成、冼星海等人的纪实文学，但我真正想写的是区伯，是乌坎，是小悦悦事件。也只有珠江的流影，才可能泛出如此的美丽，竟让一个文学青年不知天高地厚地舞文弄墨。

真的感谢命运，让我走进了鲁院。在这里，我才大梦醒来：哇，瞧鲁院第22届高研班的同学，竟然如此博大精深！黄咏梅、马金莲的小说，王月鹏、杨永康的散文，胡茗茗、南鸥的诗歌，赵卡、黄雯的文艺评论，周志方、贾文成的影视剧本，月关的网络作品早已享誉神州。在他们面前，我突然觉得自己像一只土拨鼠冒冒失失地出现在雄狮的面前。

我们院长、中国作协钱小芊书记经常和我们一起听课。他的每次出现都会让我眼前一亮，便有了一种士兵"马首是瞻"的激情。副院长李一鸣先生为我的《南国高原》写的评论，情透纸背，让我真正领受到了"鞭策"二字的"痛快"与"疼爱"的幸福。我的导师是中国作协书记处书记、著名文艺评论家、《文艺报》总编辑阎晶明先生，我很早就拜读过他的美文，感谢上苍的厚爱让我有幸拜入其门下。那时候，原本是发给导师指导的习作，没想到第二天就见报了。

白烨、李敬泽、施战军、王兆胜、程郁缀、胡平、杨之水、陈众议、张清华、南帆、陈锡文、李一鸣、郭艳、李建军、莫言、麦家、梁晓声等老师，那么好的课程，对我来说，有如甘霖，有如帆风，有如旨酒……我像匍匐在"阿卡第米亚"台阶上的学子，在苏格拉底、柏拉图、亚里士多德的真理雄辩中振聋发聩，大悟禅机。特别是郭艳、李建军两位老师，他们授课都是从生命尊严出发，尊重生命的同等价值，让人肃然起敬。我想，文学的信仰就是善良，就是慈悲吧。

4个月的相处，鲁院的金牌主持李蔚超，班主任张俊平老师，也成为了我们的良师益友。

鲁院第22届高研班，她是一个美丽的名字，像初露锋芒的上升新月。山东、四川的社情体验，哲人、诗人之乡的古道灵迹，我们的小说、散文、诗歌的心路表达，虽然捕风捉影，行色匆匆，应该是这段美好岁月里一道稍纵即逝的彩虹吧。

生命之旅是一种告别。这是一次刻骨铭心的离别，我们欢快地痛哭，忧伤地大笑。因为，就像新人走进洞房，是残酷的告别，也应该是幸福的开始。就像我第一次离开母亲去南国闯荡，我要让我的生命绽放出母亲所期待的光华。

这里，鲁院，是我文学生命的加油站，一个新的起点。这里，让我相信，在物欲横流的时代，还有同路人铁骨铮铮地在坚持创作；这里，让我相信，哪怕冤死的白骨也总会有说话的时候，所有的曲折和坎坷的价值都要重新计算；这里，让我相信，人世间还有一片神圣的净土，还有爱与温暖，还有不可摧毁的信念。

生命的质量与时间的长短无关。鲁院时光在我的人生长夜里，是一盏永不熄灭的青灯，照着我去迎接一个又一个黎明。感谢上苍给我们的缘分，让我们在这里一起生活了120多个日日夜夜。我，我的同学们，将会是那装点黎明天空的晨星。

我们充满自信，因为我们的师长们，以他们的巨擘抟沙，给我们支撑起了这方明净如洗的苍穹。

小河墨中酒香浓

　　身高1.75米的朱小河，那一年45岁。阳光般灿烂的微笑，这样的说法好像有点拘谨。他的笑在微笑与大笑之间，独特到没办法用词语去界定。而在他的笑的结尾处，有时候会流露出一种像《西游记》里沙和尚的几分憨厚来，笑得有点没有章法。而他讲起话来，一听就觉得有着鲜明的特色。一种小河式的幽默。他爱把一个"了"字读得很重，给人一种总是未了的感觉。

　　朱小河，1961年生于粤北山乡新丰县，新丰有高山，有流水，这高山流水的激荡给了他一种山高水长的艺术感受吧。山高白云生，水激烟霞出，自小的生长环境也造就了他一种旷达和飘逸的人生境界，在20世纪80年代初他就显露出不凡的艺术天赋。他和几个伙伴迷上了根雕艺术，并于1982年在广州文化公园举办了首届民间工艺根雕作品展，他们6人选送的600多件根雕作品，件件巧夺天工，引起了很大的轰动，各大媒体纷纷报道。当时的广州市市长杨资元特在市政府的《每天快报》的报道文章中批示道，这种具有中华民族传统意蕴的民间工艺品，很值得推荐。后来还特意拨了一笔款给朱小河所在的新丰县文化局，以扶持这一民间工艺产业的发展。朱小河他们的根雕作品后来还代表广东工艺品参加了当年的美国、联邦德国的国际博览会。

　　在朱小河的骨髓里、血液里很早很早就流淌着美，他为改变命运而参加了新丰团县委的招干考试，从此走上了仕途，并摸爬滚打到今天，这既是精神的历练，更是灵魂的拷问。人情练达即文章，朱小河坦诚、率性、磊落襟怀，广交天下朋友。但官场的应酬有时候也使他很沮丧，夜阑公余寂静之际，他不禁思考自己生命深处的真实意义。这种思考的结果，唤醒了他体内沉睡多年的思想自由、生命自由和个性自由的个人意识。

朱小河酷爱书法。我本来是要为他写一点笔砚杂评的，却总是"一行白鹭上青天"——离堤（题）万里。我们两人太亲密了，说手足之情，一点也不为过。

倒是书画评论家刘释之这样写：朱小河的书法主要有四个特点，那便是"斜、长、瘦、逸"。"斜、长、瘦"是说他的书法结体的特点，他的书体多由左向右微微倾斜，以取其势，增强其内在的动感。因为是使用长锋羊毫，所以其线条一般较细长、柔韧、劲瘦，在字的结体上也略觉瘦长，宽扁不是他的强项，像作品中的"倒"字和"影"字，在结构上显得有些松垮，似有"力有不逮"之感；此外，为了能使线条更宽扁，唯有将长锋压到三分之一处，像"功"字"工"部的转折处，朱小河用的是楷书的笔法，这样处理出的线条表面上粗犷厚重，实则力度是轻薄的，远不如"使转"用笔的力度来得灵动、有力。像"幽根"二字，其力度和意蕴就要比"功"字耐看。当然，"瘦"也不特指他的书法结体特点，还说明他的书法有股精神气，有风骨在，无媚笔，这是真正的笔底风流。米芾品评他最爱的太湖石用了四个字：瘦、漏、透、皱，第一个字就是"瘦"。瘦与肥相对，肥即落色相，落甜腻，在中国艺术中肥腴意味着俗气，有些人一出手就俗不可耐、无药可救。五代的荆浩有联语云"笔尖寒树瘦，墨淡野云轻"，所以刘释之所说"瘦"，可谓高标独立；"逸"则主要着重朱小河的书法气质，有清气，骨格流美，脱俗不群。

是不是如此呢？我以为朱小河书法的可贵之处还在于，

有文气、有性情，得大自在。他曲径通幽，但隐而不晦。古人说，隐而不露，藏而不显。其实，隐是为了更好地露，勾起人们更幽深、更玄远的幽思；藏是为了更好地显，显出那更丰富、更感人的世界。朱小河的书法较好地处理了"隐"和"露"之间的关系。他的线条是隐忍的，不直截，不滑落，不漂移，外表平静得如无风之水面，没有一点涟漪，但他通篇字与字之间、行与行之间，都在营造一种"势"，这种"势"形成了一种内在的张力，使其整个书法章法中暗藏了玄机，充满力的旋涡。像起笔的"得"字，三点水做弯弓状，微向右上倾斜至最低处迅速向右上挑出，右边结构在运笔上则徐疾有度，和三点水形成节奏上的反差，线条也较之厚实笨拙，从而制造出一阴一阳、一正一敧的内在冲荡的力度。又如"寒雨"二字的相互映带、俯仰，以及"鸟幽根立""水虫萧萧"行气之间的避让、错落、呼应，宛如"挑夫当道"，左顾右盼，神采飞扬。当笔者如此细细地去分析作品时，好像书家的每一笔都殚精竭虑，煞费苦心。实际上，通篇观之，却发现朱小河并不计较一城一池的得失，他要的是通篇的"气"，那股自由自在的飘逸之气。朱小河说，他崇尚自由，崇尚自然。美，就是艺术，这是艺术的最高标准、不二法则！

朱小河自号法德、润石居士。从化，是小河的第二故乡。他钟情于从化的灵山秀水，他的灵魂融进了这片美丽的圣地。在这里生活和工作的十几年来，他研究二王、怀素、张旭、徐渭的自然韵味，深入品味晋人的韵、唐人的法、宋人的意、元明人的态、清人的质，有时略参篆隶意、碑意，注重法度的把握，孜孜不倦地追求传统书法艺术的良性发展和创新。

酒豪朱小河因喝酒而闻名。李白都说了，古来圣贤皆寂寞，唯有饮者留其名。不知小河的骨子里是不是也有留名青史的想法，但是在广州的书法界和酒友里，他算是酒名远扬了，据传与人斗酒从未输过。金奖白兰地是他的至爱，饮至尽兴之时，则引吭高唱，挥毫自如。小河的书法，与酒相融，充分表达了他的才华与功力。大凡见过朱小河挥毫的人，无不被他那酒酣沉醉的神态、狂恣激越的情感、笔走龙蛇的气势所吸引和惊叹。每每写成之后，他还会再倒上一杯酒，举起杯，用他特有的语调说道："我就干了它了！"

蒲翁浇酒黄花醉，小河墨中酒香浓。

小河举杯邀客，如同长鲸吸川，风卷残云。不知有多少同道，与小河把酒言道，一见如故，一醉方休。同砚作书，衔觞挥毫，啸歌自如，铺纸执笔，腾龙跃虎，天真烂漫，禅境毕现，荡气回肠。莫使金樽空对月，要让岁月留墨痕。率性舒展的瞬间，留下的却是写照着自己人生态度的作品，喝酒对小河来讲，的确是一件太有价值的事。

有一回，小河携带文房四宝邀三几书友在一家酒店吃饭，饮至大醉，大家书意盎然，草拾台面，以台布作毯，执笔疾书，顷刻纸罄而余兴未尽，将墙上挂画除去，饱蘸笔墨在墙上挥"情狂书带草，酒醉梦生香""春水满世泽，夏日扬明辉，秋天还不尽，冬嶺秀枯松""菩提本无树，明镜亦非台，本来无一物，何处惹尘埃"等诗句之后，他举杯对大家说："无论是高亢的歌声，还是多情绚烂的诗篇，都比不上这闲暇的欢乐。"碰杯后一饮而尽。

厢房就只剩下天花板和地板没有写字了，此刻，酒店老板进来敬酒，一书友说负责赔偿"涂鸦"的损失，老板忙说："不用，不用，这些都是宝贝。"并高兴地把这间房易名为"醉墨居"，墙上的字一直保留至今，一时成为当地书坛佳话。

开书派新风，功夫在字外。书法的一笔一画都是真功夫。

小河的字如一匹脱缰的野马，雄浑、奔放、潇洒、自如，重力度，求意境，超法度，不媚俗，气韵生动，线条流畅自然，粗细顾盼有序，险中求稳，稳中求险。洒脱不飘，笔笔到位，浓淡戏墨，变幻多样，别有一番情趣。

命运如风，灵魂似水。每一幅作品，都记录着永远流逝的岁月，记录着生命历程中的喜怒哀乐、酸甜苦辣。我这个单身汉是小河家中的常客，不但可以任意享受小河太太高超的厨艺，而且可以与小河一家肆无忌惮地瞎吹胡侃。小河与太太逛街买男装衣服时，通常是一式两份。小河的尺码是加加大，我的是加大。当然，我俩是最相得的酒友、谈友，所谓的知己吧。当然，我不能忘情他的书法之精妙，找机会欣赏他的即兴之作，他会捋袖挥毫，如疾风骤雨般地雄强，有时如大江东去一往无前，有时如乱石崩空、惊涛拍岸般不可阻挡；作一点如同高空之坠石，作横竖撇捺则如列阵之排云；有时似小桥流水，蜿蜒平淌，或似祥云浮动，山溪萦绕，含蓄静穆，宛如进入一种投身自然的无欲无求的忘我境界。

小河淌水一路歌，情狂意草总关情。一名书法家，经过多少岁月的积累，才有了今天的造化。人书合一，法在心中，则能海纳百川，包容万物，韵味悠长。

想是天堂少才子，来到人间召大方。很遗憾而痛苦，我的这位长兄、酒友、谈友、谅友，英年早逝，匆匆走了。我的生活，至此出现了一片永远也无法补缀的巨大空白……

阅读父亲

与父亲的战争几乎从来没有消停过。

小学二年级，由于窃了一包住在我家的乡干部的"合作"牌香烟与小伙伴分享，父亲把我捆绑在学校的国旗下示众。那时，我想我真的如母亲所说是路边捡回来的吗？

小学升初中我以优异的成绩考上省重点中学，但父亲仍常常会因为我考试没考好，让我与哥哥暑假时期在烈日下干农活。

中考时父亲要我考中师，我偏偏考了高中。

我的童年是在外婆家度过的，小时候我最崇拜的人是我的外公。外公从汕头海军部队转业回到家乡，成为当地一位声名显赫的法官。他英年早逝，临终前，叮嘱他的战友，千万不能让我的舅舅从事政法行业，这大概是因为每个男人小时候都太调皮捣蛋吧。外公遗嘱的态度，被完全继承下来，也直接影响了我一生的命运。高考填报志愿我选法学，父亲却让我学了建筑经济。那时候家长的意见是绝对的，不容许提出异议。胳膊拧不过大腿，我曾经以为，这是我一生的错误。

年少时，女同学给我的信件，我自以为藏得很隐秘，结果还是被父亲发现了，我被批判得死去活来。

后来年纪大了由于未婚一直被父母唠叨，有一年春节父亲还发信息说："孩子，不要让父亲死不瞑目。"收到信息时我正驾着车，伴着苏芮深沉忧伤的歌声，不争气的泪水从赣州流到广州。

回望与父亲40年的战争，我的心像大海的波涛，起伏着，翻滚着……

1

人们说父爱是山，我说父亲是树。父亲的一生都在他的桃李园种桃种李种春风。

在那个师资缺乏的年代，父亲曾经教过中学语文、数学、物理、化学、政治、历史、俄语等科目。后来，父亲还当了16年小学校长，是一个对学生严厉而慈爱，乐于、善于教学的中小学老师。

"十年江湖夜雨灯。"那十年犹如一场场地震，多少人的精神家园遭受破坏，心灵因此而贫瘠。父亲在轰轰烈烈的"文革"期间高中毕业，在那文化被扼杀和毁灭的年代里，大学停招，父亲的大学梦也成了泡影，他拖着沉重的步伐回到家乡，每天"修理地球"。让父亲感到痛心的是满肚子学问却无用武之地。

在父亲感到前途茫茫的时候，1969年阳春三月，担任大队干部的祖父对父亲说："大队决定让你当民办教师，让你这一肚子将要发霉的文化，派上点用场……"

父亲是江西省重点中学的毕业生，他爱读书在家乡是出了名的。大队革委会主任怕父亲不愿当教师，亲自找上门，对父亲说："让你当小学民办教师也许委屈你了，但目前能叫你干啥？原来是要你开拖拉机的，但我们想到，开拖拉机不是你干的活儿，还是让你教书……"

父亲想："自知者不怨人，知命者不怨天。"许多世界知名学者、教授尚且被赶出校门到干校里劳动，或者到偏僻的农村里接受贫下中农再教育，每天起早摸黑地下田劳动，还要忍受精神折磨，何况我一个高中生呢？能够当一个民办教师已很不错了。既然命运安排我当教师，那就沿着这条路走下去。相信总有一天，我要设计并建造自己的人生舞台……

不再沉沦于往日的痛楚里，不再横亘于世俗的棋盘里。顺利和挫折、成功和失败，将会交替出现在人生的行程里。做好准备吧，以笑脸迎接磨难。

就这样，父亲从一个不幸的沼泽里爬上了一个阳光的山坡上。命运也许就是这样，当你经历种种考验而对它痛心疾首时，它又让你感到那么欣慰。

<h2 style="text-align:center">2</h2>

在读书无用论流行的年代，读书前途茫茫。然而，父亲却坚持认为读书是有用的，他鼓励学生学好科学文化知识，连星期六和星期日也在辅导学生。那时老师补课不但不能收补课费，而且还有被指责为走"白专道路"的危险，然而父亲一心将知识传授给学生，指望学生能考出好成绩。辛勤地耕耘，必定会收获丰硕的果实。那学期的抽考，父亲班里的学生成绩在公社名列前茅。

父亲犹如雪松挺立在山崖，任凭风刀霜剑，仍焕发着青春的容颜；任凭风狂雨暴，仍昂扬着坚定的信念；任其云舒云卷，心里悠然悠哉；任其花开花落，心里永远是春天。

20世纪70年代，那时念初中、小学的学费虽然只是两三元钱，然而也有许多学生支付不起。父亲的学生中，有失去父亲的，有失去母亲的，也有父母双亡的，有的虽然有父母，但父母不是时常患病，就是卧床不起，哪有交学费的钱呢？当时，学校实行班主任收费包干制，父亲只好从自己十几元的民办教师工资中拿出一部分垫上。

1976年1月，春节将至，学校也要放寒假了。校长得知父亲为学生垫支了一百多元学费，催父亲赶紧去收回，他对父亲说："你得想办法把学生拖欠的学费收回来，要不，春节你买鞭炮、给孩子压岁钱恐怕都不成了。"那时春节习俗家家户户都要放鞭炮的，如果哪个家庭孩子既没有钱买鞭炮放，也没有压岁钱的话，这个家庭一定是非常倒霉的。父亲听了校长的话，就按学生的家庭地址下乡去找。

隆冬，一路上刮着呼啸的寒风，衣衫单薄的父亲冻得瑟瑟发抖，他在颤抖中来到一条岔路前，不知道该往哪里走，抬头看见前面有一个衣衫褴褛的女人，父亲正待问路，却发现她正是欠学费的学生家长。那女人一愣，也认出父亲了，惊叫一声："老师，你……"

"我，我，我……"父亲欲言又止，那位母亲也明白父亲是"来收学费的"，便对父亲说："老师啊！我知道你的心思，几年来我的三个孩子在你教的班级里读书，因为家里穷没有钱交学费，听人说都是你用工资给代交了。今天我刚好从老母亲家借到几块钱，准备过年用的，先还给你吧……"她一面说，一面用左手揉眼睛，右手伸入衣袋里摸出五张一元面额的钞票，叠在一起……她眼里噙着泪水，父亲看她面黄肌瘦的样子，再看她穿着补了不止十个补丁的衣服，心想：可怜的人啊，她丈夫前几年去世了，撇下她和四个孩子。生产队分配的粮食又很少，还欠下几百元超支款，哪有钱来交孩子的学杂费呢？父亲伸出去接钱的手缩了回来……

父亲说："你先用它过年吧，学费的事以后再说。"说完父亲就转身离开了，他再没有去任何一个学生家收学费。这个年总会有法子过去的。父亲暗想。

那年寒假，父亲没有收到一元应收的学费，还是校长主动借给父亲二十元钱才让父亲勉勉强强过了一个年。

这以后父亲年年都为那些同学代交学费，至今仍未收回分文……

他在四季的田野播下善良和仁爱的种子，终将在丰收的日子里收获累累硕果。

3

父亲不仅疼爱自己的孩子，也把学生当成自己的孩子来疼爱。他勤恳热心，给他们智慧，给他们勇气，塑造他们的心灵，塑造他们的人格。

"当一个人用工作去迎接光明，光明很快就会来照耀着他。"父亲教书的第一年，就获得了教学区和辅导站的表扬。1970年2月，父亲被评为公社的"五好教师"。

"在干净的欣赏者眼里，无私、纯洁、高尚的心灵，才是真正美丽的"！因为父亲明白，"教育就是尊重知识，开发智力"……

父亲举着一面旗，引领他的学生和孩子向前走，不管世道艰辛、江湖险恶，任凭风云变幻、潮起潮落，都云淡风轻、宠辱不惊。父亲除了教育圈内的同事，不大善于与外人交往，即使是当了领导，也不擅长走上层路线，所以父亲常说"我别的都不会，只会踏踏实实地工作"。

20世纪70年代中期的招工和上大学，都是由大队和公社干部推荐的。许多人都在明里暗中拉关系、走后门，父亲也想跳出农门，也想实现他的大学梦。他两手空空去找干部，干部白他一眼，说："你不够条件。"更糟的是，干部们对父亲有成见。他们说父亲有傲气，摆知识分子的架子，还说要警惕父亲"篡党夺权"……原来，由于父亲教学成绩突出，学生和群众对他的评价颇高，相传上级准备提拔他为大队党支部书记。

　　也许是命运让父亲经历了太多的苦难，也许是命运对父亲有了特别的垂青，不久父亲就入了党，并被公社党委定为大队书记的接任人，并作为公社领导培养对象。然而，谁也没有想到，父亲骨子里倔强得如一头牛。无论谁怎么劝说，父亲哪里都不去。他不愿意离开教育战线，不肯上任。父亲把一生最热烈的情感给了教育，他无法割舍这份用尽他青春和美好时光的工作。父亲还想在教育战线上走得更远。就在我们都不理解父亲时，1980年，父亲以超过录取分数线77分的优异成绩考入一家师范院校，开始了他人生的继续深造。

　　父亲根植于大地上的故乡，默默无闻地站在时光里，经历风，沐着雨，迎着生活的阳光。

　　1997年父亲节前夕，《南方工报》副刊编辑郑锐在电话里约我写一首关于父亲的诗：

父亲的目光

深情依旧

时刻注视着我的命运

威严和慈祥

在我身后闪烁

天地间最伟大的爱

没有显赫的职务

没有优裕的生活

只有一支粉笔

和两袖清风

远山有无限景色

山花和孩子

正用足够的勇敢

走出苍茫

如花的孩子是父亲的学生

所有学生都是父亲的孩子

呵，如炬的目光

可以点燃信念

永远像春光

使愚昧和无知

慢慢缩小游荡

几经风雨仍充满微笑

几经阴影总还是明亮

这首诗在父亲节那天的报纸刊发了。郑锐先生与我从未谋面，我一直在寻找他的消息，至今未果。心里感念这份来自陌生人的温暖。

4

在父亲生命的旅程里，他最大的牵挂是对子女的教育。在对我们的生活照顾方面，父亲是一位慈父，而在对我们学习、工作的要求方面，他又是一个特别严厉的老师。如果我们兄妹三人有谁稍稍懈怠一点，或者说了一句不思进取的话，父亲就会狠狠地教训我们。小时候贪玩的我，没少挨父亲的鞭子。鞭子更多的是落在讲台上，落在身上的并不多。

鞭子在那个时代是一种成长的记忆，更是一种学习的鞭策。我小时候特别爱哭，每当鞭子落在讲台，我总是泪如雨下。

我清楚地记得，我还是一个小学四五年级学生的时候，在父亲的辅导和严厉的鞭子的督促下，每天夜里在一盏昏暗的煤油灯下，孜孜不倦地学完了初中的数学课程……小学升初中时，我从一所乡村小学考上了省重点中学，数学成绩全县第一名。年少的我并不理解父亲，常常对父亲的鞭子教育耿耿于怀，然而，在为人子四十个春秋后，我才真真切切地读懂了父亲。

人世间，人是为爱恋而活着的，是为牵挂而活着的。父亲膝下的三个儿女，是他和母亲全部的慰藉和寄托，他用老师加上父亲的质朴智慧，编织着理想的翅膀，拿官方的话来说，是要把我们兄妹培养成为对社会有用的人……

从工作了16年之久的校长岗位退下来之后，父亲仍然没有停止对生活与人生的思考，而是把他积年的思考形成了文字。

呵，他老人家竟然弄出一本厚厚的打印稿来！

父亲16岁开始在《星火》等报刊发表作品。从教后，他潜心研读了古今中外的教育专著，观察了解当地的教育教学现状，冷静思考当今当地的教育问题，先后写下了大量的教育随想和论文，分别在《中小学校长》等刊物发表，并有不少论文获得国家级奖项。父亲还在《广州青年报》《赣南日报》《做人与作文》《新作文》《文学天地》等报刊发表了一百多篇诗文。他的报告文学《西江河畔的师魂赞歌》还获得全国首届师德征文大赛一等奖，诗歌《放歌生活》获得第五届全国"走进新时代"文学艺术作品大赛一等奖。

父亲是江西省作家协会会员，他把人生的甘苦，岁月的感悟，流露于字里行间。我是品读父亲的文章成长的，父亲习惯用文字和子女交流。多年前，父亲的散文集《岸花冰心》在广州出版社出版。文集中的很多篇章，是父亲写给孩子们的箴言。在物欲横流的世界里，父亲心中依然固守着一块陶渊明式的净土。

岁月如风。这股风从父亲的心灵深处吹来，从故乡的桃江江畔吹来，穿越荆棘，穿越凡尘，穿越世俗，去追寻人间的真善美。如果说生命是思想之花，如果说生命是智慧之果，那么父亲就是开启我心智的书，一本厚重的、深沉的书。这本书，汇聚了他一生的思考和磨砺；这本书，讲述了一位从教数十年为人师者的心路历程。这本书，无论是针砭时弊，还是对人生的思考与观照；无论是对亲情和爱情的理解，还是对自然与社会的洞察，字里行间都充满欣欣向荣的气息。那白描式的刻画、富有哲理的语言、崇高的梦想，每阅读一次，我都会有新的领悟、新的启迪。

父亲和母亲在争论中过了一辈子。这或许是一个大队书记的儿子和一个法官的女儿价值观的冲突吧。争论激烈的时候，他们试图要从法律上脱离关系。那会儿我想，如果一定要选择站队，我会坚定不移地跟随母亲。然而，最终还是没有分开，尽管他们的价值观冲突从来没有和解。是想通了吧？或者是命中注定。父亲是一个做学问的人，从来不参与家务事。在日常生活中，父亲还是得依赖母亲的照顾才可以活下来。正如父亲所说："人在阳光下，都能看到鲜花和绿叶。人在阴影里却难见光辉和灿烂。当你的心境被阴影笼罩的时候，千万别被阴影纷扰。一定要挣脱它，飞越它。"阳光下才有阴影。有些矛盾和冲突是可以并存的，因为它可能永远无解，但最终还是可以和平共处。

人随春好，春与人宜。

世间一切，万般美好。

"山坡上朵朵洁白茶花，家史里篇篇悲壮故事。"父亲的著作《花泛红土地》是一部淳朴昂扬的乡村史诗。

从初冬山坡上的油茶花写起，以诗意场景起笔，带出了一部与百年中国历史变革相融合的家族史，一个个富有血性的普通人在风云变幻中跌宕起伏的命运，历史的、民俗的、人性的……各种事实细节，各种命运波折，各种机缘巧合，各种命定与流离的凄苦喜乐，使这部家族史显得丰满而立体，悲怆而灵动，让人不禁为身不由己的、与苦难搏斗的人物命运扼腕叹息。

百年沧桑，血泪纵横，人性多艰，令人感怀唏嘘。父亲以充满哲思的篇章标题"本相本色乃本心初衷初愿皆初志""野地野花是野景　凡界凡境皆凡事""素朴素淡处尘寰洁白洁净展风姿"建构起整部小说淳朴昂扬、崇善尚美、悲悯旷达的叙事基调，思索的况味很浓，借忧伤诗意的乡土情怀擢升作品的思想意蕴，在诗意表达中彰显叙事张力，使小说具有了沉实厚重的思想之地和淡泊悠远的哲思内涵。

《花泛红土地》在尽可能爬梳、还原家族史的同时，于悲怆的笔触中注入内心不曾泯灭的光明，始终于黑暗之中张扬着壮丽的青春的光芒。此外，《花泛红土地》中的女性叙事成为迥异于男性"战场"的一种平和、温暖且坚定的力量，她们的言行处处流露着智慧和远见，宽容仁爱、感恩豁达，以大写的人的方式在乱世中从容地行走，拥抱琐碎的日常，也包容人性之恶，成为男性心底坚实的后盾、明亮的灯塔，让读者随之伤感，愤懑的心绪得到休憩和抚慰。

一个家族的忧伤往往是一个时代的忧伤。脚踏土地，眼望星空，心存敬畏意境高；回顾历史，钩沉过往，《花泛红土地》不是为传递绵延不绝的悲痛，而是为擢升这样的信念："不论我们的生活有多艰难，一定要记住：行善不争早晚、不分大小！"只有秉持惩恶扬善、阳光积极的人生信念，才能让苦难者或者苦难者的后人最终冲破心灵的藩篱，以莫大的勇气拥抱未定的命运和迟来的幸福。这才是《花泛红土地》这部作品的真正的内核——以"卑微"的个体命运观照特定时期人类的整体命运，在情感抒写、诗性叙事和智性思辨的综合场域中实现一个家族的心灵成长和精神救赎。

再后来，父亲的长篇小说《三才毓秀》《分缘》相继在《嘉应文学》发表和中国华侨出版社出版。

读着父亲的文稿，很有趣的是，我不觉想起大仲马和他的宝贝儿子小仲马的故事，应该说，我才是父亲最得意的作品吧。

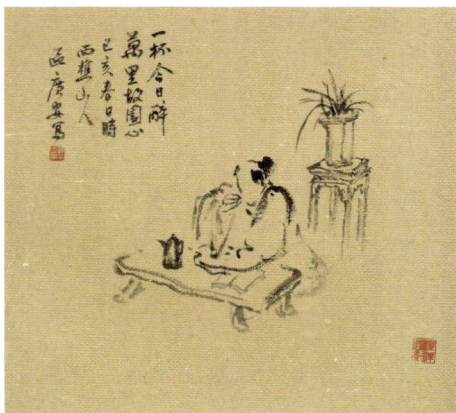

乡土恋

近乡情更怯，不敢问来人。

举头望明月，低头思故乡。

谁不爱父母，谁不恋家乡？不孝，何以言忠？不爱其乡，能爱其国？无情未必真豪杰，最是英雄好多情。我不是情种，但不乏爱的温度。

赣州信丰，落蓐之地，在严慈的呵护下，告别桃江，浪迹江湖；广东从化，萌芽开枝之沃土；广州天河，弄技糊口之舞台，当代人说的"第二故乡"吧，是以恋恋之情不能去怀。

乘运应须宅八荒，男儿安在恋池隍。君王自起新丰后，项羽何曾在故乡？

哈，项王虽以锦还之快而贻笑后人，我却欣赏他老人家的乡恋。

天河，真是太牛了！我像一粒微尘，挟裹在这群星璀璨的天际银河，忝列"仙班"了吗？笑话。红尘滚滚，人海茫茫。天河地铁体育西路站每天数十万人头攒动，澎湃汹涌。寄身其中，随波逐流，为这工薪族的壮观，平添了些飞沫细响吧。

我是一个特别容易满足、随遇而安的人。天河，我真的爱上了您。客家人《过番谣》里有句：日久他乡是故乡。

啊，故乡，我的故乡……

为信丰记

信丰者，幽居赣南，弹丸于泱泱华夏。山川之妖冶，风物之传神，独秀南国。桃江源出大庾岭，纳千溪万泉，百回九转，汇入赣水，曲直顺势，清浊由天；经山村而历都市，傍茅舍而绕华屋，宠辱不惊，枯荣相忘。玉带桥前清故物，巨石叠垒，高古雄峙。桥孔可穿王濬之舟，对此不惊埃及之塔；桥上屋宇，遮去数百年风雨，依然情重；行旅匆匆，独不见韩、苏履迹，恨不逢时。大圣寺塔直凌霄汉，古典苍迈，九层六角，九层九境界，六角六画图。仙济岩仙风依旧，石窟小比大足云岗；南山寺宋人匠心，拂云老松果然成名。至于雷惊菜花，雨推稻浪，风拂金野，雪压脐橙……一方福土，四时胜景，五谷丰登，百业兴旺，千年繁华。历检信丰旧牍，竟无"灾荒"故事，让人扣案悬想。

史载，唐永淳元年（682）建置，初曰"南安"，因与福建泉州南安县重名，天宝元年（742），敕赐"信丰"，据传取"人信物丰"之意。丰者，前有述焉。信耶？何以"信"为庙堂所重？窃以为中唐之际，武后姑侄临朝，设"铜匦"，重酷吏，嗜亲杀，《罗织经》风靡朝野，周（兴）、来（俊臣）辈"请君入瓮"，嫉馋积重，豺狼横行，"信"安在哉？李隆基借姑母太平公主之力剿灭群丑，复唐旧观，于延和元年（712）甫登大宝，翌年即妄生圭角，置姑母及其党羽于死地，血洗长安。雄才了了，异己净净，家国事竟倚重安（禄山）、史（思明）等胡人肖小，无佞之祸其远耶？呜呼！欲取信于天下者，必已失信于天下也。

是谓君子德风，小人德草；天霖雷响，草木有知。吾中华民族之可亲可爱、可悲可怜之处，大概于此：襄公因"信"被诟，贻笑千古，以至于尚术重诈，《阴符》以为国学，神州之陆沉堕窳可知矣；尾生抱"信"而死，野史以为美谈，厚黑龌龊之长夜，仅此一粒青灯也。

嗟夫！政在鼎新，民袭祖制。有唐以来，信丰信人，可谓"信"入骨髓。"比屋弦歌"之地，英才荟萃之乡。仅明以降，以25名进士、65名举人、82名外任知县，翘楚神州。黄润老公正无私，有"铁知县"之目；黄德温刚正不阿，手刃阉竖于丹墀；甘士价与民骨肉，政声清冽，大理寺卿致仕，杭州武林书院甘公祠古风犹存……至于"四大金刚"之傲骨正气、《梅岭三章》之雅韵豪情，可谓集信人、信士、信念、信仰之大成也。

噫吁嚱！天灾多乃人祸也。信丰鲜有天荒之年，其得天佑耶？否，是人信也。古人云："天机无巧""天不藏奸""天道好还"。信丰之"信"在，无所不在；信丰之"信"有，何所不有？

有幸醉卧桃江畔，何必万里觅封侯？！

信风吹来一枝春

信风吹来一枝春，满眼河山堆华英。天涯凤凰谁得髓，桃江如诗风浪吟。

一盏灯，悬挂于赣南家乡的屋檐下，等待一首诗的盛开。一轮月，亮堂于异地的高楼上，静观远方的守候。

在时间的底片上，隐约听到的是客家乡音，还有与乡音有关的词汇。

山还是那座山，谷山；水还是那条水，桃水。无论它们以怎样的姿势在历史的背景里绵延，都带不走我的深情。

此刻，我该以怎样的歌喉来引吭，以怎样的想象来回忆？"比屋弦歌，饶谷多粟，人信物丰……"

春秋已去，雁阵啼碎中原疆土，朝南再朝南分飞，吴楚版图的属地上，昨日与今朝，明天和千年，白云空悠悠，心事满悠悠。

山和水向远方走去，向城市和乡村走去。风骨，像谷山一样坚韧；血脉，似桃水一般偾张。

信丰山水，风情万种，装得下世界上所有的风光，装得下所有人的心灵魂魄。每条路，都通向故乡和村庄。

我的故乡，在最初被称为"大窝"的大阿。占据地理概念上的鳌头，一山（谷山）衔三地（嘉定、大阿、正平），属"三省通衢"要塞。民主村有个最小的村庄，叫求雨墈。那里珍藏着我的童年往事，珍藏着一个少年的秘密。哦，从大阿飘过的每一朵云彩都是亲人，都是庄稼的客人。

"登谷峰之顶，俯瞰城邑，台榭楼观，近在目前；闽山粤峤，可揽而接。"故乡的云飘过隔壁的广东，感受岭南以南的热。故乡的云飘过紧邻的福建大海，张望一片洁净的蓝。

阳光沸腾的红，是心里昼夜流动的旗。用生命修改泥土和万物的时候，便滋生出春天所有无边无际的惆怅。思乡的惆怅，却被我酿成烈酒。月光，是今夜潜伏的谷烧米酒。

我站在对面最高的山峰，看南方的阳光照进来，眺驾云舞羽的油山龙脉，望中坝河汇入珠江支流北江，"油山如画翠连天，树染青云草染烟。百尺松衫倚屏列，一庭佳气荫阶前"。

我相信，只要在你身边，就能触摸到你的气息。可是，谁可以陪我，回到那一年的故里？

窗外，披上盛世唐装的风韵，一帘幽梦醒来，在信丰铺天盖地，惊得"一江两岸"独领风骚。

你在三千多年的一幅画里润笔与构思，你用一场历史的深邃唤醒我，你用一段不同寻常的往事和经历接近我，你用一些野花的内心酝酿吸引我。

画框里，有你名不虚传的名胜古迹，大圣寺塔"塔传唐宋神韵铸千秋人信，江颂今朝英豪润万载物丰"，桃江八景"信丰有梦水，则梦水之为信丰水审矣"，玉带桥"海阔江深登岸不须舟与楫，功高德大固桥是赖圣偕神"……

与风景一起盛开的是更远的远方，是脊梁上的灵魂曲，是日日夜夜吟唱的新生与永恒。你听，这片土地在吟诵什么：

德温朝廷载誉，甘公杭浙留馨。

黄期余为官清廉，号称铁县令；邱道东妙手理财，胸怀乡梓情。

"思玉""保堂"，开国将领；项英陈毅，战绩扬名。

油山游击战，军民卓绝；星火"新屋里"，主席英明。

童国贵机智善战，肖煽道虽死犹生。

战功卓著李长玮，巾帼英豪肖国英。

纪念馆里，厚重的文字史料和翔实的绘画照片，光芒四射，接纳了人们行注目礼，被世代铭心刻骨。大榕树遮天盖地，丹桂年年吐馥，杜鹃花红了一遍又一遍。

故乡的天空远比我们想象的还要辽阔。

翻开这里的山水，我铭记着尘世间唯一的语言。

我热爱的云朵和牛群，散落在泥土种植的家乡。袅袅的炊烟，山坡上临近春天的草，晨雾打湿了一地的阳光。

引水上山，引人入胜。那一夜月光在脐橙、红瓜子、萝卜、草菇、辣椒四处风行；那一夜月光更像客家山歌，沾着风情，依附乡土，如打开的佳酿米酒，醉了世界上所有的家乡。

我触摸到丰收的果园，被橙香醺醉不思归，"中国脐橙之乡"，磨砺出千秋笑靥。两千多年前，屈原写下了《橘颂》："后皇嘉树，橘徕服兮。受命不迁，生南国兮。"20世纪70年代，我出生的那个年代，信丰从秭归引进脐橙开始栽种。三月，橙树花开，洁白如雪，蝶舞蜂忙；风吹波涌，绿锁山丘岭脊。立冬，脐橙果大色艳，压弯树枝，"巧笑倩兮，美目盼兮"，橙进房香满堂，甜酸适口、汁多嫩脆。好景君须记，春赏橙花秋品果。家乡因橙，四处是甜蜜的山、芳香的云。啊，香云，芬芳的霞云，香云万里飘。脐橙节，以橙迎宾、以节搭台，风情万种；桥北广场，橙乡天使美若天仙。去影剧院观看《脐橙寻宝记》，去图书馆阅读《信丰脐橙志》……

赣南信丰，人信物丰。人有信，物乃丰。

故乡是一种气息，更是一种信念。我们敬畏自然，敬畏生命，敬畏故乡大地上盛开的所有风景。

挂在心头充满热爱的灯，等待一首诗在家乡的土地盛开。

我深爱的这片土地

离别难免有些伤感。

2006年的春风，扬起了我与居住了整整十年的小城的离别。

十年，十年啊。这不只是一个时间的概念，它意味着一段历史，一段用激情和心血书写的光荣与梦想的历史。

这十年不是普通的十年，是我生命中最美的十年，是年轻的十年，是成长的十年，是多梦的十年。

在从化的十年，我做过美工、秘书、导游、摄影师、建筑助理工程师、公务员、新闻工作者。但无论从事什么职业，不变的是我对这片土地深深的眷恋。这片土地烙下了我活着的印记，撒播了我心灵的观感。

别了，这片热情的土地！遍地的温泉是她再也按捺不住的激情。

别了，这片美丽的土地！盛开的荔花是她披着的五彩衣裙。

别了，这片其实并不寂寞的土地！早在恐龙时代，这里就是恐龙的乐园。生命在这里一直是无比喧闹。那些在山石间出土的恐龙蛋是尚未来得及走出来的生命。而在这些生命向人类文明行进的过程中，无声的山河见证了这一切。生命的碎片在历史的碎片中窥得见的就是一次次发掘出的那些头骨和人牙。每一块都会是一个凄美的故事。

生命之旅是一种告别。

1995年7月，荔熟蝉鸣。八方游客蜂拥而至，享受着做岭南人的乐趣。正是这样的时节，带着青春年少的愤怒和青涩的反叛，我告别了大都市广州，告别了单纯的校园，来到北回归线上的这座城市。

上班的第一天，当别人沉浸在欢乐的海洋时，我与同事却加班到次日凌晨两点，布置荔枝节开幕式的会场。忙碌了一个月，换来的报酬却不足400元，连温饱问题都难以解决。在这人生地不熟的从化，我产生了一种莫名其妙的忧郁感，心慌意乱。初到从化的热情和信心被不足400元的报酬冲刷得一干二净。当时我真后悔来到这个"鬼"地方，并且决定离开。

很快，我的21岁生日就来到了。那一天，我与同事来到被誉为"第二庐山"的流溪河国家森林公园游览。起伏连绵的山，晶莹剔透的水，郁郁葱葱的树，清澈润泽的湖泊，幽静恬适的深林，忽而鸟啼，忽而虫鸣。走进绿色的海洋，所有的烦恼都忘却了。那时的我，对于生计还没有过多的想法，只是感觉在这充满喧嚣和浑浊的时代，能够拥有这样一方净土，拥有这样的一个独特的美的世界，是人生中一大幸运。山顶的风，吹到我的脸上。在高山之巅，极目千里，内心的一种小情绪让我就在那一刻，爱上了从化。

我因为爱上这片土地而去探究过这片土地的历史，而又从这一过程中体会到一种满足与融合。"从化"一词的来历颇有意味。明正统十四年（1449），广东爆发了著名的黄萧养起义，接着又有谭照福等揭竿而起，起义军攻城略地，势头凶猛，后当然被镇压下去了。面对十万余战俘，统治者在广州以北划了一片土地，来安顿这些乱臣贼子，起名"从化"，取"远氓从此归化"之意。

这块"远氓归化"之地，似乎得到了上天的格外青睐。多山、多林、多温泉，像一个长在山野的小家碧玉，美得实在而自然，美得让人心动而神迷，让我这个"远氓"也归化在了这个地方。

从化，是太阳转身的地方。从世界范围看，北回归线附近有一条不连续的沙漠环带，例如撒哈拉沙漠和阿拉伯沙漠，它们的主轴线与回归线一致，地理学上形象地称回归线为干旱线。但这个自然的普遍法则却有例外，那就是在亚洲东部的北回归线并没有沙漠，相反，却保留着一片绿洲，我国的广东、云南、广西和台湾便是。其中，原始森林的保护和调节功不可没。

从化的山山水水、事事人人都让我记忆犹新，让我感恩生活。

一路行走，一路回眸，一路眷恋。

"从来此地占春先，百里流溪似锦；化及殊方传誉远，四时泉水常温。"一方水土养一方人。从化，这一岭南文化的发祥地，从茹毛饮血到现代文明，一道道历史的痕迹，记载着它漫长的发展历程。对我个人，它记载着我的泪与笑。

一走进从化，我的心就会莫名地激动。听瀑布鸣琴，心旷神怡；听泉声吹笛，情深意长。水秀山清，有幸常为从化客；荔乡情厚，不辞长作岭南人。

十年风雨路充满了关于从化的记忆。

最后，我还是走了。没有带走一丝云彩。无论有多么不舍，人总是在不断地前行。就像风，有着它固有的走向。广州，也许是我的一个正确抉择，也许……在离开从化的日子里，我发现我对从化的思念和怀想是如此深刻，以至于总会在静夜里湿了眼眶。在这片土地上，我虽然有过几次可以称为恋爱的情感经历，但总是无疾而终，最后，我还是一个人默默地离开了这片土地。带着我那可怜的新闻理想，调到中国最具影响力的新闻杂志《南风窗》工作。

带着梦想，带着泪水，我用匆匆的脚步坚实地穿过从化。

这座背靠五岭面向大海的小城，也许是被繁华的广州和香港遮蔽了风采，一如朴素、内敛的小家碧玉，努力做着自己的本分，从来不事张扬。小城没有华丽和喧嚣，却多了一份朴素和清纯。她的美不像钻石，令人一眼惊艳，却像美玉，是把玩体味过后方能触摸到的温润持久；她不是深闺女子，而是一个邻家小妹，清纯的眸子掩不住骨子里的那种善良和美丽，充满生活和田野的气息。

从化是我的第二故乡。我的老家在江西信丰，离开养育我的这片红色土地，我志忑忑忑地回到广东的土地。先是在南雄念完高中，继而又来到广州求学，三年之后，妩媚温情的从化轻轻地将我拦腰揽住，于是我停下脚步，贪婪地汲取着色彩斑斓的岭南文化和最有时代质感的快乐。我喜欢在从化闹市的高楼群中奔走，看看那华贵气派的楼顶；更中意到流溪河畔去散步，寄情山水、娱乐鱼虾，寻觅一段格外难得的宁静。如果说信丰是我的母亲，那么从化则是我的恋人。一恋便是十年。

两千多年前屈原慨叹："登昆仑兮食玉英，与天地兮同寿，与日月兮同光。"从化的每条溪河流淌的都是甜美，每个村落都是一篇灯下绵绵无尽的童话。荔枝的香气浓郁，几乎令人生出幻象，仿佛在长安，大唐令人嫉妒的繁华中那个云鬓花颜的任性女子，倚窗翘首等待飞骑红尘……古今、南北、中西文化在这里碰撞着、交融着，生发出多姿多彩的岭南文化。

冬季的流溪河仍然散发着热烈的花香，清爽而湿润的空气中弥漫着一种升腾的力量。两岸的荔枝林里，风儿不疾不徐地吹过，轻轻地抖动着绿色的树叶，温泉水开始了它激情的歌唱。

温泉是上帝最美的眼波。从化温泉水畔，灿烂的阳光拨开遮住它的云朵，把生命的光芒投射到森林中的空地。森林公园昆虫的唧唧声伴着群鸟在空中尽情地起舞，流溪河岸的垂柳亲吻着平静的水面，唤起了碧波无限的深情，那一圈圈惬意的涟漪，就像少女羞涩的回眸，一扭头，又悠悠地流向了远方。

风云岭上那片蔚蓝的苍穹竟收揽不下这一眼风景。

仍旧是这样深情的土地。

仍旧是这样饱满的禾苗。

仍旧是这样善良这样朴实的人们……

每一茎野草，根上有我记忆的血脉；每一片绿叶，是我投刺江湖的名片——哦，从化，我，也在这里"从此归化"……

北回归线上的一墨醒笔

漫步于从都庄园，拂面而来的是南国植物的气息：细叶榕、紫荆、大叶紫薇、火炬木……木本植物参差错落，与庄园的蓝色屋顶相映成趣。在环高尔夫球场的小道上精心栽培的波斯菊、石竹、孔雀草等草本植物花朵娇妍，此起彼落，像一支轻快的小步舞曲，让南国的冬日变得轻盈温暖。近看房前屋后，远眺凤凰山，满目尽是苍翠，也许是不远处温泉的滋养吧。在老广东们的记忆里，说到温泉，就一定要说从化，仿佛从化就是温泉，温泉就是从化，温泉与从化是划等号的。齐集从化之美的从都庄园又怎么能少了温泉的体温呢？从都的温泉像羞涩的少女，藏在半山腰上汩汩流淌，它是凤凰山的眼睛，也是从都温暖的鼻息。

当环保车沿着花木芳馨的道路攀上凤凰官邸，你会感到这占地面积280多万平方米的从都庄园一如南方女子的含蓄和秀丽，又不乏古代都城般的大气和典雅。站在凤凰官邸俯瞰从都建筑群，仿佛置身于古代某个王朝的梦境，让人情不自禁联想到脚下这片土地早在七千年前就有人类活动的足迹。日升月落，斗转星移，时间在这片土地上留下了太多的记忆。无论是斑驳的新石器时期遗址还是从化周遭散落的明清古村落，都在讲述王朝的兴衰、历史的沧桑。而从都仿佛一个蓝色的旧梦，用它的建筑群、用它的博物馆、用它无处不在的细节之美坦陈着中国人对历史和来路的追忆。这里承办过诸多国际峰会，以礼仪之邦的风度迎来送往。它既是传统的，又是现代的。正如它既有国际标准的高尔夫球场，也摆设着眉目清晰的唐朝仕女的雕塑。那些雕塑作品让人联想起一个与广东有关的唐代著名典故："一骑红尘妃子笑，无人知是荔枝来。"《资治通鉴》中也记载了唐玄宗为博贵妃杨玉环一笑，"岁命岭南驰驿致之"。荔枝是果中极品，而从化的荔枝，是荔枝中的极品。从化位于北回归线的北面，属亚热带气候，气候温和，阳光充足，雨量充沛，非常适宜荔枝生长，是世界上唯一能在北回归线以北种植荔枝的地方。从化的荔枝品种繁多，味美而鲜，不仅因为那历史上惊鸿的一瞥，更因为它本身的甜蜜颇具名声。在从都庄园的山麓，也有荔枝林，只不过我们来时时令已过，木叶在渐凉的风中静等着来年的蓬勃。

最切合从都气质的植物，也许不是那拥有浪漫历史典故的荔枝，而是生长在庭院间亦生长在山林中的松柏和梅树。松柏和梅是古往今来文人雅客偏爱的植物，它们是君子之树，是品德高洁的象征。在中国人的心目中，像松柏和梅这样能忍耐寂寞、严寒，不畏霜雪摧折的树木才能配得上君子之志。岭南的冬日算不得严寒，但松柏和梅树依然显出了一种被时光锤炼过的苍劲。清晨拾级而上，就遇到了正在盛放的白梅。流溪河深情地在从都门前经过。河水一路欢唱，流向珠江，奔向南海。凤凰山的清寂不像流溪河，游人在梅花间穿梭嬉闹；凤凰山的寂静就像白梅的花蕊，掩映在一株树与一株树、一朵花与一朵花中间。这样的宁静，让笑闹的人放轻了脚步，屏息走过梅树，迎面就是高大的松树。那山下庭院中的罗汉松，也在随风致意。也许它们在这里生长了许多年，怀揣着无数深埋于历史的记忆；也许它们一直都在等待，等待着那未来者身携他们的歌诗与故事。

如果说北回归线穿过之所就是一首诗的话，从化一定是其中最深情的一行，从都庄园呢，一定是那诗行中最美好的词汇、最让人心动的修辞。作家王小波说一个人只拥有此生此世是不够的，他还应该拥有诗意的世界。我不敢妄断小波先生的心中是否拥有一个诗意的世界，但是，假若他来过从都，在它蓝色的下午或者寂静的清晨徜徉过，那么他一定会拥有这样一个诗意的世界。

璀璨的天河

滔滔天河浪，滚滚珠江潮。"纵目游骋，她的潋滟与润泽，向东波及黄埔，在西连接越秀；珠江玉带在她的南边逶迤而过，白云山色在北面与她为邻……天河，广府文化和客家文化杂然并存，现代都市气息浓烈，更见众多大学校园内红棉临风摇曳，梧桐傍水舞蹈……"杨建城先生在《天河文物志》的序言里，这样描写天河。

其实，这里原有一条古老的河流，曰"天水"，数千年来"养在深闺无人识"。一条古水哪一年蝉蜕羽化，僭越"天河"，不可考。可能最让读者失望的是，时过境迁，这条水文的天水，在以"天河"之名闻达于天下时，已不复存在——代之而起的，是现代都市的锦绣繁华。

每当夕阳西下，薄暮之中，不夜城的灯火阑珊无涯无际，让天上的璀璨银汉也自惭形秽，望之堪羞。

"天河"，在我的眼中，不再是骄狂僭越，而是实至名归了。

"下一站，体育中心"——许多广州人的一天是从体育中心开始的。地处广州市金融商业中心地带，毗邻广州东站与中信广场，体育中心站承载着许多人的日常生活；天河体育中心也陪伴着广州人，30余年寒来暑往。我的一天也是从天河体育中心开始的。作为天河体育中心的"老邻居"，晨起步行10余分钟，我就可抵达天河体育中心东门。和很多"老邻居"一样，我在体育中心晨练，耳边响着曼妙的音乐，一边小跑一边想着心事，偶尔会有一些关于写作和工作的灵感涌现；我的几部作品正是在体育馆的跑道上酝酿而成的。而我的办公室，则坐落于体育中心东侧，透过窗户便能望见体育中心发生的故事，它们为我提供了诸多遐思和小憩的时间。

　　30年前，"天河"二字在广州还是蒙着尘土的荒野及天河村旁废弃的民用机场。始建于1984年的天河体育中心，历经六运会、世界杯女足、九运会、亚运会……广东男足六运夺金，中国女足走向世界，广州恒大勇夺亚冠……一场场体育盛会的上演，一声声呐喊和赞叹，擦亮了"天河"这颗明珠。恒大的球迷把天河体育中心称为"天体"，就像一个闪闪发光的星球，高悬于他们热爱运动的炽烈内心；喜欢游泳的人，总能在恒温的游泳馆里一显身手；歌迷朋友会无惧风雨与他们的偶像台上台下一起欢歌……这座综合性多功能场馆，不仅是世界性的体育殿堂和全民健身乐园，更是广州新城市中轴线上的"城市客厅"，它热情洋溢，接纳着五湖四海人们的驻足和欢声笑语。天河像一道连接天下的彩虹，怀抱世界的港湾。可以说，天河体育中心的发育史就是广州这座城市的发展史，也是一代乃至几代广州人的个人史。

　　"行花街"几乎是所有广东人美好的记忆。春节前，天河体育中心会被繁花环绕，真正的"花城"燃烧着，这是广州最温馨的时节，也是天河体育中心最浪漫的篇章。天河体育中心原本就是一个园林式的体育公园，芳草如茵、绿木葳蕤，在城市生活的人在亲近自然中领悟"生命在于运动"的音律，而在"行花街"的冬日，更是将岭南传统文化展现得淋漓尽致。我每天从花木中走过，携带着一身芳菲，工作一天也神清气爽。与家人、朋友三三两两在花木中间穿梭，你也许还会想到郭沫若笔下"定然在天街闲游"的美好情志。

又或许，天河体育中心本身就是一棵高大挺拔的亚热带植物，它的树冠稠密，枝丫苗壮。它在烈日中、台风中、寒流中，总是给予人们生命的热情。它也像一个亲密的邻人，静静陪伴着人们，上车、下车、跑步、行路、欢呼、歌舞……如果你正去往那里，它就像你的老朋友，不经意地亮出了天河之名。天河体育中心所代表的现代城市的未来意识、前卫的理想格局，是世界城市文化与文明前瞻性和现代性的缩影。体育之美就是人类的生命之美，体育中心之美就是城市与人类交互的现代文明之美。天河，凭借着改革开放的恢宏舞台，镀上了朝气蓬勃的时尚金色。在这里，我们经历了从农耕文明到商业文明的进化，参与并创造了城市新的气象。30年间，人们的奔跑、跳跃与欢呼，凝合成了天河体育中心的心跳，它的频率正在与世界共振，踏出时代的足音。

浪迹江湖，浪迹天河。我像一粒微尘，挟裹在这群星璀璨的天际银河，忝列"仙班"了吗？笑话。红尘滚滚，人海茫茫。天河体育中心地铁站每天数十万人头攒动，澎湃汹涌。寄身其中，随波逐流，为这工薪族的壮观，平添了些飞沫细响吧！

母亲的河声

广州天河，凭借改革开放的恢宏舞台，镀上了精美绝伦的时尚金色。在天河，我们有幸经历了从农耕文明到商业文明基因突变般的瞬间进化；在天河，澎湃的创业激情与迸发的艺术的生机水乳交融；在5月的天河，天河区文联与方所以感恩母爱的名义，让经典文字与灵魂的声音相遇，犹如在母亲温暖的怀抱里，聆听艺术的细语呢喃。

母亲，是对每一位女性最美丽的称呼。因为母亲，女性成了文学永恒的主题、一部翻阅不完的作品。人世间最美妙的声音，是母亲的呼唤。人世间最温暖的手，是母亲的爱抚。人世间最温暖的爱，是母亲的爱。母爱，人类社会亘古不变的主题，常常带给人意想不到的伟大、感动与惊喜。

有这样一个传说：每位母亲，其实原本都是漂亮的仙女，她们拥有一件极其美丽的衣裳。当她们决定做某个孩子的母亲时，为了能够精心呵护这个小生命，必须褪去这件美丽的衣裳，变成普通女子，一辈子，平淡无奇。于是，天下所有的母亲，几乎都是平凡的，她们只是本能、自发地把所有的爱奉献给儿女。然而，对于子女乃至整个人类来说，母亲又是不平凡的。她们不仅担负了繁衍后代的使命，同时也是人性中最闪亮的风景。

她们的付出总是默默的。

她们轻摇哼唱地望着怀抱中的幼儿，她们欣慰满足地望向咿呀学语、蹒跚学步的孩子，她们落寞不舍地望向长大成人后走向世界的子女们的背影……无论我们在外受到多少委屈，这世界给了我们多少凄风冷雨，却总能在回头的时候，看到母亲慈爱的目光。我们的目光总是向着远方，母亲的目光却永远落在我们身上，她是我们最忠实的后盾。

有母亲的人，永远都有做孩子的权利。每个孩子，无论身在何方、长到多大，永远都是母亲的眼珠子、心肝肺，是她掌心的宝，永远割舍不下的牵挂。父爱如山，母爱如海。母亲如同大海般博大宽广的爱，让我们取之不尽、用之不竭。

母亲在，家就在。

那是一个摘下面具、放松自我的伊甸之园。

像放飞的风筝，我们飞在广阔、未知的天空时，望向大地，那是我们的根，是母亲手中那长长的线时时牵系着我们。

不管岁月给予她多少皱纹，将她的肌肤打磨得多么粗糙，她看向我们的眼神，总是温润如初、温暖动人。

有人在一些艺术作品中，发现了母亲神性的光辉。然而，我觉得对于子女来说，母亲的爱，远比神灵来得真切具体。神看万物，是俯视，是"慈眼视众生"。神的子女，是人类，是救赎与超度。而母亲，她的目光永远跟随子女。小的时候，我们是她一切美好的希望，大了些，我们成了她一切美好的想象。我们的不足，被她小心地藏掖着，而一点点成就，就成了她永远的骄傲。

曾经，一部《妈妈再爱我一次》的电影，让多少人流下了感动的泪水；一首《世上只有妈妈好》的歌曲，唱出了多少人的心声。母爱是我们内心最温暖的歌，总会在某个午后、某个黄昏、某个黑夜，在心中轻轻响起。母爱是一幅淡淡的画，总会在某个陌生街头、某个陌生小站、某个异乡旅店，在我们最失意、最需要求助的时候，闪现在眼前……有句歌词"我要稳稳的幸福"，大概这个世界给不了任何人"稳稳的幸福"，唯一能做到的只有我们的母亲。无论她高矮胖瘦美丑，她的存在，便是我们坚强的盾牌，足以抵挡万水千山跋涉的辛苦与沮丧。

"子欲养而亲不待"之痛在我们身边常有，所有的母亲似乎都习惯了儿女对自己的疏忽，一颗心却追随着儿女漂泊不定。也许只有当我们生命的太阳走向正午，人生有了春夏也开始了秋冬，对母亲才会有深刻的理解、深刻的爱。其实，母爱不只是伟大，更重要的是它的美。当母爱如花般绽放，我们能否停下忙碌的脚步，去聆听它花开的声音，轻嗅它温馨的香气？

古往今来，文学、艺术都不乏对母亲的赞誉。"慈母手中线，游子身上衣。临行密密缝，意恐迟迟归。"孟子、高尔基、朱德、老舍、铁凝、莫言、毕淑敏、史铁生、艾青、舒婷、哈·纪伯伦等都对母亲有着极为真情真切的表达。在作品中，他们通过文学语言艺术的力量，传递着对人类最高尚、最无私之爱的歌颂，为伟大母亲献上祝福，集中体现对生命本源的珍惜与尊重。

这些作品对于母爱的歌颂，使我们更加意识到母亲对于生命的意义。在人们都忙于前程、工作、追求的同时，回望家乡母亲，是对生命本真本性的回返，更是我们在纷繁社会中对人性最本质的回味。

莫言的《母亲》，写出了一个平凡小女人最浓烈的爱。莫言对于生命本源的珍惜与尊重，在文本中化为对母亲在苦难日子里带给他希望的回忆，进而获取生活的勇气与信念。

张琳的声音更像一个母亲在讲述另一个母亲的故事，那种切身的清澈与朴实、那份坚韧与感恩，通过文字，有力地表达了对母亲独特的尊重与热爱。她的声音如话家常般打开了用文字结构的散文世界，那世界开阔而深刻，让母亲的形象有了立体的别样视野与韵味。跟随张琳有温度的声音，我们一起读到了母亲在那个特殊时代的魅力，我们也看到了一位中国母亲坚强、乐观的伟大形象。

铁凝《世界》里的母亲，那种母子的血缘"世界"，读来震撼心灵，是不可言语的温馨。

毕淑敏的作品《孩子，我为什么打你》，是一位母亲对孩子深挚又明理的厚爱，真实地剖析了自己在"打孩子"时的痛苦心理，充满柔情。作家在文中直抒胸臆表达对孩子无尽爱的语句极其感人。

"面对你熟睡中像合欢一样静谧的额头，我向上苍发誓：我要尽一个母亲所有的力量保护你，直到我从这颗星球上离开的那一天。"

"每一次打过你之后，我都要深深地自责。"

"我愿在打你的同时，我的手指亲自承受力的反弹，遭受与你相等的苦痛。"

"每打你一次，我感到的痛楚都要比你更为久远悠长。因为，重要的不是身累，而是心累……"

"孩子，打与不打都是爱，你可懂得？"

史铁生因为自己的特殊经历，对母亲有着更为复杂更含蓄的表达。这种含蓄隐于深沉且平静的诉说之中，语言更具艺术的张力。他对生命、自然有着别样的感悟与体验，他对母亲，有爱和忏悔、感恩与歌颂。他写母亲的伟大与痛苦，在母亲生前，做儿子的没有体会到她的伟大。母亲离他而去了，他终于懂得了母亲对自己的关心、爱护，懂得了无论处在什么样的境况，选择怎样的活法，都要好好地活。而正是因为有了母亲的鼓励，作家史铁生才能克服别人想不到的困难，取得辉煌的成绩。《秋天的怀念》这篇文章，带有复杂的情感，如草叶片上那透着生命活力的纹理，只有认真细读，静下心来，才能感受他的体验与诉说的力量，才能在他对母亲的描述中，触碰作者的体验与沉痛。

演员出身的郭东文，用自己的嗓音，演绎了他对史铁生情感上的体认，沉稳大气而又满含深情。他和作者的创作心态一样，他用自己的表达，再次升华了作品的品质，句子之间，作者的情感喷薄而出又相当节制，他对情感细致精到的演绎，将文字的静谧之美通过有声语言传达出来，引导着每一个听者，走向自己的母亲。犹如黑暗中引导光明的火把，让我们与母亲再次相遇，感受她的隐忍与无私、深沉与宽阔。

艾青著名的诗篇：为什么我的眼里常含泪水？因为我对这土地爱得深沉……其作品深沉，感人至深。《大堰河——我的保姆》更是大气磅礴、让人震撼。作品将一位用乳汁用母爱喂养别人的孩子、用劳力忠诚服侍别人的农妇形象生动地呈现出来，并对这一形象表达了切切爱心。养母毫无保留的爱，亲生父母的陌生……这种特殊生活经历酿制的感情是浓烈的。是养母大堰河哺育了诗人，同时也养育了诗人的诗。养母的遭遇、品格、情操，甚至是她的举手投足，都成为艾青的诗的营养。养母的乳汁，影响诗人一生的性格——善良、纯朴、正直，因此，也决定了诗人的命运。

徐涛对《大堰河——我的保姆》的朗诵，将人性的光辉，通过自己声线上音乐的韵律，巧妙地表达出来，使声音有了可读性，扩张了艺术语言的阅读空间。圆浑厚重如天籁，只要一开口，情感的蕴积便让听众走入了作家与他的情感深处。

姚锡娟对舒婷的诗歌《在诗歌的十字架上》的朗诵，把一个既坚强又脆弱、既悲壮又哀怨、身心俱疲的诗人向最疼爱自己的母亲倾诉苦难和委屈的真实心理表达了出来，她独特的音质和朗诵情感将这首诗带至深藏诗人文字背后的精神向度。

有人这样赞美姚锡娟："每次欣赏姚锡娟语言艺术的时

候，我总会泪眼模糊地陡然想到，我面对的、我仰望的是——断臂的维纳斯。"对于自己的朗诵舞台，姚锡娟用八个字言简意赅地概括：熟、懂、化、说、准、送、真、新。

如此近距离地倾听欣赏她的声音，让人不禁要在心底赞叹声音的艺术魅力，感动于她对声音艺术永恒的追求。

余音袅袅，不绝于心的，是对艺术的折服与感动。

《母亲颂》更是让人在经典中体验着母亲如大地般的永恒。如歌如诉的艺术张力，打通了每位聆听者的心灵，开启了诗样风景。

其实，母爱只不过是一种动物性的原始本能，如那"仙女"的传说，与美丽、与艺术毫不相干。东方四大美人都不是贤妻良母，更遑论母爱了。对母亲的颂歌，只有人类，才能以灿灿之华章，彰显母爱的神圣与尊严，让异类羞愧。而那些愚昧苍生对"母爱"的无耻泛化与伪化，只能是那无耻的时代，一些无耻文人的无耻闹剧而已……

我这一生，唯一亏欠的是我的母亲。此刻，我思念我的母亲。母亲是大家闺秀，是我心目中最美的女神。我的母亲是一位刻苦耐劳、坚韧不拔的客家女性。她用她的刚强和隐忍撑起了这个家。有一年，家里三人在上学，父亲在师范院校进修，哥哥念初中，我上小学，那时候妹妹还小。母亲一个人承担了一个家的全部。小时候我总是盼望下雨，因为只有下雨天，母亲才不出去干活，在家缝缝补补。

逍遥游

飞鸿踏雪泥，偶尔留指爪。

拂石坐来衫袖冷，踏花归去马蹄香。

行千里路，读万卷书。窃想李太白云游天下的放达，杜拾遗饱经战乱的惊恐，苏东坡颠沛宦途的尴尬……才成就了他们经典不朽的绝世才调吧。

夕阳芳草寻常物，解用都为绝妙词。

伴我乘槎过海洋

粤东河源，东江与新丰江交汇之地。唐代李吉甫《元和郡县志》载："本汉龙川县之地，齐于此置河源县，以县东北三百里有三河之源，故名也。"三河，即连平河、忠信河、新丰河。

河源，又名"槎城"。其实，那历史的深处，河源因其三面环水，乃海陆货物集散地，可谓商贾蜂拥，樯橹如云，筏（槎）满两江，俨然东方"水上威尼斯"。更是客家"过番"出海、浪迹天涯的第一个驿站。清代李汝珍的奇书巨著《镜花缘》，可见一斑。

河源，水城，槎城，海外赤子殷殷眷注之城。呵——

松石道人辞故乡，笔底情深系于唐。

百花仙子来幽梦，伴我乘槎过海洋。

河源，每一次踏上你的土地，看东江碧水、新丰扬波、远山含翠、万岛浓绿……总是情不能已，免不了约一二好友于幽林山水亭阁处，把酒凌虚，拊膺拂栏，浩叹今古。

新丰江，新安江；千岛湖，万绿湖——东方大地上的姐妹"江湖"，双眼回眸流波转，惊艳多少风尘人！

古人说："山不在高，有仙则名。水不在深，有龙则灵。"对河源、东江来说，倒不是如此：非"仙"非"龙"，而是人，给这凡庸的山水，装点了一抹靓丽的彩色。

进入新世纪，东方大国因加入WTO，经济突飞猛进，举世瞩目，但对自然环境的伤害，也是触目惊心，广东主政者作出了"腾笼换鸟"的重大决策。也正是这时（2007年4月），陈建华被任命为河源市委书记。

陈建华在中共广东省委组织部领导带领下前往河源上任，下高速进入河源时，看到一支施工队伍在高速出口环岛内施工，看工程场面，似将在这里建一栋高楼大厦。他当即停车，指令立即停止施工。

"你是谁？管得着吗？"

"我是河源市委书记！"

当时他的任职命令，还在省委组织部领导的公文包里，还没宣布呢。

陈建华，东江纵队后代，曾在谢非身边工作16年。是家严的庭训还是谢非的濡染？他的人生旨趣似乎复制着东方古老"好官"的"官箴"。他这次履新，就已有准备，"为官一任，造福一方"。

河源下辖五县一区，其中五个县都是国家级贫困县。如何让老百姓脱贫？陈建华已有考虑。

珠三角"腾笼换鸟"，他则"进笼抓鸟"，不遗余力地引进"中兴"等高新产业。

"既要金山银山，更要绿水青山！"

陈建华上任伊始，为保护河源山林水土作出了三大决策：停止桉树种植、停止木柴加工、停止环湖公路建设。旋即关停470个小矿开采。这样一来，断了多少人的财路？红道黑道，其中不乏权贵们的切身利益。

陈建华面对软硬说项，铁面无私。我印象中的谦谦君子，竟然是个如此的"狠人"，真让我刮目相看了！

他与河源人民一起保住了万绿湖水的清丽，保住了东江水的水质，保障了下游4000万人——包括香港的饮水安全，并以青山绿水的得天独"惠"，享受着环保经济的巨大滚滚财

源，"农夫山泉"100多亿元的水经济，也只不过是其中的涓涓
细流了。

　　徜徉于河源街头，泛舟于万绿湖上，和本地人聊起网名叫
"华哥"的河源网红，他们会笑得甜甜的："呀？华哥？四廉
棍（认死理）！好喂！"

　　一方为政千载名，千部残卷一盏灯。

　　苏堤白堤西湖柳，风里扬花香到今！

烟台，如烟如海

我对山东——特别是胶东，小有感情且不乏神往，倒不是为刀笔吏对孔孟治学的崇敬，抑或因天性好酒且以豪侠自许而对水泊梁山那帮杀人不眨眼的强盗义气有所看重，而是总萦于怀的几位师友。鲁迅文学院第22届中青年作家高研班的50名同学里，山东籍的就有5个——王月鹏、青梅、刘萍、月关、郭香玉，巧的是班主任张俊平是山东籍，如长兄般待我的副院长李一鸣也是山东籍。山东生长着一种特殊人文情怀，总让我像秦皇汉武东巡寻仙般地痴情，沉甸甸地怎么也放不下这片神秘的土地——

前年游龙口，云海梨花忘归路；此日到烟台，白浪一线隐蓬莱——果然贝阙珠宫，仙人处所，满眼红尘都紫气，鸡鸣犬吠于云中……

烟台，古称芝罘，属地蓬莱只是一个传说。唐宋年间的芝罘是海上丝绸之路的起点和港湾之一。明洪武三十一年（1398），开始海禁而在临海山上设狼烟墩台，以防"海盗"，遂让"烟台"扬名海内。明清的锁国与后人不堪的"海外关系"都已作古，烟台重新焕发活力，让每一个过客在此感受化外仙境的美丽，我也像刘（晨）、阮（肇）忍不住返棹一样，一次次飞鸿雪泥，留些趾爪。

今日的烟台，知名的不仅是"登州海市"、水晶大苹果和远销各地的葡萄酒，这座别称"港城"的城市，是环渤海经济圈、胶东经济圈内的重要节点城市，也是中国首批14个沿海开放城市之一；它不仅是国家历史文化名城，也是亚洲唯一的国际葡萄·葡萄酒城……

我的同学加兄弟王月鹏出版了《烟台传：半岛的此在与彼此》。此次爪泥烟台，他给我细数了烟台的前世今生，他讲到早在商、西周、春秋时候，此为莱国地，历经各个朝代的更迭而形成当今的地理区划；他讲到如今蒸蒸日上的烟台开发区，也讲起当地居民在海边充实而惬意的生活。在他饱含深情的娓娓讲述中，我品味着仙人市井的尘世繁华。

月鹏君在《烟台传》里写道："潮起潮落。近在咫尺的海，是一个遥远的存在。""海不是隐喻。海究竟记住了什么，栈桥深深地懂得。"他讲述的烟台充满了海的气息、海的波澜与诗意。这与我对烟台的想象是一致的，烟台之美，美在洁净和温婉，仿若来自远古的一位美人，娉娉婷婷，步步生莲。而烟台之海，不仅是阔大无垠、包罗万象的，更是一种未知而等待发现的所在。

我们漫步在烟台蜿蜒的海岸线，脚踩着细软的沙滩，沿着海岸线逶迤延伸的公路上车辆疾驰的声音混着海风鼓荡着耳膜。随着海浪而来的海风温柔、和煦，让人心旷神怡。细细地观看扑过来的洁白浪花，一浪一浪，它们的颜色就好像白色颜料洒泼在水纹上，看上去那么漫不经心，但它们的构成又是那么复杂多变——起伏不定的白色、变化无穷的图案，就好像绣娘的巧手织出的层次丰富的刺绣图案。

当年东坡先生任官于此，竟然有幸看到"海市"："东方云海空复空，群仙出没空明中。荡摇浮世生万象，岂有贝阙藏珠宫……"我，无缘于"海市"，眼前却是仙境……

清晨，沿海漫步，我在走，云也在走，浪在耳畔回响，海鸟的叫声清晰嘹亮。我看到了那一只海鸟——落单的海鸟，它扑棱着翅膀的身影，飞翔的时候如此优美，竟然会恍惚感觉到它的忧伤。在如此美丽的海面上飞翔，为何会忧伤？或许是海的辽阔让它觉得自己非常渺小，或许是逐下天堂的孤独……我目送它，就好像目送一位故友，心有惜惜却满心欢喜。

踩着沙滩一直走，只零星遇到几位行人，人在风景中，动态而有活力。想起很多海域人工浴场"下饺子"的情形，我心里泛起难以言喻的快乐，不由得深呼吸，享受这片美丽的风景带给我的宽阔、舒适和安宁。

但烟台的海并不是寂静而萧瑟的海，它是充满了烟火气和人情味的海。走着走着，遇到了赶海的一家人，显然他们是赶错了时间，没赶上长长的海岸线上热闹的赶海，但他们却不以为意，倒好像特意挑了这样的时间来，为的是躲开烦嚣的生活，享受一家人安宁、充实的清闲时刻。小男孩一边用小手去触摸海水，一边不时去看他的父母，他的眼睛闪闪发亮，不时发出欢快的笑声。他的父母，一对温和可亲的年轻人，嘴角弯弯上扬，看看孩子又相视一笑，那种默契与和美，让我心中不由得涌起一种美好的情愫。

再走一段，遇到了一位垂钓的老人，他坐在海边，镇定安详，周围的世界好像都静止了，一切都与他无关，两眼只睹水中浮标，端坐成海边的一尊雕塑，又好像一个从古代穿越而来的梦境。不知这位老者在这里垂钓了多久：他是直钩钓鱼的姜太公，还是真的厌弃庙堂的严子陵？

正午时分，海面上波光粼粼。远望浩渺无边的海水，会生发出无穷的想象，就好像在海的那边有着各种奇迹。在海岸边伫立、等待的人儿，一个接着一个，他们在等待日落美景，等待亲密恋人，还是在等待自己的心在安静的冥想中重生？我也坐下来，闭上眼睛，学着去冥想、去感受、去想象，我好像看见一艘船远远地从海的尽头驶来，一点点靠近，它有着蓝色的透亮的船帆，朝我而来，鼓乐悠扬，天花乱坠……于是窃想，东坡先生也未必真的遇上了海市蜃楼——我的想象中，不也出现了绚丽翻跹的奇异景象吗？

太阳慢慢西下，海面幻化出五彩缤纷。天空渐变的橙色，就好像用扇形绘画刷涂抹的痕迹，一层又一层，有交叠、有延展……就是此刻，我只是感到烟台富足而笃定的美，却没有预感到我也如东坡先生一样，如此幸运。

就在我离开烟台的第三天，我们踏足的海域出现了一次海啸。新闻视频中我看到高扬、怒吼的海浪扑面而来，吞没了海岸上的一切，景象极为恐怖……我想起那一日暮色降临，烟台的海并不是暮色沉沉的样子。天色变化无穷，时而绯红，时而幽蓝，我陶醉在辽阔的色泽满溢中，像置身于印象派画师的巨幅大作，时间变得复古而绵长，好像天色将晚，但永不会坠入黑暗。海面上真的出现了归来的船，船上有着身影。我想象着他们的对话、他们的忙碌、他们的期盼，他们在回家，家里有着慈祥的父母、温暖的妻子和可爱的儿女。自古以来，渔民都在高风险的营生中生活，每一次离开可能就是永别，每一次归来都是如神灵降临般喜悦。每一艘船，都有着讲不完的故事，随船而来的既有丰收更有艰辛。

啊，海水，永远是苦涩的……

当我再一次翻开月鹏君的《烟台传》，向海而生，浩瀚而博大。烟台的海，此在彼在；人生如烟如海，稍纵即逝，一瞬也即永恒。

龙口有珠皎如雪

正是千树万树梨花开的时节，我在烟雨蒙蒙中来到了烟台龙口——多么奇妙的缘分，我曾居住的地方是广州市的龙口花苑，如今也一直生活在广州的龙口西路。这地理上的重名，不仅瞬间拉近了我和山东的距离，更让我对此"龙口"传说中的梨花充满了期待。

第二天，在城区东南30公里外的莱山，我就"撞到"了那绚烂、汹涌的"白"。仿佛天帝在一夜之间，排闼九霄，将白的精灵放牧于此。白，这从未有过的白，生命的白。梨花，不屑于七彩的万紫千红，那层峦叠嶂般的白，如固态凝结的云，连绵如大海上的波涛，放目纵远，一望无涯！

年过不惑，以为很多风景已司空见惯了，但在这浩茫无际的洁白面前，还是心动：我有了一种朝山谒圣的敛衽自谨，生怕我的呼吸、我的履迹尘埃亵渎了这白的圣洁与贞洁。龙口的梨花果然名不虚传，清雅得荡漾着清气、清流，这白，似乎要使人暗生出洁癖。

便是伧夫俗鄙类，到此也做矜持态。苏公曾惊海市了，凭栏浮白将几杯?！

山东烟台龙口，秦以是处黄山、黄水而置黄县，20世纪80年代改制时，才以龙口市命名龙口。滨海弹丸之地，却万万不可小觑。著名古人淳于髡、徐福、太史慈、王时中、范复粹、贾桢等抟沙巨子流芳青史；而近当代，仲曦东、鲁珉、张万年、曲波、于洋、姜昆……一代名流才俊，闪烁银屏。

也许是因为梨花吧，这铺天盖地、惊心动魄的洁白，让我感觉是这片土地上人品、人格、人性之美的物态。

我特别想重彩写一笔的是，我很敬重的当代作家张炜先生。第八届茅盾文学奖授奖词这么写道：《你在高原》是"长长的行走之书"，在广袤大地上，在现实与历史之间，诚挚凝视中国人的生活和命运，不懈求索理想的"高原"。张炜沉静、坚韧的写作，以巨大的规模和整体性视野展现人与世界的关系，在长达十部的篇幅中，他保持着饱满的诗情和充沛的叙事力量，为理想主义者绘制了气象万千的精神图谱。《你在高原》恢宏壮阔的浪漫品格，对生命意义的探寻和追问，有力地彰显了文学对人生崇高境界的信念和向往。

同是山东籍的作家陈占敏先生在《〈你在高原〉的放飞》一文中这样描述过张炜：2007年万松浦书院春草再萌，张炜开始了对《你在高原》的最后一次大规模修改。修改规模究竟何等之大，还难以预想；不过，这一次修改却是决定性的，不敢有丝毫懈怠。《你在高原》的写作已经过去了19年，高原业已铺开，尚须奇峰兀立、长河奔流，还要有惊涛巨澜；最后的大规模修改，将决定多年的壮美理想能否功德圆满。张炜在书院的松林中漫步、思考，松林那边，海潮涨起，哗哗拍岸。据说，两千多年以前，大方士徐福就是从那里起航东渡，扬帆远去了。

我曾读过张炜先生的不少篇什，《古船》是第一部，那时正是我读初中嗜好笔砚、萌生作家梦的年龄。《古船》那厚重凝结、悠远绵长的曲折故事，那宕落飘逸、纵横捭阖的语言张力，那清水芙蓉、天然雕饰的文字愉悦，让我掩卷长想，把诵再三。也是年少时的热情和执着吧，从此欲罢不能，硬生生地读着《我的田园》《九月寓言》《柏慧》《你在高原》《独药师》等，积年累岁长大成人，也才慢慢领悟，从这些作品中受益良多。特别是读过张炜先生的两部读书笔记，感觉先生走笔之间，有如一部经典长歌，风情上却有前、后两阕之异。早期的抒情铺张、清逸飘洒与90年代以后的人伦追挎、深邃冷凝，虽然有风格上的渐变，却也是春秋分色。先生对尘情时事的巨目洞注，对生灵万象的悲悯情怀，对故乡故土的深沉执恋……成为他艺术构建的十方丛林。

读张炜先生的一部部长卷，我的意念中会出现那衣衫褴褛的眇目长者，行吟着伊利亚特的古老故事；会出现一位挂杖托钵、蓑笠芒履的苦行僧，菩提树下跏趺而坐，独守清规地孤证着世态情缘……"溶入野地"，他落蓐于自己的故土，开始了他"一辈子的寻找"。"礼失，求诸野"，古贤圣哲总是心灵相通的吧。福克纳也曾说过："我写一本书，就要把我这个豆腐块大小的地方写尽。"在喧嚣的尘世，突兀地耸立起这样一座洁白的雪峰。在这白色山巅，我看到了一种文人标格与艺术操守的具象：梨花的海，洁白的海，梵净的海——如此恢宏溥博而又纤尘不染，冰清玉洁。正是龙口那一树树梨花的芬芳——

"高山安可仰，徒此揖清芬。"

记得张先生说过："没有对物质主义的自觉反抗，没有一种不合作精神，现代科技的加入就会使人类变得更加愚蠢和危险……今天人类无权拥有这些高技术，因为他们的伦理高度不够。我们今后，还有过去，一直要为获得类似的权力而斗争，那就是走进诗意的人生，并有能力保持这诗意。"

诗意的人生，意味着与自然相对，与天地山川万物共契，与生命真意相逢。在山东龙口，当我拨开花枝，抬步向前，有如过海关通道一样，每一步都是如此陌生与新奇。走进诗意，走进花海，走进张先生的文章与博大的胸怀……我，感觉此时此刻，才悄悄地读懂了先生的文章……这也许是龙口梨花如此盛大洁白的秘密吧，它不只是北纬37度以上的花潮汹涌，更被人文的情愫赋予了诗意的质地。

梨花的海，贞洁的海，诗意的海，让每一个飞鸿雪泥、偶留趾爪的过客，都会为之深深震撼而凝眉睇注：不虚此行，不虚此生。

徜徉桥头看荷花

不知多少次了，如约一般，我会在一个特殊的日子，荷花盛开的日子，来到桥头镇，来到莲花湖畔，或匆匆一瞥，或流连忘返——看荷花。

荷花，花中之君子，君子之情结。

东莞桥头镇，"中国荷文化艺术之乡""中国荷花名镇"，蜚声全国。自2004年东莞桥头镇首届荷花艺术节暨粤港澳荷花展启幕，一年一度，富商大贾，政要名流，红男绿女，细民游客，在长长的荷花画卷里，享受这闹市取静的清逸潇洒和国色天香的湖野风光，沉溺于大自然的怀抱，若梦若幻，如痴如醉，真不知归路。

三百亩莲湖，红霞铺锦，松山塔遥遥在目，隐隐若风铃悠悠；柳条依依，翩翩列岸，曲栏通幽，暗香盈衣袖；风动荷响，偶一鱼跃，惊起点点白鹭；绿叶小艇幽深处，芙蓉相映采莲舟……啊，荷花、藕花、莲花；芙蕖、芙蓉、菡萏……古人多情，浩若烟海的文句传唱里，若不曾写到荷花，是堪当羞的，即便是开豪放词宗之坡仙，也少不了"一朵芙蕖，开过尚盈盈"的香艳，而妒花成疾的易安居士，也会"误入藕花深处"，更不用说柳三变的"三秋桂子，十里荷花"了，据说那草莽大胡子完颜亮，就因为听了这曲《望海潮》，才决意南渡江淮，一匡天下，仅仅是为了荷花的养眼。于是谢处厚发出了"岂知草木无情物，牵动长江万里愁"的感叹。让一个落魄诗人来背山河破碎的黑锅，是有些冤枉的吧？而至于诗仙李白，干脆以"青莲居士"自况，"荷花娇欲语，愁杀荡舟人"，冶态之可人诱人恼人，精妙只可意会。

其实，我最欣赏的是我的江西老乡杨万里，"小荷才露尖尖角，早有蜻蜓立上头""接天莲叶无穷碧，映日荷花别样红"……放目桥头莲湖之莲花，此情此景，诚斋先生落笔处，哪个狗尾敢续貂?!

当然，桥头镇莲湖的莲花，明朝嘉靖年间的桥头历史名人罗一道，就曾作"荷塘花开，香闻八九里"的诗句，为后人所传诵。

荷花给文化人的是"美"，美得如妖，蒲松龄先生的《聊斋志异》里肯定少不了的（荷花三娘子）；给政治家的是"洁"，出淤泥而不染；给宗教界的是"同"；对普通老百姓来说，特别是南方人，则是生活不可或缺的食材了。客家人的家训有"宁可靠大湖，不可靠大户"之说，湖中莲藕总是可以饱肚子活命的，而大户人家是靠不住的。在米贵如珠的20世纪40年代，莲湖成为桥头人的"救命湖"。1943年，春夏大旱，连续7个月未下一场大雨，桥头水井、河流干涸，加上日军为非作歹，米价飞涨，出现大饥荒。乡民为了自救，从外地挖来种藕种植于各湖。遇到洪涝灾害，乡民便以莲藕、莲子充饥。也有乡民挖藕采莲，售往常平、石龙、香港等地，用于食用、入药等。

清初《广东新语》记载："东莞以香粳、杂鱼、肉诸味包荷叶蒸之，表里香透，名曰'荷包饭'。"古诗中盛赞东莞荷叶饭的美味可口："泮塘荷叶尽荷塘，姊妹朝来采摘忙。不摘荷花摘荷叶，饭包荷叶比花香。"

徜徉于清风习习、荷响沙沙的莲湖岸边，如果没有人提醒你这是在东莞桥头，你很难确定这也许是在欧洲的某个小镇，它淡然、静谧，仿佛没有沾染工业文明的痕迹，这是一种与周遭风景大相径庭的幽雅。在三百亩莲湖散步，在一个交织着清净美景与优雅生活的地方，人们可以暂时放下烦恼，尽情地去吮吸荷的幽香、风的自由。

地灵而人杰，人杰而地灵。桥头人爱荷成性、成瘾、成癖。他们不仅拥有数百亩荷湖，还在自家种荷。有朋友的后院用水泥板砌了一个一米见方的坑，还放了一个大水缸。水泥板坑里植了几截野藕，水缸里种的是不曾杂交的家藕，花开之时，红白莲花相映，一二老友聚会，别有一番情致。

梧桐引彩凤，花好蝶自来。以荷花成名的桥头，因自然风光独树一帜，而生发起文化事业的兴旺：东莞（桥头）小小说创作基地、东莞（桥头）诗歌散文创作基地、东莞（桥头）戏剧文学创作表演基地、广东省常平摄影创作基地、中国群众音乐创作基地皆在这里扎根。

林林总总，屈指不尽。且引来一批文化名人在这里扎根，与荷花竞艳，如莫树材、边城、李炳钦、张利平、刘帆、冯巧、罗焕全、莫小闲、张文康、莫柏许、罗小玲、莫艳荷、张俏明、刘庆华、陈文成、李小汶、张利平、邹锦考、刘克平等。

桥头，莲湖，荷花……你如此美，惜你未逢柳三变，我亦远逊杨万里，眼前好景写不出，聊此沧海取一滴。

客家山歌入梦来

客家山歌，也是民歌的一种吧。尽管"工农兵占领舞台"的时代，有《刘三姐》将山歌表现得有如"才子佳人"般阳春白雪，究其质地还是不能多言。白居易在《琵琶行》里干脆地说："岂无山歌与村笛，呕哑嘲哳难为听。"

然而，囿于各人的生存阅历和童年记忆，有如舌苔一样，与生俱来的传承，骨子里的基因链条，决定了一个人的终生嗜好，即审美情趣的固化与偏执。

鄙人，毋庸置疑，作为客家人的后代，对客家山歌情有独钟。

它是如此绝妙的歌与声、曲和调。

绝，在即兴而起、性情所至；妙，在天籁妙韵，赋予生命与万物力量。

客家山歌，独特的文化、独具的内涵，在传唱中呈现出不一般的神采与韵味。

它来自客家人，一个具有显著特征的汉族民系——汉族在世界上分布范围最广阔、影响最深远的民系之一。

客家人因从中原地区南下迁徙而产生，一群又一群皈依的圣徒，他们穿过灵敏而温暖的黄昏，步出黑色的伤痕，重整一度破裂的希望。

迁徙给了客家人坚韧的品性！在偏僻的山区，勤劳的客家人开垦自己的土地，创造属于自己的历史！

我的故乡赣南，是客家民系的发祥地和客家人的主要聚居地之一，世称"客家摇篮"。

"哎呀嘞——哎！打只山歌过横排，横排路上石崖崖；行了几多石子路，心肝格，着烂几多禾草鞋。"

赣南客家山歌，有固定的"过山溜"。

歌头"哎呀嘞——哎"，音调既高且长，回荡在山谷中，意在引人注意。

中间是字多腔少的数板性音调，接着是一个预示着歌唱将要结束的固定句式："心肝格"或"心肝哥（妹）"。苏区时期因"革命需要"改为"同志哥"了。

过山溜，源于赣南龙南扬村乡。过去这里山高林密，人烟稀少，常有虎豹出没，人们为邀集同伴，惊散猛兽，便唱起过山溜："喔喂，打嗒——啊喂……"

不同的血脉与智慧造就了不同的文化和艺术。客家山歌是客家人用客家方言吟唱的民间歌曲，是客家人的口头文学，富有客家人的语言特色，乡土生活气息浓郁，是民歌中独立的一支。

客家山歌自然天成，一草一木都为之传唱动情。它的接地气、贴生活、近灵魂，造就其种种独特，并在客家人的生活里成为一种不可或缺的力量。

客家山歌如艺术宝库中一颗璀璨的明珠，它继承了《诗经》三百篇的风格，世代相传，具有鲜明的主题和地方特色，富有浓郁的乡土生活气息。它的语言通俗易懂，生动传神，流畅自然，文采内涵耐人寻味。

它大胆而又收敛，泼辣而又温柔，让人百听不厌，反复吟唱，乐此不疲。

"要唱山歌只管来，拿条凳子坐下来。唱到鸡毛沉落海，唱到石头浮起来。"

"要唱山歌就来唱，唱到日头对月光。唱到麒麟对狮子，唱到金鸡对凤凰。"

平淡、悠扬、轻快、圆润——宛如金鸡、凤凰引领午夜的舞蹈，如花的女孩写满灿烂的欢笑，我们在花园里共赏温柔的月光。

聆听客家山歌，如同沐浴在淙淙清泉之中，如同呼吸芬芳的玫瑰花香，让人沉醉如梦，让人陶然如痴。

那山歌飘荡在赣州、梅州、惠州、汀州的古朴山寨，那山歌爬满台湾苗栗、新竹、桃园的原野山坡。有客家人的地方，空中就有客家山歌回响。顺着流浪的步伐，歌唱的钟声催生着如火的霞光。

而广州客家山歌在越秀、天河、增城、从化、白云及萝岗广为传唱，在都市中传唱山歌，使客家山歌获得了新的生命力。

"郎有心来妹有心，唔怕山高水又深。山高自有人行路，水深自有摆渡人。"

"六月食冰冷津津，老妹喊哥放下心。亲哥好比杨宗保，老妹好比穆桂英。"

客家少女闪亮的眼眸，客家姑娘动人的羞涩，客家汉子深情的凝视，客家汉子热切的期盼，都在山歌中流淌翻滚，让阳光更为妩媚，让花儿更为娇艳，让草木更为葱郁，让家园更为温馨……

"三月莳田行对行，阿哥莳田妹送秧。阿哥莳田望割谷，老妹连郎望久长。"

情人长相守，永远不分离。客家山歌唱着恒久的爱情，唱着客家人的顽强不息。客家山歌是客家人不倦的心跳，是客家人滚烫的心灵之歌，是客家人生命历程最真挚的内在的精神折射。穿越客家山歌，使人仿佛抵达客家人的心灵，感受到那份热情，那份亲切与融洽。

细雨轻抚的夜，一曲曲带有浓厚乡土韵味的山野小调，总是尽情地滋润和抚慰着客家山村夜的心脏，悠扬动听。碧绿的河水，青翠的竹，当风儿轻轻吹起，当树叶簌簌响起，有情的人儿把歌唱，哥方唱罢妹作答，郎情妹意两心悦。那悠悠的琴声和歌声在夜空中荡漾，宁静的山村也变得别有一番意蕴。

"生爱莲来死爱连，唔怕官司在眼前。杀头好比风吹帽，坐监好比逛花园！"

心灵的歌叹，常常让文艺珍品浸透或贯穿忧伤的情境；历史的传承，每每令客家山歌悠扬深远，传唱不衰。

一个人目睹或经历包括爱情在内的挫折、磨难与企盼，遗憾太多，然而生命又是那么短暂，命运常常落入无常而不可弥补。客家人的遭遇、命运都会烙下深深的创伤印记，源源不断地渗入心灵。

广州新山歌，继承原有的传统山歌，反映客家生活和时代变化。歌词的基本结构依旧是七言四句体，一、二、四句押韵。在城区流行的山歌腔调主要是梅县、兴宁和五华等地的腔调，而在郊区增城和从化，主要是太和调和增城过山拉等。广州客家山歌现在拥有固定的山歌场和山歌日，已逐渐成为广州的新民俗。

"客家山上好风光，山歌墟日闹洋洋。八方乡亲来欢聚，山歌一唱开心肠。"

这具有《诗经》遗风的天籁之音，自唐代开始，已有千年的历史。客家山歌有小调大曲，有大情小欢。有音外音，韵外韵，有味、有趣、有妙。此山有野歌，此人有腔调，此生于物大雅之声，得天籁染绝妙。

它的朴实无华，它的高亢激越，它的悠扬缠绵，诉说着客家人的历史和变迁。歌声中，蕴含着客家人心灵的观照。

我们从山歌里接收美的力量。哦，我们还可以看到源远流长的绝妙的、艺术的传递。

聆听客家山歌，并通过它走进客家人真实的心灵世界，走向可期许的未来。

远芳侵古道

人类的近代史是从路开始的。

当然是海路。因为哥伦布和麦哲伦的航行，让世界成为相互连接的板块。真正的"全球化"也是从那个时代拉开序幕。

再后来，伴随着铁路和航空业的出现，工业文明的成果才得以迅速传播，惠及今天。

物联网，那是现代商业文明之路。这条无形的路，正以无形的方式悄悄地改变着人类的生活。

哦，人类发展史的辉煌链条，仅仅是"路"的变数而已吧！

在时代的前行中，总是有些人承前启后，在时间的流转中显得意义重大。在人类的发展史上，总有些事影响深远，成为历史深深的烙印。

有位诗人说过：一切通往远方的道路也将通往未来。道路，其实就是人类生活的航线啊！

古老的丝绸之路，将东西方文化板块连接。穿越漫长的岁月，丝路文明与世界文明逐渐交融，如同一首诗照亮未来。

丙申七月，中国作协组织"草原丝绸之路"采访采风，我有幸参与其中。

团长：中国作家协会副主席白庚胜。领队：著名散文家冯秋子。联络员孟英杰。随团记者行超。团友杨志军、墨白、牛红旗、王华、严寒、姚赛、黄灵香、徐峙、阿郎，风云际会，千里景从，以路为家，科考团队般地寻找途中的历史沉淀，倾听化石的海螺壳里传来的史前涛声……

我们的第一站在宁夏。这里是中国国土资源作家协会副主席徐峙的故乡。他对宁夏的历史了如指掌。一路上，他自豪地推介他的家乡：灵州—银川—凉州道的北行道路和军事重镇固原，负载着长城及丝绸之路的商业贸易。

查看史料才知道，草原丝绸之路由中原地区向北越过古阴山（今大青山）、燕山一带的长城沿线，向西北穿越蒙古高原，中西亚北部，直达地中海北路的欧洲地区。这条辽阔的通道把中国与东北亚和北亚地区连接在一起。徐峙骨子里是诗人，他能歌善舞。在宁夏的第一天，我们一起喝宁夏生产的啤酒。宁夏诗人、我鲁院的同学阿尔请客。这诗意又具深情的文化，让丝路变得更加生动和传神。

唐代韦蟾有诗云："贺兰山下果园成，塞北江南旧有名。"这样的诗句并非随笔涂之，而是诗人在那个时代有感而发。一句好的诗，往往是一个诗人用心灵和灵魂吟唱的一方水土的时代情怀。可见当时银川丝绸之路胜景之一斑。

行走在西夏古城，观看《西夏盛典》。其实，哪是盛典？分明是悲情西夏。盛典，那不过是编剧者心中的理想吧？作者的立意和观众的目光，定格在近处的葱郁与远处的苍莽上，那古老的黄河文明，那神秘的西夏历史，那雄浑的大漠风光，让我忽然领悟到此处何以成为千年丝路的起点。

想象的力量超乎我们的行走。

贺兰山和阴山是自然的馈赠，既是一种阻绝，又是一种契机。在这里创造出"塞北江南"的胜景，人文的神工便将此地化作文化枢纽。于是，丝路历史与现代文明在宁夏找到了一个交点。在万古诗意滋生的长空之夜里，仰望这星光的闪动，会是一种怎么样莫名的感动和难忘？

漫步于目断四天的河套平原，除了"塞北江南"的胜景，我更羡慕居住在这里的人们。宁夏是回族群众的聚居地，这里有大批伊斯兰教的信徒，被称为穆斯林。我对穆斯林的第一次文化感知源自霍达的小说《穆斯林的葬礼》，这本"现代中国百花齐放的文坛上的一朵异卉奇花"（冰心）精彩讲述了穆斯林的文化渊源，我惊异于这个群体在面对不可避免的厄运时所表现出来的不屈和坚守。他们是一群最有清规戒律的人，他们虔诚，执着，不朝秦暮楚，不随波逐流。我想，在这个物欲横流的时代，不同流已然可贵，能自持更显难得，有清戒者可谓这个时代的圣贤。

一路向东北，我的思绪如脱缰的野马，肆意奔腾。在乌兰察布的博物馆里，在元上都古城的遗址，我怀着历史独有的沧桑感活着。

草原七月，阳光火辣辣的，草地并不郁葱。路边的羊群慢悠悠地行走，它们安静地等待秋天的到来，等待下一个春天的到来。阳光和露珠，那些散发生命气息的风情，让草原变得更加丰美。

穿越内蒙古，我们一天行走八百多公里。在车上，我们一路观看电视剧《成吉思汗》。走走看看，看看停停。一路欢笑，一路歌声。可是，在看到电视剧的某些情节时，我们却无法笑起来。历史的步伐，有些时候太沉重太沉重。

丝路几度风雨，写满了辽阔的忧伤。这条路，曾上演过多少悲剧？回望历史，这条路，这条为谋利而巧取豪夺之路，那是驼铃哀怨之路，那是商旅伤怀之路，也是成吉思汗的杀戮之路，西路军的死亡之路，文明与野蛮交欢苟合而生出变态物种的罪恶产床。那条路上的过客，不乏不善良、不仁慈之辈，不乏野心、征服、贪婪、冒险之徒……留下戈壁之路的悲歌。这悲歌里隐藏着多少悲伤的故事！

然而，欣赏悲剧是要有上帝的目光与情怀的。这辽阔的忧伤啊！

"辽阔的忧伤"是墨白代表采风团在蒙古包里一次发言的主题词。墨白深情地说："横穿辽阔的内蒙古草原，仿佛听到来自时间深处的驼铃声；这些让我看到我们不同民族与世界交往的历史。"

在我的意识里，忧伤不仅仅是伤感和失落，也是一种更低沉的思考和停顿。真正的忧伤是一种向善的情感，蕴含了美好的动力。

丝路东端连接位于蒙古高原南部边缘的中原地区，这里是游牧文化与农耕文化交汇区，也是中西文化和南北文化交流的地方。内蒙古，一块充满传说的土地。那是散文家冯秋子的家乡。我拜读过秋子老师的美文，她有自己独特的美学性情。秋子老师是个奇女子，她用内在的激情书写忧伤的心灵。她继承了蒙古族的血脉，也有南方女子的温和。高贵而亲切，如女神般遥远而又贴近心灵。

冯秋子特别钟情于她家乡的古代遗迹和文物，她把一块块散落的瓷片捡起来，她想还原一个完整的瓷器。她喜欢这种文化的多元。她说，金银器这种贵重金属制造的器物，最能表现文化的内外形态。她发现商周青铜器与蒙古高原及欧亚草原器物之间的内在联系。

千年前，中国北方草原地区发现的金器融合了中原地区、南方地区和西方国家的文化因素。丝路的价值就在于连接东西方文化。游牧民族将用牛马羊驼换来的汉家丝绸，贩运到欧洲，换来遥远西方的产品。在往返过程中，相隔万里的中国与欧洲除了交换商品之外，也得以互通消息。在那个封闭的时代，草原丝路，也打开了一条信息之路。

"物质是用来消费的，精神是用来传播的。"我记住了来自山东的小说家杨志军反复说的这句话。杨志军老师是一个虔诚的小说家。他吃素，不吸烟，滴酒不沾。他的小说《藏獒》影响深远。

历史文献上说：丝路的物质层面，它是欧亚大陆地区商品贸易和生产技术的交流之路。古代，欧亚地区对中国盛产的丝绸、瓷器、茶叶有巨大的需求，中国人则喜爱西域的毛织品、宝石、香料等。产品的交换带来了生产技术的相互促进。此外，造纸等重要技术也传到西方。造纸术的西传使人类保存前代知识的能力有了极大的提高，是欧洲后来进入文艺复兴时代的助推剂。

"最是楚宫俱泯灭，舟人指点到今疑。"未到漠河之前，我常疑心古人悼古战场的悲鸣多少带着为赋新词的夸饰，真正身临其境，才发现经历过真正萧瑟的人才能感受到真正的崇高。登上古城墙举目眺望，我看到了宋元的重影、明清的分庭；我看到了俄国人的趾高气扬、日本人的坚船利炮、中国人的不屈抗争。

须晴日黄昏，独立于漠河岸边，对滔滔江水闭目沉思。过往泥石俱下，铁马冰河入梦，你会沉入历史的激流中。这里是黯兮惨兮、风悲日曛、蓬断草枯、凛若霜晨的古战场，抑或是云树参差、雕栏玉砌、人烟阜盛、画图难足的新城池？能忍受大苦难和孤独的人必不是等闲之人，何况这片孕育了非等闲之辈的土地。

这片土地，曾经是华夏威慑外邦的前哨，目睹了一个强盛时代的荣光；同时也承载着中国近代历史上最多的屈辱与苦难，见证了一个老朽王朝的余影。

"江雨霏霏江草齐，六朝如梦鸟空啼。无情最是台城柳，依旧烟笼十里堤。"当我们站在云烟消尽的今天，回首过往的野马尘埃，漫长变得短暂，永恒隐于刹那。那些名噪一时的奋斗、荣光、屈辱和抗争，都不过是波澜起伏的英雄史诗中的某个章节。

历史是无情的，往日不可重现；历史也是多情的，荣辱只在当下。这正是历史的高明之处，让我们怅惘忧伤而又心生向往。

我们的草原之行最后一站在中国东北边陲，小兴安岭北麓。这座边境城市叫黑河，这里是中俄共建的极具国际化特点的开放都市，一块极具特色的集东西方先进文化之大成的精神高地，对新中国的成立做出过重大贡献。

黑河。只有这个名字才使我对黑龙江有了更加丰富和难以言说的复杂情感。这个富有深度魅力的名字，它如同黑龙江最好的兄弟姐妹。黑河的水并不黑，相反，还清澈碧蓝，如同一尘不染的蓝天。

黑河，在历史上曾称大黑河屯，因黑龙江而得名，源于满语"安巴萨哈连"，"安巴"是"大"的意思，"萨哈连"是"黑"的意思，即"大黑河"之意。

黑河历史悠久，早在旧石器时代就有古人类在这里劳动、生息、繁衍。黑河的黑是怎样的黑，黑河的美是怎样的美？黑河的历史和文化又透着怎样的黑里带亮的光芒呢？

关于《瑷珲条约》和《北京条约》的故事，以及"海兰泡大屠杀""江东六十四屯惨案"的历史，今人都不愿意提起了，我也只能在心里暗自唏嘘……黑河，静静的黑河。你的每一朵浪花都是我的亲人、故人。

十天的光景，我们不仅看到了辽、元、明、清等历史时代的影子，还目睹了一路风景。

行程中，白庚胜老师给我们唱了多首动听的京剧，让人记忆犹新。白主席也许不知道，一路上，我正悄悄地拜读他的专著《东巴神话研究》，他的文字简洁、凝练、不事张扬，却有着关注人文的广阔情怀。

草原丝绸之路的千年，草原上的人和事，每天都在改变。城池可以毁灭，历史可以变迁，唯有这片辽阔的草原亘古不变，它用周而复始的枯荣教会人们坦然对待成败。如期而至的蓬勃，预示着不屈的灵魂、向上的人格。

踏花归去马蹄香。永远醉人的芳香。

山河的痉痛

在那些久远的历史时光中，兵燹成为一个国家灵与肉的痉痛。信史以来，牧野之役，血流漂杵；白起坑赵，四十万殁；蒙古人屠川，扬州十日……淹流史典，字字凝血。"宁为太平犬，不为乱世人"，"桃花源"人文境界，成为东方士子们数千年之梦想。

荔浦，濒桂水而倚瑶山，毗阳朔而彰旖旎，可谓物华天宝，人杰地灵。当我有幸与童话作家安武林，诗人王垄，《广州日报》首席评论家练洪洋，《广西日报》名编秦雯、名记李明媚几位文友以"采风"的名义踏上这片土地，尽兴放情于山水之间的时候，苍烟落照之中，看远山如黛、青江罗带，听溪流潺潺、鸟语花香，恍若隔世。荔浦深藏岭南腹地，悠然芳华，以她独有的丰姿秀色，如一位自视颇高、不屑红尘的绝世美女，独自傲然于青山绿水之间，直叫人辗转流连。

未曾想到，这片温馨祥和、俨然化外的土地，也曾腥风血雨，有过长期的征战伤痛。时值纪念抗战胜利七十周年，刀兵之腥穿过岁月流光，凌空而起。

荔浦之双江镇，原名两江镇，乃当地有名的抗日战争英雄镇。抗日自卫队队员韦现彪追忆"日军行贿300万求放生路"的沧桑往事，穿透历史烟云，犹在眼前。

当时，日军被自卫队包围于上胜厄、詹家厂、两江一带。日军被围了几天，饿得十分难受，士气很低落。在詹家厂村一农户家中有3个年纪较轻的日军，不得不将住户用来喂猪的粗糠煮熟充饥。后来，被围的日军实在顶不住了，派代表至下胜厄，提出以300万元请何仕礼放一条生路让他们逃亡。300万银元啊！在当时，一块银元可以买7斤猪肉，相当于时下100多元人民币。面对巨额资金，中队长何仕礼毫不动心，严词拒绝受贿，并马上报告大队长莫家勋。莫家勋一听，猛然一巴掌击裂桌面并道："投降可以，想逃跑没那么容易，血债要用血来还！中国人的血不是白流的。"当即命令何仕礼伺机发起进攻，并命令第四中队配合攻击央家垌之敌。何仕礼叫下胜厄村民做向导，率队夜袭，冲入上胜厄村与敌混战。自卫队伤亡5人，上胜厄村得以收复。四中队也于凌晨4时攻入央家垌与敌巷战，肉搏半小时后消灭日军8名，其余日军乘黑四散奔逃。

当时，灰蒙蒙的天空飘着雨，雨声淅淅沥沥，如泣如诉，仿佛上天默默流着悲痛的泪水。听老兵平静地讲述着过去的抗战故事，我的心情颇不平静，仿佛又回到了过往的岁月。日军的铁蹄踏上和平的村庄，血腥扫荡无辜百姓，忽远忽近的呼救声、哭泣声，透彻灵肉。穿过村庄的一座座旧房子，斑驳的土墙，刻画了或深或浅的历史伤痕。烈火烧毁的生命，留下寂静、凄凉，还有一种对光明与和平的渴望。

山水的痉痛，永远深藏在历史的记忆里。

广西儿郎在抗战中的故事是出了名的。我们所熟知的"台儿庄大战"，前线作战总指挥李宗仁和他的桂军出足了风头，也经历了惨烈。与李宗仁齐名的桂军领袖白崇禧，在抗战中更有"小诸葛"的美称。广西战士头戴斗笠，脚穿草鞋，机动灵活，英勇顽强，抗日老兵口中的"广西猴子"，以英勇善战冠绝一时。中条山战役、武汉会战、湘桂会战……每战都有桂军的浓重身影并彪炳史册。仅我的故乡江西"庐山之役""万家岭战役"，日军松浦师团几乎被全歼，桂军是国民党军队的重要主力之一……

中国兵学可谓世界之最，但古贤说："自古知兵非好战。"回忆战争是为了记住战争，避免战争，是对和平的渴望，对生命的挽歌。一排排枪炮、一团团火焰，带走了一个个活生生的生命，数不清的尸骸在荒茔里腐烂了。人们卑怯地在黑暗中垂泪，在屈辱里寻求片刻安宁，哪怕只能在危崖上酣睡。战争是历史的苦难，而不是心灵的苦难，并没有毁灭人们美好的梦境，那一张张在苦难中微笑的脸，依旧热爱这个世界。珍爱和平，珍视生命，是每一个人的美好梦想。德国元首敢于承认并反思战争罪恶，多次公开认罪道歉，赢得了人民的谅解。可是日本一小撮右翼分子却公开祭拜战争罪犯，阴谋篡改历史，其狼子野心不可小觑。在公理、公知面前，永恒的历史，是永远篡改不了的。

青山不改，绿水长流。站在荔浦这块热土之上，仰望当空日月，凭吊英勇抗战的烈士，不由得思绪万千。荔浦是我国曲艺之乡，也是广西文场的重要流传地。广西文场一代宗师金紫臣客居荔浦四十余载，与张熙臣、蒋良臣合称清末"文场三臣"。非物质文化遗产桂剧、彩调、说书、渔鼓、零零落、莲花落、快板……在荔浦大放异彩并得以传承，发扬光大。这里还是中国最大的衣架之都、中国著名的食品名城，荔浦芋之乡、马蹄之乡、兰花之乡、砂糖橘之乡……现今的荔浦，山青水奇，艳阳满天；田畴沃野，风物迭现，人文地理，足以称道。荔浦以她独有的风姿，迎来了一批又一批客商，名扬海外。今日，东方士子们数以千年之梦想，终成现实了吗？

永远的女神

中国的大城市必有北京路。这个万紫千红的政治符号，是一个时代的时尚。不只是广州，武汉、上海、南京等城市也有北京路。一切北京路都是那座城市的政治情结。

广州北京路，当然不是她的"乳名"。1966年，广州永汉路更名为北京路。今天的北京路，历尽劫灰，已是一条熙熙攘攘的商业街了。功能的复古，让她回到商业时代。而在更久远的历史里，她是一条官道，和政治绑在一起。

2013—2014年，受广州市委组织部的委派，我到越秀区北京街道办事处挂职体验生活。从走近北京路到走进北京路，两年时间是远远不够的。每一条小巷，每一个门牌，都刻着历史；北京路的盛世精英，大才、奇才、鬼才都有故事；北京路是流动的金河，世界之窗的时尚风情，引领人们的衣、食、住、行；北京路是一种商业社会的特殊模式，是中国的未来现象。

"不到北京路，不识广州城。"对于很多广州人而言，那是实实在在饮茶出街过日子的地方；对于外来客而言，广州的北京路就是繁华商业区的代名词。穿梭于常年人潮汹涌的北京路，你不仅能从商贾云集的街区感受到现代都市的繁华朝气，也能从各种老字号的餐饮喧腾中感到广州人热爱生活的生动鲜活，更能从脚下一朝一代累积起的青石板路中体会千年古城的厚重历史。

广州，是古代海上丝绸之路的起点，而位于广州市越秀区的北京路不仅是广州城市的源头，还是这座拥有两千多年历史的城市的古中轴线。公元前214年，秦朝的南海郡尉在今广州北京路一带建城，十年以后，南越王赵佗建国时，也把这里定为王城所在地，堪称城池中心的中心。这个"中心"如今依旧是广州地标式的道路，它北起广卫路，南到沿江中路，全长约1500米。无论哪个季节，北京路上都游人如织，许多游客会在写着"北京路"的石头标志前拍照留念；人们也可以隔着玻璃保护层，仔细观摩脚下层层叠叠十数重的古道遗迹。于是，人们看到了珠江的潮涨潮退——那是沧海桑田的历史册页。

北京路不仅传承并发扬了城市商业文明的繁荣风尚，也见证了两千多年来此地的风云变幻及历史兴衰。可以说，北京路的历史就是广州城的历史，它每一块砖瓦、每一栋骑楼的兴建起落，它的每一次扩建和修葺，都是这座城市的脉搏和呼吸——就像那段玻璃路面所揭示的：我们，站在古人头顶，站在历史的肩上……

寻梦——"双门底"探幽

老广州人会把北京路的中段靠近西湖路口一带叫作"双门底"，这个称谓可以追溯到宋代。宋代灭南汉后，拆除南城墙，将南城墙扩展到江边，修建了"双阙"。南宋淳祐四年（1244），"双阙"大规模改建，建成后楼长十丈四尺、深四丈四尺、高三丈二尺，上部为楼，下部为两个并列的大门，俗称为"双门"。宋代有个叫刘克庄的文人在《广州重建清海军双门》中记载了双门落成的盛况："其上饶吹轰空，斗酒系道，观者数万，皆曰轮奂美哉。"从此北京路中段就被称作双门底，人们在此流通经营、往来贸易，逐渐形成了热闹的商业区。

时光荏苒，时至2002年，人们在改造北京路步行街的过程中，意外地在路面下发掘出唐、南汉、宋元、明清、民国5个历史时期11层路面遗迹和宋代"双阙"楼遗址。这也意味着"双门底"不是直接飞跃进入"北京路"时代，而是在它所经历过的朝代都有着独特的模样和"别名"。清代时，北京路由北至南依次为承宣直街、双门底、雄镇直街、永清街；从这庄正大气的街名可以看出这里不仅是商业重镇也是政治文化的中心。1920年，因广州城内交通不便而拆城墙开路，将这条路改名为"永汉路"，永清门即大南门，也蕴含着清朝已灭，"永清"变成了"永汉"之意。1936年，曾任国民政府首任立法院长的胡汉民去世，胡汉民是广州人，为纪念这位辛亥革命元勋，永汉路又更名为"汉民路"。1949年新中国成立后恢复了永汉路的名字。

有史可考：1966年，广州有89条马路，被合并为24条。北京路一带的路名，大都镀上了红色。像龙津路、惠福路改为向阳路，高第街改为群众街。后来很多路名都改回了"文革"之前的称呼，而北京路这个名字却一直沿用至今。这数度易名中，时代的政治格局、城市的容颜发生了翻天覆地的巨变，只有北京路是永恒的，它像一位永远的女神，不言不笑，不嗔不怨，接纳着所有的匆匆过客。

说到"双门底"，老广州人至今还会津津乐道一句歇后语："双门底卖猫——装假。"说的是双门底花市、古董街、卖书坊最为兴盛的晚清时期，有个卖字画的人，某一天正在扬扬自得地摆卖自己画的老虎，一个小孩站在档口前观望，指着画大声说："哇，好大的一只猫啊！"引得街上的人大笑不止。无忌的童言，成了双门底的一则笑谈流传了下来，每每说起这个歇后语，都会让人揣想当年的双门底是多么有活力，多么日常和熨帖。这里有亲切的邻里街坊，也有"熙熙攘攘，皆为利来"的商贾小贩，还有无事游逛的闲人和孩童。当然，它还有一座经典的报时楼——双门楼伫立在双门底，提醒着人们时间的流逝。

元延祐三年（1316），广州冶铸工匠冼运行等人制作了一座大型的报时器"铜壶滴漏"，放置于双门楼上。白天双门楼悬挂时辰牌，晚上击柝打更，百姓以此计时，数年分秒，准确无误，不得不让人感叹古人超人的智慧和工艺。元、明、清三代，双门楼皆是广州的权威报时楼，广州人主要依靠它安排婚、葬、祭祀等重要的日程。铜壶滴漏工艺精密而复杂，有严格缜密的计时原理，以四个壶滴水"刻漏"来计算速度与时间的关系。据记载，明代万历年间，意大利传教士利玛窦来到广州，想复制一个铜壶滴漏，结果没有成功，足见这件计时仪器的复杂精微。铜壶滴漏后来被作为国家级保护文物藏于中国国家博物馆，它是现存最早、最大型、最完整的古代计时仪器。在今天的北京路路石的标志处，我们也能看到一组四个呈阶梯排列的铜壶雕塑，各壶之间不停地依次往下滴水，这便是铜壶滴漏的纪念，它们还在为这座悠远的城市、这条永远年轻的道路计时。

铜壶滴漏不仅恒定地为广州人报时，更伴随这座城市度过了数个朝代的更迭。作为广州历代政治中心和千年商都文化的核心区，历代官学正地、书院书局在此云集。官府衙门紧邻商业街市，这个现象在中国也是独一无二的。回望这条"中心路"，这条古代政治地图上的官道，曾有多少王侯将相、达官显贵在这里粉墨登场，又有多少"卖猫"买物的平头百姓在这里度过了他们忙碌的一生。随着人们开始使用手表、电子产品等计时器，铜壶滴漏成为文物，北京路流露出它金色发光的脸孔，这是现代文明的映照，也是新的时代正在为它加冕。

花海——岭南文化的产床

一座城市的迷人之处，不仅仅在于它此刻的容颜，更在于它身后的故事，它的每一条街巷、每一个景点背面那些幽暗或光明的来路。"半日北京路，穿越两千年"，从越秀公园到中山纪念堂，再到人民公园、海珠广场约3公里的北京路及周边辐射景区，不仅凝聚了广州的历史精粹，也是广州山水格局唯一完整的传统风貌区。在这片风貌区不仅能看到千年宫署南越王宫、千年水闸西汉水闸、千年古道北京路、千年古楼拱北楼、千年古寺大佛寺、千年园林古药洲等若干个"千年级"的历史遗迹，还可以看到城隍庙及大名鼎鼎的万木草堂。它们像一个个面容安详的老者，默默地向世人讲述着南越王国曾经的辉煌和不曾断绝的岭南情怀。

按考古学家的考据，广州南越王宫御花园遗址是世界上现存最早的园林遗址之一，比欧洲现存最早的园林遗迹——罗马哈德良离宫遗址柱廊园还要早两百年。从发掘出的南越王宫遗迹中不仅能窥见王室风度和岭南园林的格局，更让人惊讶的是整个御花园乃至整个宫苑区，到处都是石柱、石梁、石墙、石门、石砖、石渠，有些建筑结构竟与古希腊建筑有相通之处。中国古建筑以木结构为主，西方古建筑才以石结构为主，这几乎是所有考古专家的共识，像南越王宫这样"石头建筑荟萃"的现象十分罕见。由此，有专家推测两千多年前的南越先民可能已经扬帆出海看世界，他们已经见识过西方建筑，借鉴并领会了石质建筑的精华，并于南越王宫付诸实践。这同时也佐证了广州在远古时代已经写下了海上丝绸之路的序言。

这种探索世界、敢为人先的岭南气象和南越余韵也在近代回响，1891年，康有为租借万木草堂部分房舍作为讲学堂，宣传改良主义思想，开展政治运动，万木草堂从此成为戊戌变法策源地。草堂原为邱氏书室，兴建于清嘉庆九年（1804），是广东邱氏子弟到省城应试时的居住地，类似驿站和私塾，未承想却孕育了一颗变革维新的火种。"脱前人之窠臼，开独得之新理"是康有为创办万木草堂的理念，在这里讲学时他强调西体中用，宣讲为挽救民族危机的维新变法的思想。许多有爱国理想和抱负的青年学子也慕名而来，幽深的万木草堂被这些有识之士的热血和肝胆照亮，他们爱国、救世的精神和信念至今也朗照着中国大地。

北京路的热闹仿佛是一种和平与盛世的宣言，只要有生意可做、有早茶可饮，对于广州人来说就是安稳静好的现世，岭南人这样的生活态度同样也反哺了北京路。在漫长的两千余年中，北京路不是一直和平和繁荣的，这位女神也饱尝过艰辛和苦难。即使在近代，北京路也遭遇了被欺凌的命运。抗日战争全面爆发的第二年（1938），日军侵占广州。某天晚上汉民路（现北京路）与中山五路的十字路口两旁的商铺突然失火，大火来势汹汹，一直从东边的永汉电影院烧到了西边的惠福路口，昔日热闹非凡的街市一夜化为废墟。此后，日本人还实行了宵禁政策，夜里的汉民路只能看到日本兵三三两两，长街被铁蹄侵扰，沉入死寂。这是汉民路锥心刺骨的疮痍，也是中国历史上泣血的篇章。好在，这样令人心痛的岁月并没有持续太久，北京路又迎来了新的安宁和兴盛。

沿着北京路街区的景点往深处走，你无须通晓古今历史和典故，也能深深感受到这座城市自始至终都流淌着先锋、自由和热情的血液，这种骨子里的、千年不变的风骨使得北京路即使经历了战火离乱、变革纷争等时艰动荡，依旧是世界上最繁华、最具历史感和现代性的街道之一。它不仅是一条街道，而且是一个民族筚路蓝缕却能永葆青春的明证。

　　特别有意思的是，考古学家还曾从南越王墓中发掘出三个长方形的铜烤炉。大烤炉的盘面与四侧都雕刻着兽纹和蛇纹，富丽稳重，是古代皇家的仪制。烤炉太沉，所以在炉子底下还设计了四个轴轮，可以推着走。小烤炉呢，两侧雕刻着两只朝天张嘴的小猪，撑住炉壁的猪蹄中间空着，作用是用来插烤叉。大小烤炉的设计巧妙又有世俗风情，不得不让人想象古代南越王宫中大摆宴席大吃烤串的场景，煞是有趣，也让人忍俊不禁——看，这就是岭南先祖的另一面，他们不仅有敢于远航与改造世界的雄心和魄力，也有相当实在和接地气的俗世情致。如果没有这样的俗世情致托底，那些千年的荣耀，那些十三行的传奇，那每一个在北京路播下的革新的火种，都将成为虚无缥缈的空中楼阁。正是岭南情怀中这扎扎实实过好日子的劲头，让纵深中的历史变得面目清晰，有处可考，不仅从王室的烤炉中，也从历代岭南人的胸怀中。

　　走在北京路累积十余层的青石板上，顿生时空穿越之感，想到从前的南越王摆驾回宫是否也要从这里经过呢？在那宫苑的"派对"中烧烤的佳肴口感是否接近今天北京路上热气腾腾的小吃呢？还有那些目光炯炯的志士仁人，是否步履匆匆走在人群中，沉思着怎么样才能让这条街变得更文明、更现代、更美好？他们如果看到今天的北京路大红灯笼高高挂起，人们笑意盈盈，是否会感到宽慰呢？

逍遥——温柔乡里谁是客

　　北京路住着我的高中同学赖正洪和他的妻儿。偶尔周末到同学家小酌，微醺状态在北京路穿行，仿佛身处在香港的繁华闹市。记得我读书的时候同学们当中流传着一个笑话，说全广州年轻好看的"靓女、靓仔"都在北京路卖衣服、做服务生。

言下之意是北京路是广州最"劲"（粤语，厉害的意思）的街区，那里不仅是广州的"门面"，也是全广州最热闹、最好玩的地方。那时候，我最想做的事情就是到北京路上颇有名头的西餐厅——太平馆喝下午茶。这是广州最早的西餐厅，也是全中国最早的"小资"们的集散地。但这可不仅仅是卖弄"小资情调"的地方啊，而是聚集了一大批首先接受了西方文化熏陶的有志青年。清末民初，西学东渐的思潮使得有想法、有见识的一批中国人开始尝试吃西餐，才有了太平馆的开张和雅集氛围。后来周恩来与邓颖超的婚礼茶会也在太平馆举办，这段佳话顺理成章地成为太平馆的金字广告。

当然，北京路上更多的还是寻常百姓最愿意光顾的店铺，比如牛腩粉店、糖水店等，既日常又温馨。"食在广州"可不是一句虚名，而是每一个品位、要求不同的食客，都能在北京路找到对应的食肆。据说北京路也是近代新思想率先传入之地。旧时广州的酒楼、茶室不招女工。20世纪20年代初，有一位名叫大娣的商人为了强调女权平等，在北京路高第街对面，开办了一家"平权女子茶室"，由当时较为出名的女律师苏瑞生的女佣人麦雪姬主持服务工作。这茶室开了广州茶楼招聘女侍应生的先河。

北京路，凭借广州宏大的舞台，背衬南国明媚的天空，镀上了精美绝伦的时尚金色。在来广州旅游的外地人看来，北京路的主要身份，是商业街及千年商道的市井生活。

如果要给一个外地游客介绍北京路游玩攻略，你会不会先引他至珠江水畔，乘船看一看美丽的珠江两岸，于天字码头停船靠岸；穿行过商铺林立的骑楼，再走进北京路最繁华的一段？恐怕这一路得花不少时间吧，因为这一路有得看、有得玩，更重要的，还是有得吃。

老北京路上的商铺曾被称为"五步一楼，十步一阁"，让人目不暇接，今天的商铺气派得更是让人们容易产生选择困难症。今天人声鼎沸的北京路，是很多人心目中"吃喝玩乐、应有尽有"的一条街；这里不仅是人们逛街购物的首选，也是饕餮之客寻觅美食的理想之地。古旧的骑楼底下不仅有来自世界各地最时髦的服饰和各类商品，也有数不清的风靡了成百上千年的粤港小吃。在这里，传统和现代交织，物质文明和历史文化相互辉映，无愧为岭南文化一张亮堂堂的名片。

对于老广州而言，北京路是居家过日子最便利的处所。一位朋友家住北京路大佛寺对面，透过他家的窗户就能看到老广州们的旧民居隐藏在喧闹的街区背后，像大佛寺一样闹中取静，自得其乐。居民们每天在北京路穿街走巷买菜、上班，闲暇时会到陶陶居等老字号喝早茶吃点心。卖药的陈李济、卖酱油的致美斋、卖钟表的李占记；还有皇上皇、锦泉、利口福、宝生园、王老吉、生茂泰、仁信、清心堂……这些人们耳熟能详的广州老字号在北京路北段的"老字号一条街"云集，这些响当当的名字在北京路延续着它们的商业传奇，人们也一如既往将它们作为日常生活的一部分。

美国学者科特金在其著作《全球城市史》中定义过一座成功的城市必须具备三个要素：神圣、安全、繁忙。很显然，今日之北京路所代表的广州城市文化满足了这三个要素。最重要的是北京路还拥有现代城市那种青春洋溢的活力：无论是手挽手在街上闲逛拍拖的小情侣，还是身着COSPLAY服饰参加动漫节的"动漫迷"；无论是在新华书店、联合书店抱着书本席地而坐的孩童，还是坐几趟公交车只为来老相识的"士多"（小商店）买嘢（买东西）的老人家；无论是热衷全球时尚、是新大新和广州百货忠实拥趸的女郎，还是欢欢喜喜挑选着"岭南手信"的观光客……都构成了北京路最有温度的风景。人潮涌动，在这千年古道上缓缓流动；前面应和着的，就是珠江了。

每当华灯初上，北京路被水上的波光和红灯笼的光线包裹，它是那么风尘仆仆，又是那么温润动人。夜色朦胧中，北京路仿若回到了稚气未脱的"双阙"时代，有睁眼看世界的初心，也有蓬勃生长的天真烂漫——让人不由得想起一位古人：宁愿醉死温柔乡。

无论是哪一个侧影，都无法详尽描述北京路这位永远年轻的女神。她用母性的宽广承载了两千余年的风雨沧桑，她用女性的坚忍拥抱了广州人的辛酸和喜乐，广州人也向她托付了世世代代的生活。她食烟火而不俗，经世故而不骄矜，只是在"中心"的位置承担着属于她的命运，静看这世间人来人往、云起云散——这就是一尊佛了。但她不在庙堂之中，也不在高处俯瞰众生，她好像就走在你我之间，是一个年轻的、明眸善睐的女子。她是我们的老街坊，也是我们的亲友；是我们擦肩而过的陌生人，也是我们念念不忘的故交。

文化的本质是历史。然而，历史成为文化，是需要经典故事的。广州市北京路，中国改革开放新时期嬗变的南国翘楚，她不像大邱庄、华西村，那是农民的故事。年轻代表未来，她是一个未来的故事，商业文化的故事。这个未来的故事，代表着南方文化的巅峰。

北京路，永远的女神。她总是笑意盈盈地站在那时间的光影之中，看珠江潮起潮落，看骑楼旧貌换了新容，看这尘世又写上了新的语言。

哈，我们会在北京路的含情脉脉中老去，而她永远年轻。

蝶恋花

　　"横看成岭侧成峰"——且不谈视角、感情的润泽与浇灌，"情人眼里出西施"吧，说是偏见也罢：有如弋射，偏见才是准确哩；舌尖上的中国，其实众口难调得紧，有些东西着实不敢下咽；冥顽不化，我以为是一种金石之坚贞的美德。欣赏我的师长、朋友们的艺术作品，常常拍案再三，叹服不已，正所谓：万紫千红处，我若蝶恋花。

芳菲只与春风知

一个男子的名字，如此端丽脱俗的书艺，我便想到了"易安居士"的旷达与雅趣。中国侨联副主席、广东省侨联主席王荣宝出生于浙江温州书香门第，于南洋风雨颠沛流离之中，严慈庭训的使然吧，竟然傲世而卓行，好古而探幽，从小便对殷墟甲骨、钟鼎铭文、秦汉篆隶深深着迷，描描写写，孜孜不倦，终于自成大家：毛公鼎铭文，这一中华瑰宝，数千年来多少刀笔才俊望之兴叹的恢宏古典，在她的尺素寸楮之间揭去了神秘的面纱，彰显人间。

记得晚清集文豪与书画于一身的著名艺术家李瑞清老先生说过：学书不学《毛公鼎》，犹儒生未读《尚书》。

毛公鼎铭文近五百字，据说是汉文化"散文"的开山之作，鱼虫蟠会，艰涩诡秘，成为华夏祖先第一章佶屈聱牙的生存纪事。一个青春秀嫚的小姑娘，乐此不疲地赏玩其中而不知凡几寒暑。她，以其独慧异悟，与数千年前的古贤对话，诠释成我们今天有幸读到、看到的焕然锦绣。这便是王荣宝书法。

女艺术家，应是始祖女娲娘娘的嫡传吧，但在人类史的艺术苍穹上，却可谓寥若晨星。她们留存在世间的文化建筑，又总是让我等须眉深自汗颜。古人苏若兰的"回文织锦"、湖南江永的"女书"，应该是东方女性文化的杰作了。而日本女性将汉字草书改造成"平假名"，以为"闺密"们的密码，曾经达到了男、女文化"势不两立"的地步。

王荣宝给钟鼎铭文的古篆一口生气，让一颗颗史前的古莲子开出了灿烂的繁花。

我国书画界有"书画同体"之说，据说以苏轼、文与可为宗师，即所谓"文人画派"，亦即今天随处可见的"写意"国画，无非用墨的干、湿、浓、淡，构图的疏、密、轻、重而已吧。王荣宝先生的书法，走笔处完全是写意国画的意趣与要旨啊：大篆天姿的"象形"，在王荣宝的挥毫泼墨之下，或浓墨重彩，彤云列阵；或清流如洗，竹影婆娑；或飞白空灵，烟云出岫；或肥瘦相济，两仪翔来……龙蛇起雾，万灵朝宗，幻形幻影，扑朔迷离，雅然都趣——若非胸有一方锦屏、九重玄机、万斛珠玉，安可天成耶？

有人对我介绍说，王荣宝先生为写好《毛公鼎》，曾查阅大量古籍文献资料，研究中国古汉字的演进、笔法、蕴含，结合岭南当地的书画艺术传统，研究岭南派书画名流，尤其是近代谢熙、高奇峰、黎雄才等的书画作品，从中博采众长，杂糅诸家，融会贯通——信以然也。

书法之道，自古各有其说，各成其派。然在中国传统博大精深的文化精髓之中，有一句话简单却有力地矗立于各种艺术形式之林：初心不改。此话贯穿于哲学、文学、书法甚至于生活之中。我们的知识领域与生活不可能永远停留在"童话"这一片单纯的乐土上，当我们经历成长、经历受伤和收获，我们会有第二双不一样的眼睛，来看这个世界。然而，无论我们的第二双眼睛如何老练、深邃、苍老与世故，自然纯朴的童心永远是我们精神生活的底色。

王荣宝的书法，立足于岭南古粤文化，奇崛高古、朴拙雄壮，将象形书法的字形变化与岭南文化地域特色自然结合，将书法中的秀丽婉约和遒劲雄健有机融合在一起，随意赋形，气象万千；字如其人，遒劲有力，颇具士人风骨，深得岭南书家的钟爱。

书法《乐山乐水》横幅，字形圆润饱满，浓墨重彩，苍拙而不失灵动，潇洒中不失沉稳，布局和谐自然，有一种秀美凛然之气隐现。山、水二字寓形于象，翼然于纸，仿佛从心底流出的灵动之气。宋代著名书法家米芾在谈论书法创作时说："字要骨格，肉须裹筋，筋须藏肉，帖乃秀润生。"以此来评价王荣宝的书法，可谓恰如其分。

唐代书论家张怀瓘在《书议》中谈及书法的寄寓时，曾经这样说："或寄以骋纵横之志，或托以散郁结之怀。"认为不同书法写作产生的根源在于书写者不同的心境、志趣、情怀。怀素张狂，为书法亦放纵不羁；颜体谨严，自《家训》可见一斑。他认为，每一种不同的书体背后都寄予着书写者与众不同的人生状态。

王荣宝的书法源于古代榜书形式与符号构建，颇得钟鼎铭文的简约拙朴之风。多年以来，她泛舟于书海，通过"甲骨文"演变的"毛公鼎"书法寻根溯源，从而真正体悟篆书的严谨，她的书法异于众家，虽习各家之长，亦在不同的书法形态之中学习、参悟，但她在各家之中的行走，是研究与顿悟，而不是机械地模仿，在参透各种章法之后，她才有底气而不去追求书法演进之后的规整与章法，努力向上溯源而又不拘泥于古法，得其妙谛而随心任意变化，力图展示书法诞生之初的原始之美的同时，自成一家。

"夫质者朴也，有崇尚太璞之意。"在中国玄而秘的道家体系之中，人与社会、自然的相处应是遵循着古拙、璞朴法则的。王荣宝的书法，字里行间浸淫的正是这种"璞朴"的意境，她的书法如同一枚从遥远时空穿越而来的未经打磨的璞玉，因其古朴，所以动人；因其自然，更显芳华。

40多年坚持书画创作，使她充分汲取书画艺术精华，笔耕不辍，逐渐达到"悟道"的境界——心忘于笔、手忘于书、心手达悟。《毛公鼎》的笔画与章法、字形、结体在她的笔下完美融合，别出心裁，自为一家。其作品中流露出来的天真、质朴、自然、初心，成为她典雅朴素人格的另一种彰显。她那高怀雅趣，正如"万绿丛中一点红，芳菲只与春风知"。

虎虎生美，万象更新

区广安先生和他的书画世界，长期以来是备受南国文艺圈广泛喜爱和关注的对象。区广安先生出生于南海西樵，七岁入岭南名家卢子枢弟子袁伟强门下受业，五十余年孜孜以求，抱朴守一，守正创新，自成一格。其作品布局精严，笔法自如，功力深厚。他的来历、他的信念、他的文化底蕴、他的艺术追求，都被他熔于一炉，跃然纸上。我的办公室里悬挂的唯一美术作品，便是区广安先生的《面壁图》，看似寥寥几笔，却意境深远，耐人寻味。所谓画之任势，势有刚柔，不必壮言慷慨，乃称势也。窃以为，区广安先生的画，画笔尽处，尚有余韵余力余势，给人思索的空间。

中华虎文化源远流长，虎很早就成为中国人的图腾之一。虎，也是中国十二生肖之一，以其百兽之王的威猛形象，被制作成虎符、虎环、虎雕等除灾免祸的镇邪物，趋吉避邪，守护人们吉祥平安。《诗经》云，"有力如虎"。《风俗通义》中则载"虎者阳物"，至阳至刚之虎寓意着吉祥。虎历来受到画家们的垂青，古人画虎，大都是生猛的虎，表现其威猛雄健、气势非凡。区广安先生则乐于将其生活化、平易化，有点萌宠，有点烟火气，充满了生活的气息。《如虎添翼》《虎略龙韬》《高山流水，虎啸龙吟》……猛虎的神勇和震撼天地的虎啸之声奔涌而来。《五虎临门乐，国家安康长》《虎伴闲读》《初生牛犊不怕虎》……则极尽调皮、搞怪之能事，将老虎形象放置到日常的插科打诨中，一时妙趣横生，让人忍俊不禁，会心一笑——这其实是区广安先生对生活的一种理解与感悟、反省与解嘲，是对传统虎文化的另类解读和逆向思考。思想与艺术形式的两相辉映，是本次画展的一大特色及其价值所在。区广安先生对虎文化的艺术表现突破了传统的窠臼，另辟蹊径，这种艺术创造对美术界是有所贡献、有所启迪的。

欣赏区广安先生的艺术，如同品读他的为人。因受区广安先生怜爱呵护已久，说他的画不如说他的人。区广安先生秉持着南海人的情怀，颇有康有为的遗风。长久以来，区广安先生的宽宏与胸怀，是我做人的标的；而他在艺术创造中的潇洒与浪漫，又将一个艺术家的率真与放达表达得淋漓尽致。能够徜徉于艺术的大千世界，享受着这个精神世界的珍馐美馔，而不受世俗所惑，真让我辈艳羡和钦佩。

一个艺术家的人格和艺术生命始终与他生活的时代相关联。区广安先生立足他的生活、他的时代，始终以一种礼赞和感恩的态度探寻着生活和时代的美和赠予。他的画笔所及之处，展示的是生活物事的纯真与良善，这种至善至美的追求构成他绘画艺术的视野和胸襟。

虎年之时，南海之畔，虎文章华驭春风。区广安先生的虎齐聚珠江，虎虎生美，美美与共；不仅包罗了生活万象的风采，更是他对生活不倦的歌咏。不唯虎年，艺术家追求美的步伐将永不停歇。他们所传递的爱的力量、美的力量，以及爱美的求索，必会让身处充满各种挑战和困难的时代中的人怀抱憧憬，虎虎生风。

云染丹青馨之远

最早在朋友那儿看到她的工笔花鸟，展幅流连之际，不觉怦然心动：郎世宁之丰腴肥美，张大千之肆意情韵，高剑父之空灵秀迈……尽在眼底。是何人哉？集得顶级大家之精髓，信手拈来，轻描淡写，锦绣册页，都是经典……

呵呵，原来竟然是一位端庄优雅女才子！当细细品味她的《江山雪雾霁图》时，真的被她的诡异笔意所深深震撼了：构图之恢宏浩渺，走笔之腾龙起凤，皴染之鬼斧神工，设色之精准乖张……是不是和她的海外经历有关呢？水墨挥泼之间，隐隐闪烁着西洋油彩的立体神韵，让我似乎听得见一个新生命的哇哇啼叫……

女画家张热云，马来西亚、新加坡侨眷。网上搜到，她头顶的光环数之不尽。但在我的意想中，她，是一个结结实实的画家，功底深厚、颖悟非凡、创意独特、张力无限的当代画家……

山水有灵气，更有生命的况味吧。应该说，山水画在魏晋南北朝就已经种下了艺术的种子，只不过，那时的山水画更多还附在人物的背后。直到现代，山水画完全归于了山水，所有的画呈现了山水的清澈与人文：大地、庄稼、飞鸟、薄暮、阳光、雨露、枝叶、小桥、山林、炊烟、云朵，等等。人格化的自然万物，笔墨所染处，灵性起烟霞。

画的是山水，但山水浮世绘风味里，蕴含了生命无穷的故事。有纷繁美丽，也有孤寂风情。有简单的忧伤，也有深刻的温度。

张热云的山水画里，这个温度特别浓烈。她对自然的透彻与通达，自然也懂得了生命的人文底色。她的山水画是艺术的、人文的、美好的，满幅沉甸甸的沧桑之感也是悠远绵绵的生命之歌，细细展读，浅唱低吟，行板天籁。

后来因为工作关系，我有幸结识了这位卓尔不群、不同凡响的青年女画家。都说江山易改，文人无形。我发现张热云是个有点另类的文人——她这个青年女画家，好像这个特殊时代上天定做的艺术天使一样，天女散花般地将五彩缤纷撒向人间，播种美丽。

2020年12月26日"南粤慈善公益同行"活动爱心拍品捐赠仪式上，她满心欢喜地捐赠自己的花鸟画作。2021年，这位女画家又在云南众心慈爱基金赴中屏镇开展捐资乡村助学活动中捐赠作品《心思》。她和她的山水画一样，将自己融于大地中行走。她与其说是在画山水，不如说是山水在表达她的爱。此类不胜枚举的捐赠行为是她多年来心系文化与教育的义举……

尽管艺术是天赋的，但我还是以为：梅花香自苦寒来。任何一个人的成功，其背后必然付出了常人难以想象的辛苦与创作。天才的张热云，并没有例外：她对中国山水画的热爱，以及她身上的艺术气质，源自童年和少年的刻苦练习，更多的是受益于家族书香的熏陶。据我所知，其祖父是马来西亚侨领，曾任华校校长、孙中山秘书，才名高卓，鸿儒满门。最重要的是，她的祖父与中国山水画大家罗铭交情颇深。后来，罗铭应中央美术学院院长徐悲鸿之聘回国，任教于中央美术学院，并于1954年和李可染、张仃在北京举办了一场三人山水写生画展，开创中国山水画一代新风。因家学渊源，张热云自幼习画得到罗铭的指导。而她父亲是归侨医生，通晓音乐和美术，常常带着张热云跑音乐会、看画展。在如此得天独厚的条件下，耳濡目染之下，童年的张热云便打下了扎实的绘画基础。后来，她负笈上京，成为中国国家画院的访问学者，先后师从李可染之子李小可、国家画院副院长纪连彬、长安画派创始人苗重安、当代大写意三大家之一汤立等大家。

张热云笔下的山水，以青绿色为主色调，小径纵横，线条清晰，把岭南的绿色生机与灵秀融入苍劲古朴的北方山脉，让恢宏壮阔的山峦生出一派绿意。很多时候，她呈现出来的山水是一种生命的抒情，是一种生命的表达。画中有人文的思想，有生命的态度，有不可言说的哲学风情。因而，她的《牡丹》《溪山新貌》《溪山水清秀》《锦绣山庄》《路过山乡》等画作相继获得各类奖项，背后自然是她数十年临池不辍、精勤笃行的辛苦和努力。

多年来，张热云常常带上素描本，迈开双脚走进江南水乡、太行山脉，怀着对山川故土的挚爱之情，寻觅着鲜明的地域文化特色和深厚的文化底蕴，把感性认识的视角冲动与理性思考碰撞出的火花，用线条、色彩和墨点有机而生动地描画出水墨淋漓、如烟似雾的江南如诗的境界。她的足迹遍布中国的名山大川，还曾到美国、加拿大、英国、瑞士、德国、新西兰、马来西亚、斯里兰卡、墨西哥、巴拿马、泰国、日本等国家游历和创作。生活的认识、游历的感悟、写生的积累，以及对工笔画与摄影的长时间学习研究，使得张热云磨炼出收放自如的笔墨运用和良好的构图感，巧妙采用现代平面的构图，纳入"洋为中用"的风格，画面更加注重现代性、生活性、艺术性，不断升华构想，以线表现形态，以叠彩表现质感，以点擦表现空间，兼工带描保持着山水画特有的水色渗化效果。在师承的同时，她渐渐形成个人独立的艺术主见，并深受画界的认可。

我看张热云的绘画，既继承了我国传统山水画派里晋唐厚重雍雅的宫廷贵气，又吸纳了宋代以来的文人画风，在强调写生、着力物象形理之外，更注重山水花鸟的生机和精神，所以她的画兼备了工笔和写意的优势，既工整气派，又充满灵气。她的画画面丰润，充满生机，色彩采用清雅亮丽的搭配，始终保持中国传统文化的品位，用墨统领画面，艳而不俗，用留白与线条的视觉冲击力突出色彩的个性。如她的画作《春节》，由中国绘画的传统意象"荷"和"鱼"构成，也即国人熟悉的"连（莲）年有余（鱼）"的意象建构。在张热云这里，莫兰迪色调的荷叶占据了画面的一半构图，营造出自下而上的挺拔的"莲叶田田"的意境，腰部托起荷花一朵，白瓣红蕊，如颗颗寿桃簇拥，引得两条红鲤争相摆尾，煞是可爱。荷花的红蕊和鱼的红取的是同一色调，正红而略偏暗——优雅的北宋莫兰迪宫廷色，整个画面沉静大气而不失活力，旁有词："鸿运当头，阖家幸福"，可谓点睛之题。艺术的魅力及感染力，往往就在于画家本人所呈现的那种生命的魅力与感染力。

江湖夜雨十年灯。《画鉴》有云："徽宗性嗜画，作花鸟、山石、人物，入妙品，作墨花、墨石，间有入神品者，历代帝王能画者，至徽宗可谓尽意。"我以为张热云的花鸟画，继承了宋徽宗花鸟画中的"诗意"和"文气"，有一种难得的知识分子的气格。这或许也与她的成长经历和求学经历有关，她一直走的是学院派路线。正如她的恩师苗重安给她的评价：朝气、灵气、大气……后生可畏！

认识了张热云，再来看她的花鸟，便增加了几分亲切。她的画如此精细微妙，神形兼备：鸟在转头、低头、仰头的瞬间韵态被她捕捉，定格笔底，画面整体营造出一种舒适、熨帖的氛围，用墨克制讲究，意境优美悠远，充满想象力。

而她的山水，构图严谨，笔墨独到，空灵俊秀。她的山水画题材广泛，风格多样，时而高古苍润，时而粗野放纵，时而简洁精微，时而壮怀激烈，将画家内心清风明月般的脱俗情怀寄于绿水青山间，以斑驳陆离的抽象水墨为表现形式，意象纵横，墨彩淋漓。因此，在细细品鉴张热云的山水国画时，似乎有一种弥漫于尺幅间的清润雅致之气，荡涤着喧嚣与嘈杂的尘俗，如拨开云雾见青天，清新、澄澈、开阔、灿烂。

呵，云染丹青馨之远，笑在花泛锦绣间！

岭南泼墨人

我第一次见到大海波涛——将现代城市如此作图的丹青水墨，岭南的云山珠水间，老广州温润如新，两千多年风雨中跌宕起伏的岁月，依旧在"古之楚庭"的绵长遗韵中，氤氲弥漫于宣纸之上。

在这里，摩天高楼鳞次栉比，百年骑楼繁华依旧，西关大屋遗世独立，洋房与珠江相对成景。

实力派画家黄健生，饱读诗书、文气十足，勤奋而又高产；每天清早起来，会花半个小时去研墨，却绝不轻易下笔信手挥毫。无论是海水还是梯田，无论是桥梁还是道路，甚至是飞机、船舶等平常被视为"不可入画"的现代题材，全都不在他话下。没有古今的阻拦，也不受中外的局促。

越是有求，越是难求。说不尽的疏狂迷醉，道不得的酒洗愁肠，曾经的断发文身、南蛮鴃舌，到今时今日全都销声匿迹、人马无声，唯有艺术——这些诗书画，这些呕心沥血一代代留下来的东西，与时间一同成为真正的胜利者。在泥沙俱下、一切皆有企图的现世，黄健生虽为尘世中人，且在地方文联担任要职，却不求功利、"只为画好"，显得尤为另类。

"画之理，笔之法，不过天地之质与饰也。"中国画倘若要有看头，就必须有诗、书、画、印集于一身的功力。"泥古不化者，是识拘之也。"许多画家到一定程度后难以突破，皆因修养不够。山水、花鸟、人物，统统都是寻常所见，直至清代，"光是画山石的皴法就有近百种"，多少后来者，把笔都磨秃了，穷尽毕生之力却依然难以望前人项背。正所谓"笔墨当随时代"，黄健生独辟蹊径，扬长而去，走到哪里便是哪里；走到哪里，便画到哪里——管它是钢筋水泥，还是惊涛骇浪；管它是飞机轮船，还是天主教堂。

"见用于神，藏用于人，而世人不知所以。"石涛《画语录》中借禅道述说新画，一如今时黄健生在纸上所追求的境界。以美写实——题材是现代的，但表达的方式又是传统的；敬畏传统——有经典文人画的影子，但不是复制古人；传统与现代、写意与写实相交融，构思雄奇，立意大胆，敢画常人不敢画的画，能画前人不能画的画。他深受石鲁的影响，深谙作画之人，身心倘若不能彻底融入眼前的物象，情感不够丰满，其作品便也是死的，绝无气韵与生动可言，更遑论创造与思考。读研习画的三年间，黄健生临摹了27幅宋明山水大画；当所其时，古人的笔意和思想，便是黄健生洗练自己的最好方式。

人间亦有痴于我——说起健生画画，短短三四年投身笔墨，竟能多次入选全国、全省美展，堪为奇迹；想来却又令人叹服——他是"半痴山人"，在这世上，总有一些人，他们又是出世的。"三分技法，七分天成，是妙品；七分技法，三分天成，是精品；十分技法则是能品。"画有天成，人也有所谓"半痴"，或许那正是亦人亦仙、若梦若醒的境界吧。天分加上勤奋，定然是一个人成就自己的不二法门。

在我看来，真正的画，说到底是在讲述作者内心的理想与憧憬。黄宾虹说："不读万卷书，不行万里路，不求修养之高，无以言境界。"石涛也言："搜尽奇峰打草稿。"远行与写生，正是黄健生不断接近心理想的方式，也是他不断推陈出新的源头活水；他曾展出的画作，十有七八是远行写生的收获。"外师造化，中得心源"，置身天地之间，需要真正切入心灵深处的情感，方碰擦出生命燃烧的火花，创作出的作品才灵肉兼具。

说回广州，在我心里这是一座纵深开阔、内涵丰富的城市。历史上，它是海上丝绸之路的起点，客家人的文化家园，远离中原政治倾轧的繁华商埠，哺育近代精英的种子场。山与水、塔与桥，土与洋、老与少，自然与人文、历史与现代，艺术与生活、革命与商业，"摆款"与"孤寒"、生猛与温婉，祠堂与酒吧、教堂与寺庙，"小蛮腰"与古城墙、吃喝玩乐与艰苦朴素……世间种种，都在这座城市里瓜葛勾连，仿佛人生况味的苦乐参半，也是历史沉淀的极致丰繁。

林林总总，如何入画？如此浩大的现代城市命题又如何不动声色地融入传统水墨丹青？"一画含万物于中，画受墨，墨受笔，笔受腕，腕受心，如天之造生，地之造成。"健生将浓墨晕染之后散发开来，并因势利导，随类赋形；又往往不重复、不是单纯的"对景写实"。广州系列作品"以美写实"，多以传统的泼墨大写意为主，再辅之以刻画入微的赋色，逸笔草草中不乏微观与精致；都市的摩天大楼若隐若现，光影斑驳，水韵、笔势相融，楼中华灯初放似色彩晕染，修长的楼影与中国画线条的水墨相融，似山非山，长短相交，摇曳一新。而其中最醒目的18米长卷《东濠涌画卷》创作历时三个月，以奇特的构图和大胆的笔墨运用，气韵天成，不落窠臼，器宇惊人。错落有致的线条，缜密繁杂的线条，简洁明朗的线条，精耕细作的线条，清清淡淡的线条，"若坐、若行、若飞、若动"，黄健生构想了一个人的广州，却又是许多人的世界。

手腕摇动磨墨之时，便是心底情思涌起之始。黄健生不止一次对人说起：于画家而言，停留就是"个人行画"，艺术"熟"了就俗了。这"充满诸多可能性"的状态，"生"的风致与新奇，一日不停地吸引着健生前行——一条没有尽头的路，走到哪里便是哪里，走到哪里便画到哪里。

充满灵气的艺术世界

是环境污染太严重了吧，在当下这段汹涌澎湃的历史长河浪尖上，不甘寂寞、光华闪闪、夺人眼目的漂浮物，我以为更多的是垃圾。

胡硕堂属于那种沉得下来的文艺家。写作、摄影、书法、绘画，他多才多艺，却安静温和，从不张狂。真正的艺术家是不必张狂的。

胡硕堂的书画充满灵气。这灵气，却并不是跃然纸上让人一眼看穿的那种小聪明。他的禅荷，笔墨率性，尽情挥洒，可容人静心来细细品读。看似随意的线条之间，隐约可以感觉到那既有又无的淡淡清香。

画面中的大色块构成，像宽大的荷叶，也像天空上一抹斜阳普照下的苍茫大地，远山如黛，荷叶蜿蜒起伏，画中突兀裸露的杂树荷梗却像困顿的现实写照。

禅荷呈现出的超越现实大写意，又带有西方印象手法的作品，向观众展示了如梦如幻的诗情画意。作品思维独特，造型别致，把传统艺术融入当代水墨效果，画面充满矛盾、张力，这种对传统笔墨、形韵、气势进行的大胆创新，让作品产生出了一种强烈的个人色彩。

后来我看他的作品多了，还知道他是个喜玩石头、口味殊俗的人——他拿着河边捡来的石头随意摆放、做镇纸，甚至拿书法做窗帘——方才慢慢体会到艺海无边，都在这一个人身上恣意贯通了。

更为可叹的是，这禅韵清净的荷花，不是深幽山谷里的稀罕物，却都是这个人在红尘俗世、油盐酱醋的间隙里弄出来的，这才是所谓的"大隐隐于市"。

"自我来黄州，已过三寒食。年年欲惜春，春去不容惜。今年又苦雨，两月秋萧瑟。卧闻海棠花，泥污燕支雪。暗中偷负去，夜半真有力。何殊病少年，病起头已白。"每每提起书画与禅结缘，胡硕堂总会回想起当初他读到苏轼行书作品《寒食帖》，觉得行书里写的诗句苍凉至极。苍凉多情和惆怅孤独，从来都是历代文人墨客的宿命。荷花画多了，也总会给人一个误解，以为画家劝人平复欲念，举世混浊我独不染。其实不然。

画荷、写字正如佛家所言，"佛法在世间，不离世间觉"，身在红尘，与世周旋。我想他的禅荷更多的是在给我们提供一种应对俗世的态度——生于世，而与世相隔；出污泥，而清涟自洗。

若欲修行，在家亦得，不由在寺。就拿石头来说："很多搞书画的人，都喜欢用些名贵的石材压字画，而我却喜欢用普通的石头压字画，带着一种自然状态来创作，心境就感觉很舒服。""人们通常说，通过镜子看到自己，而对我来说，石头就是我的镜子。"

胡硕堂钟情自然，寄情佛理，力避俗课，一双慧眼由照看人间转向反身而诚，体悟"迷来经累劫，悟则刹那间"。以画家的智慧才情，此等事实属轻易。

法常和尚临终时说："一笑寥寥空万古……而今忘却来时路。"我们终归是凡尘俗子，免不了被尘世纷扰搅得跌宕起伏，顾盼得失。滚滚红尘轮回不断，人生所至，总是充斥着如此这般见或不见的禁锢和牢笼。当初禅宗二祖慧可为法忘身自断一臂，达摩才授予衣钵；想来无论是做一件事还是做一个人，没有恒心如一的付出，也就算不得是真情。用心之时，真心无所不在。难能可贵，是有诚意的人生。

妙高顶上，不可言传；第二峰头，略容话会。想来想去，禅荷告诉我的别无他物，唯有如此这般的心底自在。我读胡硕堂灵性的禅荷，总有些激动，如一缕金风吹皱秋水，又像是小电流触及，瞬间又平静了。不过世间已别无他物，也没有了我自己。

深爱隐于字画里，挚爱融于线条中。人间的故事，人生的智慧，人心的清净，都藏于他的笔下、他的画里。读他的画，就是在阅读一个世界，一个充满灵气的艺术世界。

将军笔下走雷霆

我向不以为"文如其人"。瞧吧,上官仪诗风婉约曲丽,却以直死;李绅《悯农》千古绝唱,实乃巨贪;杨子云潜心《周易》,竟附新莽;汪精卫五言慷迈,是为汉奸。

然而,对于喜欢笔砚的刘鹤翘来说,倒真的是"文如其人,字如其性"。这个古人留下的经典语录,一次次用它持久的经验性与不朽的魅力证明了这一点。一个没有特质和独立思考的人是难以写出别出心裁的字来的。

都说刘鹤翘就像一只仙鹤,豁达,飘逸,神飞。国字脸,细眉,皓齿。一双鹰一样的眼睛,身材魁梧,有着健康的体魄,看上去很精神,典型的中国军人气质。他的普通话很标准,嗓音浑厚。说话时总是带着朴实、随和的微笑,爽朗而亲切。有种相见恨晚的感觉。哪怕是初次见面,你也会觉得他仿佛是相识多年的朋友,好朋友、老朋友,而不是难以接近的首长。

刘鹤翘的字,写得有力、干净。好的书法不仅要看字,还要看它线条里所呈现的气韵、功底。一个独具匠心且有艺术修养的人,必是有大气魄、大情怀的人。

刘鹤翘何许人也?在《鹤逸神飞——刘鹤翘将军诗书画集》的序言里详尽地阐述了他的经历:二十二岁代表空军率队为第一届全运会及毛泽东等党和国家领导人作飞行表演。曾先后驾驶国产飞机十五种,飞行三千多小时,指挥部队三次击落国民党军入侵飞机,受到周恩来总理和贺龙、叶剑英元帅的接见。他曾任广州军区副司令员兼广州军区空军司令员，1988年被授予空军中将军衔。

三千多小时的飞行生涯造就了他旷达的个性。一张张力透纸背的书法作品，寄托了他对国家、对军队、对人民的忠贞与热爱。洋溢在作品里的，是"金戈铁马，气吞万里如虎"的英雄气概，是"骁骝嘶鼓角，老将识风云"的空军情怀。他多次获奖，不少作品还被景点、名胜、碑林、博物馆、艺术馆刻石收藏，艺术传略载入多种权威典籍。1996年，他在广州成功地举办了首次个人书法展，这是他书艺追求与探索的一次大转折。接下来的十年，他先后又举办了五次书法展，每次都带给人惊喜，被誉为"将军书法家"。

将军书法家。这个名称多么令人羡慕。一个不想当将军的士兵不是好士兵。一个能写一手好字的将军，又是多么让生命骄傲的事情！一身豪情壮志陶醉于书法的海洋里，那种美妙，那种幸福，也只有通感艺术的心灵才能传递，才能懂得。笔走龙蛇，舞文弄墨，那该是何等的情怀和气概！

真正的书法，我们欣赏的不仅仅是书法的字，作品的好只是其一，书法的美，其实更多的是一种对于生活与理想的传播，它不仅蕴含了热爱的成熟与厚重，蕴含了热爱的潇洒与从容，也蕴含了人与生命的朴茂自然、自强不息等。每一笔，每一抹，每一个粗与每一个细都有着它自己的灵与性、动与静，一张一弛、一疏一密，其中布满了沉稳周圆、古朴苍劲，布满了生活的寓言与传说。

书法如同人间炊烟的水稻，它用它飘香的翰墨涵养了我们的心灵，让我们在旷古的线条和斑驳的残片中游弋，找寻灵感和信心。怀着草书洒脱的心胸，和着行书明快的节奏，以隶书般有曲有直的性格，用如椽大笔书写着精彩的人生。好书法如同一个好人，用他的心灵、他的态度书写着一种理想，一种关于生活的态度。

刘鹤翘将军一生与长天相伴。"军中一笔"的称号却属偶然得之，拿将军的话来说，"是玩出来的"。他年轻时便钟情于翰墨，离任后，几乎把全部的精力投入书法的研习中，刻苦勤奋，遍临诸家。

"形似不如神似"。其作品的可贵之处，在于他用心用思想书写，在于对传统与自我的超越，并不执着于某一书家的形似，不拘泥于承袭某一书法流派，而是集百家之长，自成一格，有点像霍元甲自创的"迷踪拳"。将军偏爱行草，笔力刚劲挺拔，结构绰约多姿，韵味高深莫测，表达一种对生命的敬畏，寻求一种飞翔的力量，把一首陶渊明的《拟古》演绎得神采飞扬，丰姿挺劲，气势饱满。稳健沉雄、自由奔放而又不失法度；粗与细，疏与密，淡与浓，总是相得益彰。字形结体和构图布局如一只飞翔的仙鹤，潇洒自如，气韵生动，变幻多样，线条流畅，一看就觉得是将军在"拔剑起舞"，有自己的鲜明特色。

好的书法作品不仅要富有艺术性，还得富有思想性。将军每幅作品都道出了不平凡的人生。诸葛亮《出师表》长卷，书写着将军的壮志与悲喜，刚健有力，飘然灵动，超然物外，犹如百万雄师列阵沙场，玄机奥妙蕴藏其中，浩然正气无处不在。字里行间，我们看到了军人的坚强和勇敢，看到了指挥家的智慧与气度，看到了将军灵魂世界的辽阔。将军对书法有着自己的想法与参悟，对于书法的评价也从来都是自成体系的一家，将军的《出师表》长卷不再是单纯的书法走笔了，它有着自己的想法，有着自己的思考，有着自己的方向。笔法、结构、布局、人格、情怀、胸襟等这些综合的因素。纵横交错的经历和风雨洗涤的字与句、线与条，将军磊落慷慨的人格魅力，赋予其书法别样的灵魂。

时代及自身处境的变迁，在将军心中引起了种种强烈的情绪和感触，于是他"独与天地精神相往来"，选择行草来倾诉与抒写自己的灵魂，宣泄气壮山河般的生命力量。

"铁马金戈百战豪，林泉息影笔当刀。"这副刘将军自撰自书的木刻楹联，挂在他的书房。这字字铿锵，不正是将军心路历程的真实写照吗？真可谓："从武兼从文，笔刀一样魂。将军拔剑起，南天咤风云！"

古风时雨染江山

我一直觉得，画和诗一样，是有眼睛的：诗有诗眼，画有画眼。画家心中一定有两个世界：一个是现实世界，一个是虚拟世界。画家的慧眼在于看世界的虚与实吧。

阎立本初见张僧繇的画迹，觉得不过"虚得其名"，可是再去看时，发现不愧是"近代佳手"，待第三次仔细看时"坐卧观之"，朝夕揣摩，"留恋十日不能去"。两人一个唐代圣手，一个南朝名家，相隔百年时空，终于在丹青水墨里相逢。我读胡江的画作，忽然想起这个典故。

是因为如今画画的人太多，画山水也几乎成了必修课，这些年看过的山水画，亦如走马观花，没有多少能让人过目难忘。

而胡江的山水，初看也是无奇，然而在一片氤氲之气和云蒸霞蔚之中，千山万壑争雄竞秀，江河交错，烟波浩渺，气势雄伟壮丽却不失细腻；山间巉岩飞泉，瓦房茅舍，苍松修竹，绿柳红花点缀其间；山与云霾、江湖之间，气象万千应有尽有，令人目不暇接。在运笔上，胡江细腻严谨，点画晕染均一丝不苟，越是细品，便越发教人忍不住观瞻再三，流连不能去。

画笔似乎成了胡江生命里的一部分。他探寻大自然的奇伟瑰怪、非常之观。"行到水穷处，坐看云起时"，一切自然美景，都成为他画眼捕捉的美丽。

"云蒸霞蔚"这四个字，在胡江笔下居然不像水墨画出来的——他哪里是在画山水？分明是山水自现。这云蒸霞蔚都像活的，山势与气韵相辅相生，几乎要漫溢出来，翻滚弥漫，打湿人的眼帘。

岭南山脉的绿林葱郁、险峰怪石、流泉飞瀑，在胡江笔下有着非比寻常的呈现。翻开《胡江国画选集》，亦算作我与胡江先生的一次相逢。观其山、水、云、石，凝眸之间已经被画中的纵横捭阖、汪洋恣肆所吸引。层峦叠嶂、飞瀑流云之间，笔落风雨，虚实幻化，让人如历仙境，自得于心，醉而忘返。其中《春山祥云图》《山川览胜》《四水归源》诸幅，从布景、笔墨、意境等诸多方面诠释了胡江国画作品中独出机杼的虚实关系。

我见过胡江在数十米画幅上作画的情景。江山雄奇，波澜壮阔；于何处落笔，何处留白，何处用虚实布置山水，只见画家身影腾挪却依旧成竹在胸、游刃有余。宋画的风骨、元画的笔墨正是胡江国画作品的长处——密实处工笔浩繁，以实写虚；空灵处烟波浩渺，以虚拓实。潘天寿在《听天阁画谈随笔》中谈道："山水画之布置极重虚实，即世所谓虚能走马，密不透风也。"黄宾虹在此基础上补充诠释："虚处不是空虚，还得有景，密处还须有立锥之地，切不可使人感到窒息。此即虚中须注意有实，实中须注意有虚也。实中之虚，重要在于大虚。虚中之实，重要在于大实，亦难于大实也。而虚中之实，尤难于实中之虚也。盖虚中之实，每在布置外之意境。"以此来读胡江画作，无不丝丝入扣，实处树林造型曲折有致，情态风仪不一，虚处云烟变幻，咫尺呈千里之遥。

以《春山祥云图》为例，采取宋代山水画常用的全景式的构图，熔平远、高远、深远于一炉，画面上长松巨木、回溪断岩、岩岫嵘绝、峰峦秀起、流岚浮雁、云烟明灭。布局交替采用深远、高远、平远的构图法则，撷取不同视角以展现江山之胜。在着重气势的同时，也细致入微地刻画了自然界变幻无穷的壮丽。

《雪心赋》里说："孤阴不生，独阳不长。"万物相长，必须阴阳具备并处于协调之状态。胡江的画作《山川览胜》，笔墨由浓重到淡薄，由淡薄到虚无，虚实之间不同形态的多次转换恰到好处地表现了天地山川之间阴阳相生相合的和谐状态，将江山的茂密、滋润、明媚和祥云的闲适、空灵、舒展、静远淋漓尽致地挥洒出来。

后来我听说胡江早年研习雕塑，又善书法、帖学、碑学兼工，陶艺、书法和雕塑都卓有成就，这才领会：其山水画，原来少不了借用帖学的笔意，山体布局宛如一波三折的书法用笔，于单纯中见丰富，秀逸中见沉厚；他又能巧用碑学的刀味，并糅入自己擅长的雕刻技法，"在努力追求一种斧凿痕的笔意时，使其山势具有一种雕塑感的旷野情绪"。由此可见，画家作画，并非一日之功，也不局限于笔墨的修炼，正是多年来不同技法的研习与领悟，融会为今日画家的独特风格。

绘画的笔墨，中西之间大异其趣。西方的绘画多倾向写实，偏重笔意之精准；中国传统文人画多追求神韵，雅好泼墨之意境，尤其是宋元山水，勾勒精细，刻画严谨，干笔皴擦，凝重恬静，墨法干湿并用，虚实相融，"不为法缚，意超象外"。胡江先生溯源传统，融贯中西，笔法精进，长于用墨。他的作品一丝不苟，细致入微，给人一种油画般栩栩如生的观感，大气磅礴而不失秋毫，透迤不绝而不落小节。用墨以"苍""润"见长，二者互为犄角，相得益彰。山石树木多次皴擦渲染以表现其浑厚的质感，远山虚景淡墨晕染以表现其宁远的意境。画面上的墨色深中带浅，虚实相间，沉实厚重而有空灵之趣，层次分明却无斧凿之痕。

都说江山如画，好的画则更胜于江山。笔墨浓淡之外，胡江对传统山水画中"留白"技法的运用臻于化境。在画作《四水归源》中，画家以繁复的笔法重重渲染崇山峻岭与高木深林，配以中间的一片飞白，整幅画秾纤合度、虚实相长、况味高远、意境拔擢。我读过齐白石笔下空而灵动的水，也记得八大山人笔下无而高远的天空，而胡江作品中的云雾流岚常似羚羊挂角，使人体味到画外之景、像外之境。

胡江的"画"雄奇秀美，气魄撼人——一边是秀美，一边是雄奇，气势、意境和技巧都有了。

"知人论世，以意逆志。"胡江的画作之所以呈现出这样的风格，想来也与其生活阅历密不可分。胡江师承岭南画派名宿陈金章先生，深受岭南画派关成悦、黎雄才等诸大家的影响，且得到北派山水画家李宝林先生的指点，转益而得，遂成体系。他的画作本身就是一座熔炉，写实主义的绘画技巧、学院派的审美方式、文人画的传统审美趣味、南派山水的温润淡雅、北派山水的质朴方拙在这里融为一体，让他的作品既具备客观山水的真实之美，又能营造出一种充满诗意的理想之境。

按照道家的说法，"虚者，空也；实者，有也"，空、有二字，便是宇宙的全部内容。大道之行，阴阳消长，于是水火相济、雷风相射、山泽通气、天地盈昃。画家是功底与颖悟的结合，"两个黄鹂鸣翠柳"易得，"白云生处有人家"难寻，此乃黄宾虹所谓"实者易，虚者难"是也。

胡江的山水在虚实之间明察秋毫，意纵古今，布局开合别出新意，笔墨境界俱为高超。倘若以时光为湖，慢慢沉淀，胡江国画的慧眼必然能绽放出绚烂夺目的光芒。

大纯的东方情怀

孙大纯，这个名字具有儒家的博大与精深，看似平实，实在是意蕴无穷，也深谙了艺术与世界的追求之境。俗话说，人如其名。在艺术创作的路途，孙大纯与他的这个名字真可谓是很好的诠释。他的这个名字使我想起一首诗："一草一木，都让我珍惜。这些年，我不比一株植物更富有。"

书法和中国画是中国特有的艺术语言，带着东方文化深厚的人文情怀与自然观念的修炼和升华，穿透历史和天地时空而抵达必然的王国。东方文化因其独特的文字神韵，而成为世界上任何一个国家都难以企望的高度。换句话说，西方文明根本无法靠近，这不得不说是一种天然生成。因此说，当现代西方文明，一挨东方人的书写艺术时，他们不得不惊讶于中国文化还有如此纯粹和抽象的艺术。

不难看出，孙大纯的习字是一种对东方汉字的探究。在他看来，汉字蕴藏了生命的万物与风情，蕴藏了东方博大的美学。他的书法不故弄玄虚，不卖弄技艺。因此，他的字体就少了一份做作与自私，多了一份实在与从容。他的书写根植于心，他让每一种书写都充满了诗性。他把书写当成一种对未知生命的无限尊敬与感知。他触摸生活，思考生命。从字里行间我们读到了睿智、深度、大放异彩的淡然与隐忍。

16岁写过对联，22岁题字寺庙及牌匾。这样一路走来，孙大纯先生的书艺渐进佳境，上升得相当快，从观念到实体，从具象到抽象，从实效到纯粹，从认知到感悟，为个人的生命修行，通达了一条与众不同的另类审美的路径。这正是我所欣赏和尊敬的孙大纯，他在"人人心中有，人人笔下无"的探索路上不断地反省和审视。

对于一个书写者来说，首先是认识字的读音，然后是它的意义及多重衍生义，再是字的造型特征等。在完全领会了字的本质意义与外延意义后，书写者的自觉才会进入一个书法家的角色。他不再为字义的本身而写字，而是在为一个世界构筑灵魂自由。这才是我们从书法家那里读到的真正的审美意境。否则，字还只能是字，而书法还只能是书法，二者不能融会，这是当下一些初学书法的人必须认识到的一点。明白了这一点，写字才会具有别出心裁的开始，也才能有拓展的可能性。

在中国，文字从诞生，就被赋予了一种生命图腾的意义，承担了思想与交际的双重功能。字符与观念并生，组合成汉语世界的丰富与博大。我们的象形文字及字音同义及诸多歧义并生，对汉字本质意义的界定，就成为书写者在书写过程中，负载于大千世界的能量与神性。就如仓颉造字时，天地崩裂而鬼哭狼嚎，其中彰显了汉字在传播一种天道精神的力量。

基因也是很重要的。孙大纯1955年出生于广东省潮州市一个书香门第，其父母都热爱书法艺术，其外祖父在书法上也有很高的造诣，给年幼的他营造了"岭南好风情，天然去雕琢"的氛围。汉字文化的独特观念，使之从时空上和个人直觉上受到了线型艺术的启蒙，为他在日后的书写中，潜意识地发挥了自己的抽象能力。家里展示的不少古名帖墨迹，带他进入了实体的书法世界，使他从小对书法如痴如醉并生发出巨大的好奇心与志趣。汉字神秘而无穷的奇妙吸引了他，他在字里行间呼吸大地与人间。修身、处世、情操、世相、做人。他像中国汉字那样充满了智慧与哲理，他紧贴泥土地书写着。

在随后的个人成长历程里，将书法观念与日常生活并行于个人的实践中，孙大纯先生才得以遵循书法象形的一般规律，不断修炼各种古人名家的笔力与技巧。从6岁开始习字，楷书初从柳公权，行书研习二王，对传统书法谙熟且深入钻研，又广泛猎取古今名碑名帖牌匾题字等。

孙大纯的艺术书法以行草见长，并擅长较大字体，比如《厚德载物》《心旷神怡》，结构厚实工整，但又不失粗犷疏野之风，是风景名胜中的牌匾楹联之佳体；其自由行草之作，飘逸柔和见超脱，并有一种抽象线条中的音律般的节奏之美，极具现代自由性情的表现力。这使我想起了北方雪中的山谷、遍地金黄的野菊，也使我想起了苍翠的松柏、吐蕊的蜡梅，字字如幻，引水上山，有一种大纯大美。如朱熹的诗《春日》，给人以视觉上的温情与清爽的享受。当书法由字的交际功能转换成线的表现功能时，才算得上是一件表现艺术的作品。对此，可将传统书法带入当代艺术。

一滴水就能折射太阳的光辉。孙大纯先生还在努力之中。而持久地葆有书法的审美情怀，则是书者和欣赏者的共同愿望了。孙大纯的艺术创作细腻则温婉入微，豪放则荡气回肠，他试图用一个个汉字来呈现东方世界的精彩与传奇。

深山古藤

在大山的深处，在树林的深处，在阳光和雨露的深处，那些顽强生长的古藤，是绿色生命里最美的魂。她像一抹独特的风景在树木和青草之间缠绵，她像美的别名在蓝天和白云下无所不为，她像寂寞的歌手在淡雅和自然里歌唱生命的抒情。第一次看到黄桂明的书法作品，我就有了这样的印象。

书法是中国传统文化中特有的表现形式。它在技法上讲究三大要素：结构、用笔、章法。要写好一幅书法作品，除了具备文学基础外，还要追求音乐的节奏、舞蹈的姿态、体育的动感等"字外功夫"。中国书法融会贯通了其他艺术门类，是一种艺术的语言，是生命运动的感悟，是超越表象模拟而直抵心情的抒情达意的形式。在这个键盘代替了话语和书写的年代，桂明的书法所体现的理想追求鲜明夺目，器宇轩昂，难能可贵。

桂明是梅州客家人，生于斯，长于斯，大山赋予了他独特的灵性和韵味。长期在机关工作，培养了他严谨理性的作风。而在他的书法作品里，同样也渗透着这样的气息。

"石怪常疑虎，云闲却类僧"，几个书法大字，遒劲有力，洒脱之中又不失严谨，仿佛把我们带进了深山老林。走进大山，亲吻青翠和芳香的花草，拥抱自然和高高的树木时，请一定不要忽略缠绕了整个大山的藤。她是魔术师的一只手，悄无声息却奇妙地环绕了整个山川；她还是夜露里无声的欣赏者，安静地倾听你和你的世界。

欣赏桂明的书法，让我想起了母亲，想起了久远的时光和岁月。的确，人穷其一生，终究是绕不过岁月的。有人说，岁月是最高明的小偷。这样的形容让我深思。岁月留下的是厚重，留下的是沧桑。当我站在树木和岩石的大山里，用手抚摸那一根根藤时，我感受到了一种莫名的力量。

桂明从未放弃自己精神世界里原本的色彩和梦想。他用他心灵里永远年轻的梦想和胆识歌唱着新的开始。他把自己的喜怒哀乐都融进书法作品里了。他通过"深山古藤"传达着一种向上的力量。我也是一名书法爱好者，多年来坚持练习写字。我以为，书法有多种多样的风格，只要能带给读者美感，能穿透读者心灵的就是佳作。

桂明的这本书法集由《逸韵》《豪情》《雅调》《禅趣》四辑组成。每一辑都是他厚重的生活积淀的反映，每一辑都是他深刻的人生思考的写照，每一辑都饱含强烈的情感宣泄，每一辑都富有鲜明的艺术特色。

《逸韵》这一辑作品让人感觉到一种向上的力量，"意到笔成意蕴扬"。其笔法争折洒落，墨韵涩道相间。其烂漫洒脱的章法和吐纳跌宕的气息，浑然反映出骨力峭拔、雅逸祥和的审美取向。其带给读者的是一种人生竞争中的欢乐，一种孩子般无穷无尽的渴望。其实，人的心灵深处，都有一个无线电台。只要它不停地从人群中，从无限的时空中接收美好、希望、欢欣、勇气和力量的信息，人就会永远年轻。

其实每个人在有限的生命时光里，只要胸怀辽阔的理想和色彩，零碎的日子里便会呈现青春的光泽。《豪情》这一辑大抵是桂明三杯酒下肚后的得意之作，李白《将进酒》的豪情被桂明演绎得淋漓尽致。"天生我材必有用，千金散尽还复来。"气韵生动、气势磅礴、气度不凡。桂明对书法艺术的整体驾驭能力，跃然纸上。

《雅调》这一辑作品清醇高雅，颇显才情。桂明处事严谨，待人谦逊。字如其人，于狂放中现出柔韧，于缠绵中露出刚毅，时而势如破竹，时而连绵婉约，彰显出大家风范。

《禅趣》是我最喜爱的一辑，因为这一辑最具"藤"的气质。当仔细地欣赏深山里的藤时，你会发现，她是最不惧怕被自然和时光催化的一种生命，她沐浴在阳光和雨水的风情里，永远保持青春的样子。如此被书写的人生，既充满了禅意，又不失活泼。桂明以平淡恬静的心态，自然走笔，点画结构均同其精神节奏发生共振，似乎相同的线条却展示出超逸、稚拙的品性，于无声处见精神、见气节、见性格。

藤，永生永世地活在大山里，活在每一棵树木和花草中，不离不弃，以欣赏的姿态从容地守护着她的梦想。我突然很感动，不为别的，只为了桂明的书法与大山里的藤有了几分亲近和相似。其实，一个人只要心怀爱和梦想的羽翼，就会有一生的想飞的感觉。

从化，广州美丽的后花园，北回归线上的神奇绿洲。温带的雨水滋润着大地，热带的阳光沐浴着田园，连绵的群山环抱着村庄，艳丽的鲜花装扮着城市。桂明在从化生活和工作了许多年，虽幽居山地小城，却心浩瀚河墨海，尊古慕远，浸润着对书法的热爱和执着，他的作品散发出属于自己的艺术魅力。

"双凤山美风光好，红日映秀游人早。百尺飞瀑送欢歌，香茗益友千杯少。"这首《双凤颂》，桂明用他的神来之笔，勾勒出独特的意境。字形结体和构图布局潇洒自如，线条流畅，笔到之处随意而动，连绵缠绕，却又势如破竹，气贯始终，有着自己的鲜明特色。

从化有着深厚的文化土壤和优良的文化传统，许多星光熠熠彪炳青史的作品出自这里。学海无涯，书法艺术也没有边际。真诚地祝福桂明和像桂明这样坚持挥毫的书法家们，愿他们的书法创作青春永驻！

给艺术一口仙气

"我听见美人鱼们在彼此面对面歌唱，我想她们不是为我而歌唱。"

在今天这样一个前所未有的时代，繁花满目却总有些让人心怀苍凉；再也没有江石不转、毋庸置疑的东西，美和崇高不再成为指导人们生活的至高之物。

人群蜂拥而至，去的大多是同一个方向。可依然有这样一种人，即使茕茕孑立，也要跂足讴吟。他们醒着是为了做梦，他们休憩是为了赶路，他们安静是为了放歌——一如艾略特诗中的句子，味道"萧疏而寂寞"。

这萧疏而寂寞，自然不是人前的纵横捭阖、妙语连珠，也不是纸面上的头衔、人言中的奇迹，而是《板桥杂记》中"人稀春寂寂，事去雨潇潇"的落寞，寂灭中带着欢喜。

一场又一场盛宴，为他而来；酒桌上的饕餮、聚光灯下的炫目、人群中的抑扬顿挫，还有麦克风前的挥斥方遒，全然不在话下；可是盛宴之后，他忽然安静了，像从来没有激动过，那些夺目的光彩和荣誉，仿佛也从来不属于他。他依旧重归艺术故里，回到他越来越清淡，也越来越醇熟的水墨里去，那是他心灵世界的一片净土。

如此清淡的世界，风云俱静、人马无声，却总是让他如鱼得水，活得越来越"成为他自己"，像昏暗天地之中，有莲花盛放，光彩夺目，不染纤尘。

怀旧，典雅，质朴。说实话，若只看郑旭彬的画，断然料想不出他的年纪。谁能想到在最青春的盛年里，竹子、芭蕉、菩提统统淡去，渐渐地换作了垂钓的老者、劳作的耕夫、顾影自怜的村姑。在他笔墨浓淡、一遍又一遍的点染下，时光返璞归真、摒弃五色，化身为"迁想妙得的视觉图式""新时代的田园风光"。

这风光其实并不是别的，是他苦寒的少年出身，用油漆刷子涂鸦出来的逆境勤勉之途。除此之外，其中离落的还有他的"萧疏"与"寂寞"。只可惜，红尘多惘，知者离离，如佛所言："不经意的时候，人们总会错过许多真正的美丽。"

"人都是寂寥的，时候一到，都必须自己去面对。所以，天际炫耀的流星，灿烂夺目，我无所谓；俗世的名利宠辱，七情六欲，随缘取舍，我无所谓。芸芸众生，诸漏皆苦，我悲悯之。"

其文清也冽，其画葳亦蕤。旭彬青葱不染的风雅、花鸟山水兼行，节奏和美、墨色冲穆，在炎凉俗世里正是一泓沁人心脾的清泉，在主观与客观之间、在形与神之间、在具象与抽象之间、在物象与心象之间"美学散步"。

旭彬与我一样，远离家乡漂泊在羊城——从家乡到异乡，从一个人到另一个人，从一种身份到另外一种身份。旭彬的头衔很多，作家、画家、美术总监、省机关美协主席、省青联常委，好像哪儿都有他的身影。

我与旭彬一样，同是省青联委员，又常在省文学艺术中心相遇。朝夕相对之间，我们由文友过渡为酒友。"与有缘人，做快乐事"，渐渐习惯了在觥筹交错中笑傲江湖，在灯红酒绿中感受着忘形之梦。好酒微醉，喝到高兴处，有幸之人总能得到他即兴挥就的墨宝。

好在酒是不用刻意学习的，她就像你的心事，只消慢慢去斟，就总能喝下去忘形。就像一个人想念另外一个人，也像这一世怀念上一世，喝下断肠之物，似有些许恍惚，异常灼人而又难以割舍，这种沉陷的快意总叫人难以捉摸，却又发生得如此顺理成章。

在岁月的针脚中，在与旭彬同饮的日子里，我们终于发现，喝下去的不是忘情水，不是绝情丹，也不是断肠草，更不是《东邪西毒》中的那坛"醉生梦死"，而是一种颠沛造次的人生。

在禅踪影迹中，旭彬算得上一个纯粹的人，近于天真的孩童。他的直率与意气，他的无华与本真，都源自那颗不肯与现实合污的不染之心。他是一个随遇而安的漂泊者，同时又是一个执着于内心的坚守者。他深谙世上一切风月，却甘愿与清酒孤灯对影；他看尽尘世许多繁华，却只愿流连书海翰墨之间。

旭彬生性爱莲花。《涅槃经》中有云：佛有四德，即常、乐、我、净，所谓常住不离、乐于寂灭、忘我自在、净而无染；莲在开花之时已有果实，花果同具，恰如因果共生。

他未曾有"欲将心事付瑶琴，知音少，弦断有谁听"的孤寂彷徨；未曾被熙熙攘攘、兵荒马乱的世界碾作尘埃。他的衣衫上，总是带着"世人虽不识我，我又何苦罔顾世人"的洒脱。

直面当下，世界分崩离析、泥沙俱下，所有人都在马不停蹄；欲望主宰的生活成为霸权，成为我们唯恐错过的全部。红尘中，早已没有几个人，能如旭彬般以莲明志，在颠沛流离的逆境，毅然坚守一份内心笃定的馥郁柔芳！

"我辈沙门，处于浊世，当为莲花，不为污染。"他的内心从未像此时这般静谧安宁。横亘于人生长河中的无非两座城池，一座边城，寄予着爱与希望；一座围城，禁锢着青春与梦想。此岸彼岸之间，我们需要济度的船，于是在浊浪翻滚中看见莲花的绽放，看见他驻足岸畔，遗世翩跹，如同远古的高士，迎风而立，超脱怡然。

　　江湖路远，自古便是失意之人的好去处。你不曾看见美人鱼，但你看见了许多生活的花朵与理想的庄稼在你的路途遍地盛开……不知不觉中，你会发现自己是一个比昨天更有智慧的人，同时比昨天更加慈悲。

　　清人石涛曾说：笔墨当随时代。纵观旭彬之笔墨种种，风雅之境却是少年时种下的因果菩提、传统里得来的清风明月，用阴阳造化之笔一一点化，晕染出这个时代炙苦迷乱的集体困境。

　　这样的笔墨，又岂止是跟随时代？要我说，我们这些时代里微尘般的凡俗之身，应当去追随他，追随我们业已失去的黄老之境、梦与家园。

　　"日出唱歌去，月明抚掌归。何人得似尔，无是亦无非。"一壶酒，一段残曲，一支笔，一川烟雨。旭彬出淤泥而不染，清高、特行，他是生活中的王者，一个出于尘寰孤寂的行者，如泰戈尔笔下的莲，"这朦胧的芳香使我渴望得心痛""那绝美的甘饴，已经深深地绽放在我自己的心脏"。

驰骋艺海浪湿衣

画家操驰，其实我更喜欢她的笔名：艾霖。听起来很柔和、很亲切。叫起来上口，一个不折不扣的艺术家名字。

我眼前的操驰，一个钟爱瓷版画、文学艺术的女子，一个洒脱不服输的女子，一个很善良很有才气的女子。小时候，外婆爱剪纸，她按剪纸的形状画啊画，画出了一个画家的梦。

20世纪80年代她在空军部队服役期间，作为军委空军党代表大会的代表，当时的党政军最高首长接见了她。20年的部队生涯造就了她硬朗仗义的性格。决心要做的事情，她会以排山倒海的气势，去实现自己的梦想。

操驰对瓷版画特别痴迷。她在画画时，身心分离，总觉得是灵魂出窍，神不知鬼不觉地就诞生一幅妙作来。她是在用心、用生命创作。创作，给她带来一种巨大的快乐，常常让她忘了这个物化的世界。等画作完成之后，回过神来，她才觉得是回到人间。这位奇女子创作了许多优秀的作品，如《天籁》《天路》《麦田与葵园》等。而我，却对她笔下的紫藤花情有独钟，这幅作品让我眼前一亮。

我想，画紫藤的画肯定很多，但这画却让我刮目相看，看倦了都市里的灯红酒绿，看厌了浮华里的春光莺燕，偶尔看到这么一幅关于植物的画，关于一株被我们忽略的紫藤萝，有一种清新自然的味道扑面而来，宽广野性又不失大雅的风情。操驰是个很坚强的女子，然而这幅画泄露了她内心的秘密。画里，我看到了她的善良与忧伤，她的爱与疼。

这些看似轻描淡写的线条与构图，其实蕴藏了作者独具匠心的思考。一幅画，我们看到了她的美，但又有几个人能真正懂得作者背后的艰辛和付出呢？我们来看作者的这幅画，清新自然，仿佛有一种清香弥漫……疏朗的线条与条理缜密的笔调，她的色彩、她的布局与寓意显然是经过一番精心雕琢的，承袭了细腻的朴实、思考的深刻，略带柔软的乡愁，这乡愁里又隐含着未来与光明。我们仔细欣赏这幅作品，不难看出作者的用心良苦，她通过颜色的变换来诠释生命的寓言。只有经历过许多的人和事，只有感受过生活风雨的人才会想到，用笔下的紫藤花来喻人，喻人的生命。是的，紫藤就像人一样，安静、淡定地开放属于自己的微笑，在漫漫长路和风餐露宿的天空与大地上，因为她，让人想到了温暖，无限的温暖。

操驰的这幅画也让我看到了生命的温暖，感受到了心灵的温暖。是的，温暖。在这里，我用到了"她"，而不是"它"和"他"。因为，在我看来，操驰的作品是母性的，是有泥土与故乡的温度的，就像我们无限热爱的母亲。

可爱的紫藤花。百科全书是这么解说的：紫藤花又名朱藤、招藤、招豆藤、藤萝等，为蝶形花科紫藤属落叶攀缘灌木。紫藤开花后会结出形如豆荚的果实，悬挂枝间，别有情趣。有时夏末秋初还会再度开花。花穗、荚果在翠羽般的绿叶的衬托下相映成趣。

眼前的紫藤依附河水生长，在风里依旧葱茏。那种朝气蓬勃的力量，让人的心灵顿受感动。每一片叶子，每一束花，在阳光下呈现了如水晶般的透明，像折翼的星，闪耀，动人。只要用心去体味花香的萦绕，只要用心沉浸在花朵的光辉中，只要用心陶醉在花语的呢喃里，你就会发现她与人生的美。那是一种怎样的颜色呢？

操驰用三种颜色来呈现人的经历与兑换。绿色代表了充沛的力量与人对生活无限的热爱，红色代表了人的理想与对美好的追求，黑色代表了人对生活与生命的思考与成熟。同样地，这三种颜色也分别代表了一个人不同年龄的阶段与变迁。即绿色代表了青春与希望，红色代表了中年的事业与追求，黑色代表了人的老年与深度。这是一幅多么有想法的作品，我喜欢那些看似简单清爽却蕴藏了更深的思考与内容的作品。操驰的紫藤就是这样的作品。

海外有位作家西德尼·谢尔顿，有人问他，如果家里着了火，只能带一样东西逃生，你会选择什么？西德尼·谢尔顿的答案让我们出乎意料：纸和笔，因为这样他就可以继续写作。谢尔顿对写作的热爱让人感动。他受到全世界的喜爱也就不足为怪了。

国内女作家宗璞这样描述紫藤："花和人都会遇到各种各样的不幸，但是生命的长河是无止境的。"紫藤花最珍贵的地方是她跟其他的花不同，她并非为美而开，为路人而开，她是为了自己的内心敞开，敞开内心的阳光与信念。

我想操驰的这幅画，这看似不经意的紫藤花作品，其实也隐含了她对艺术高度的审视。仔细看这色彩分明的紫藤花，我看着紫藤花，看着她，也许能听到紫藤的温暖花语，感受到她坚定的追求。那被微风吹拂的紫藤花香，那晃动的叶子，是否在讲述什么？那也许是上苍发来的消息……

情痴意动到梵天

孟浩然曾赞誉王维，称其作品为"味摩诘之诗，诗中有画；观摩诘之画，画中有诗"。对此我不置可否，然总觉有文人墨客之间恭维应酬之意。窃以为虽然中国传统知识体系讲究"琴棋书画诗酒花茶"八雅，然不同的艺术形式有其独立的逻辑体系，若想达到融会贯通，实非易事。况且艺术家在创作的时候或许认为已经达到这一境界，若能为读者"味"道，更属难事。直到某天在斗室之中，有幸得以"品味"石一白的书法，方知自己于艺术之天地，犹如井蛙之于海、夏虫之于冰也。在一片翰海墨香的氤氲渲染之下，仿佛置身于一派超然的境界，又似走入一处香沁心脾、静默幽然的世外绝境。石一白笔触的灵动飘逸胜似难以言尽的水墨画，满纸云烟如白云出岫，笔走龙蛇如水流铿然，令人心驰神往，意犹未尽。

书法的艺术审美已经抽象化。书法由最初文人雅客之间的交流、欣赏，发展到了商业化的今天，难免丧失了它的本真，它的价值倒是体现在了一次次的竞拍和互相吹捧之上。而这种吹捧难免鱼龙混杂，隐藏着现代人生活的无奈与被动。书法已经很难再通过直接的主观印象、观者与艺术家之间怦然心动的契合和碰撞来进行鉴赏。这就对真正的书法家提出了更加严苛的要求，方能彰显流传书法之要义。书法是抽象的，讲究格局构思与美感，当然这是相较于绘画而言；然而，它又是有象可具的，它是以汉字字形为原型和基础的。它当然可以完全演变成充满现代性的抽象艺术，然而，那不属于我们传统书法艺术的范畴，我认为，那已经可以归为其他门类的艺术了。书法家如能够以墨为笔，将汉字"画出"，做到注重笔墨的轻重、粗细、疏密，笔意的枯润、虚实、动静，气韵的多寡、收放、浓淡，那便达到了意境汇通、圆融丰满之境。

石一白深谙个中玄妙，在商业利诱与一片不明就里的叫好声中，他使自己沉淀下来，通过不断地研究学习，终于悟出书法之于自己的意义，进而自成新意，形成具有鲜明的个人意蕴的书法形式。其书法的艺术性集中体现在形、势、态三端，也即笔锋、笔意、笔韵。几经揣度与参悟，石一白的书法形发之于笔墨，出新意于法度之中，寄妙理于豪放之外，以形体的变化赋予书画动感；势发之于笔意，以虚实的交叠赋予书法旋律；态发之于韵，以情感的充沛赋予书法神采。

清代书论家张庚认为："气韵有发于墨者，有发于笔者，有发于意者，有发于无意者。发于无意为上，发于意次之，发于笔又次之，发于墨下矣。"他强调了书法创作中由心而发的重要性，苦心造诣次之，但是这样的高下之分未免失之偏颇。清人梁巘在其《评书帖》中有言"晋尚韵，唐尚法，宋尚意，元明尚态"，一向为中国历代书法评鉴家所备至推崇。其中的"宋尚意"与之有异曲同工之妙。所谓"尚意"与"发于无意"，窃以为是指挥毫泼墨间张扬个性，表达性情不受现存法度的囿圄，听由感情自然流露，方能一展胸中气韵，在艺术上一气呵成、流畅自然。然而梁巘强调了各个时期书法艺术有所倚重，窃认为这种说法更客观全面一些。在石一白的书法作品中，更是融韵、法、意、态于一体，彼此之间没有高低，只有补倚，形成了独具个人风格的和谐自然圆融之美。

"先行其言而后从之。"石一白在多年的书法创作参悟过程中，不断丰富和完善自己对书法的认知，在不断书写与练习的过程中寻求个人特色，秉持兼容并蓄的态度，不断打破自己在书法参悟过程中的困局，始终将"求变"作为自己书法创新的圭臬，在不断地"吸收变化"之中自我提升与完善。"十年磨一剑"却从未试着展露其"笔刃"，以至于当他的作品出现在人们的面前时，只能用"叹为观止"来形容，然而，我们不能忽略书法家背后的用功。

长期的自我修为与磨炼早已经使石一白的作品充满创新的真诚。以扇面作品《山居秋暝诗》来论述这种变化与创新之间的微妙关系，便能见微知著，一窥其全部。这幅扇面在整体上便与一般的扇面书法在布局上大有不同，它不是中国古典式的齐整布局，而是杂陈之上，更显随性奔放；然而求新的石一白也不会放弃书法之"法度"，精心的布局错落有致，并无丝毫混乱之感。这种布局上的创意虽只体现在细微之处，却能给观赏者一种浑然不觉的耳目一新。看似不同，却隐意于微然之处，将抽象的不可卒读的艺术一下子转化成亲切可感的具象存在。

我们亦不难看出这幅扇面在细微之处笔墨上的巧思用心。笔锋之轻重、疏密、虚实跟随情感的流泻，时而一泻千里，时而淤塞阻滞。笔踪时而如叶落惊秋、修竹千尺，时而又如风雨骤至、笔走龙蛇。这种笔踪的变化使书法增添了律动感，并赋予它一种运动的质感、动静的节奏、用笔的美学，有水流之顺，亦具闲情之美，同时也彰显了书法家挥毫泼墨间的自由、洒脱与灵活，更显示了书法家的飘逸自在、仙风道骨。

明末著名书画家恽寿平在其《瓯香馆画跋》中说："有笔有墨谓之画，有韵有趣谓之笔墨，潇洒风流谓之韵，尽变穷奇谓之趣。"以"韵""趣"的"神采意境"打破笔墨与书画之间的隔阂，书画是用来品赏的，其中的意、趣、韵能带给真正的品鉴者无穷的精神与视觉享受。书法的最高境界是"悟"，所有的气韵、情致到最后都会归结到对生命、宇宙的感悟之上，至于俯仰天地，自在逍遥，豁然开朗。品赏两者完美相融的作品，既是一种至高的精神体验，又是一次玄妙的人生顿悟。

以书寄情在古代文人墨客中十分常见，无论是人生得意时的快语狂歌，抑或是失意时的低吟悲唱，总要以二三条幅相佐，不写不快，仿佛只有这样，方能一抒胸中情怀。唐代书论家张怀瓘在论述以书寄情时曾说："或寄以骋纵横之志，或托以散郁结之怀。虽至贵不能抑其高，虽妙算不能量其力。"由此可以略见古人之风度及书法所承载的厚度。

这一论断从中国历代书法家的作品中得到了充分的印证。观王右军的《兰亭集序》，我们能够于流畅中感知他心境的安闲舒畅；观颜真卿的《祭侄文稿》，我们能够于险峻中感知他心境的痛不欲生；观苏东坡的《寒食帖》，我们能够于枯败中感知他心境的愁苦荒凉……这些作品之所以能历经千年依然持续着其不衰的艺术生命力，根本原因在于情之深切：书法家将自己的全部感情倾泻在字里行间，一字一句都是书写者感情浸润、宣泄的产物。

石一白的书法，同样会给我们这样的感触。在其另一幅作品《明姚绶诗》"竹有清风石有苔，是谁勾引此中来。笑谈忽忆梅花老，何处吹箫月满台"中，我们似乎看到了一种百折千回后的回归与领悟。

这幅书法作品在布局、笔墨、笔意及气韵上得到了一次很好的结合，展示了书法的圆融之美，也再一次彰显了书法家的个人特色。字体富于变化，或大或小，或扁平或瘦长，洋洋洒洒，跌宕起伏；笔意神鬼莫测，柔美、刚劲、犀利、曲折熔于一炉，俊逸之美与秾纤之态相得益彰。与诗中翠竹、清风、山石、绿苔、梅花、月台等意象所营造出来的氛围极为相融，让人不知是置身于一幅画，还是观赏一幅书法作品。整幅书法作品以一种洒脱的音韵，给人以闲逸之感，然而在笔画勾连牵绊之间又无由地生出一丝惆怅的情愫，恰似诗中散发出的"梅花易老，月台难寻"的淡淡忧愁，静态的书法与诗画仿佛成了一支充满柔思闲愁的歌赋，如余声绕梁，在心头萦绕不去，赋予了书者"无可奈何花落去，似曾相识燕归来"的无端怅惘。

于是，诗歌与书法交错响应，形成了一种浓得化不开，却又淡淡萦绕在心中的意境。书法的感观和心灵的体验达到了自然的结合与交映。勾连的笔墨将视听融汇成一幅充满意境的画、一首充满韵味的歌，这是石一白书法引人注目之处。

石一白幼承庭训，在父亲的指导下习字，初学柳公权，后喜爱王羲之、王献之，遂模仿学习至今。虽戎马倥偬、成家立业、公务繁忙，仍临池不辍。记忆犹新的是在军校学习和在部队基层连队工作期间，都是过集体生活，没有书房、书桌等硬件条件，练习和创作书法都是在行军床板上进行。无论条件好坏，他都不改初衷，孜孜以求。功夫不负有心人，他在书法艺术的追求上取得了一些进步和成绩，曾经多次在全国、全军和省市书法比赛、展览中获奖。作品入刻太白碑林，被新加坡等海外友人收藏，艺术传略载入《中华人物辞海》《中国当代艺术界名人录》《蓝天翰墨大观》等。

他学习书法的体会是："咬定青山不放松。"他认为所有艺术都是抒情的，就书法艺术行、草、隶、篆、楷五种字体而言，行草书是最能传情达意的，因而对其情有独钟，特别是对"二王"用功最勤。他时常说：我没有固定的老师，所以我有很多老师。虽然他对当代书法名家有所留意，对其他书体有所涉猎，但目的是为其行草书提供滋养，因此，他注重学习传统、不囿时风，始终花大力气向经典学习。他一直认为入古才能出新，这也是他对书法继承与创新辩证关系的认识和理解。

在书法审美上，他信服苏东坡的"筋、骨、肉、血、气"

论，孙过庭的"夫书以神采为上，形质次之"的神采论，以及杜甫的"书贵瘦硬方通神"等。他对书法审美的追求是"骨力洞达、筋肉强健、气血盈畅、神采飞扬"。唯其如此，书法作品方能具有艺术感染力，引发观者的情感共鸣和审美认同。而要做到这一点并不容易，需要在磨炼书写技巧的同时，不断积累和提升文化素养，为书法艺术注入文化内涵，培养书卷气，为书法作品提供"核"原料。他深知艺无止境，依然上下求索。

钟道宇的紫荆情语

　　故乡，从来都是一个文艺工作者精神的栖息地，也是文字生成和画作意象构成的原乡。

　　作为土生土长的肇庆人，钟道宇的文学作品一直在书写一座城市与一方砚台隐秘的关联。他的端砚题材小说为圈内文友津津乐道；而他的国画创作，画的大多是家乡肇庆常见的花鸟树木，鲜活雀跃间、层林尽染处，显露的自是一腔深情。

　　肇庆与岭南画派的形成发展存在着密不可分的关系，岭南画派的著名画家黎雄才先生正是肇庆人。肇庆秀丽的山水，吸引了众多艺术家在此写生创作、砥砺技艺。钟道宇与之一道，继承和发展着岭南画派"折衷中西、融汇古今，面向生活、重视写生"的绘画理想，走上遵循内心指引的创作之途。

　　观钟道宇花鸟画作，紫荆花系列是最具代表性也是最富有感染力的作品。作为一种在冬春之交竞相绽放的花卉，紫荆花因傲然挺立的姿态和娇艳的颜色，被赋予坚韧不拔、欣欣向荣的内涵。在钟道宇的意识深处，紫荆花已然超越植物学上花的意义，而象征着植入灵魂深处的故土情感，他的紫荆花凝结了自己对生命的深刻体悟与人文思考。

　　钟道宇曾在多个场合提及，他的艺术启蒙的种子源自那一簇簇萌动可爱的紫荆花：

　　之所以喜欢画紫荆，一是因为她乃家乡花木，随处可见，对她有着非一般的真挚感情。二是因为紫荆花的寓意主要是亲情和团圆，代表阖家团圆、幸福美满、兄弟和睦、姐妹情深、家业兴旺。

这源于这样一个典故：传说南朝时，京兆尹田真与兄弟田庆、田广三人分家，当别的财产都已分置妥当时，最后才发现院子里还有一株枝叶扶疏、花团锦簇的紫荆花树不好处理。当晚，兄弟三人商量将这株紫荆花树截为三段，每人分一段。翌晨，兄弟三人前去砍树时，发现这株紫荆花树的枝叶一夜之间竟全部枯萎，花朵也全部凋落。田真见状不禁对两个兄弟感叹道："人不如木也——！"后来，兄弟三人又把家合起来，并和睦相处。那株紫荆花树亦好像颇通人性，也随之又恢复了生机，且生长得花繁叶茂……

"我力求笔下的每一朵紫荆花都能给人一种生气勃勃的强烈印象，我力求笔下的每一朵花，都能融入不一样的感情……"为了画好心目中的紫荆花，钟道宇深入研究中国传统绘画技法，并拜访多位名师大家，请教学习。他从日常生活中捕捉紫荆花的独特姿态，无论是枝头绽放的似锦繁花，还是随风摇曳的飘零落叶，他都能敏锐地寻找到其中的"精神的韵律"，在画作中将自然之美与人文情感完美地结合在一起，让紫荆花成为承载着情感和哲思的艺术意象。

钟道宇的紫荆花，通透、高雅、干净，让我听到了"花开的声音"，看到了紫荆花背后辽阔壮大的精神故乡。他的紫荆花是美丽的、娇嫩的，又是有力量的、坚毅的；他的紫荆花设色淡雅，或花瓣舒展，或含苞待放，枝叶浓浓润泽，和谐交融。尤其是花的形态，写意畅达，在形与意之间寻求美的平衡，色彩的通透感给予紫荆花一种高洁的气质。钟道宇深知，每一朵紫荆花的绽放都是大自然赋予的奇迹，每一片花瓣的飘落都是生命轮回的见证。因此，他在创作中始终保持着一种谦卑和敬畏的态度，用心去感受紫荆花的生命力和独特美感，用探索性的笔墨去呈现它们的神韵和风采。

在紫荆花系列之外，钟道宇还曾参与连环画《画说肇庆》脚本的创作，他通过连环画雅俗共赏的大众属性来展现肇庆地区的历史、人文、故事与风情。这套连环画将岭南名郡肇庆的古迹、人物与习俗等转化为直观、生动的感官体验，让读者在丰富多彩的艺术世界里轻松了解、感受到肇庆的文化魅力。

作为多栖文艺家，钟道宇深厚的文学素养与绘画才能相互滋养，相得益彰。他将文学素养融入绘画创作，使作品富有诗意和文化内涵，更容易引发观者的情感共鸣与思考。绘画之于他，不只是艺术，还是胜过语言本身的另一种表达，他将生活中的日常转化为画中景语、情语，不囿于传统束缚，不拘泥于小我方寸，以花鸟树木、地理人文、人物故事、思考审美，在岭南艺术空间里探寻"属于自己的那朵花"，借此表达对故乡的深情守望与不尽追索。

谁说花无百日红？紫荆春艳到夏秋！

蠡测海

意态由来画不成，当时枉杀毛延寿。

一千个读者，是一千本《红楼梦》。

袁枚先生曾有感于时人之浩卷的无盐，说"披沙三万斛，欲觅寸金难"。是他老人家太悭吝苛刻了吧。拜读我的师长、朋友们的诗文，总有寻幽探胜之感。有如苏子之览《阿房宫赋》，浮一大白，其乐何如也！

一个时代的心灵独白

是椿萱之荫庇和遗传呢，还是中文系学子的嗜好？诗歌似乎成了程学源肌体的一部分。他热爱生活，赞美红尘，陶醉于美丽的自然风光，探寻人世间的非常岁月。高山大海、绝壁枯藤、孤村农舍、斜阳穷巷、桦林碧溪、田畴沃野……这一切都是他灵感的源泉。

是人生的旨趣抑或是审美的偏爱吧，程学源的诗作远离浮华与喧嚣，追求从容与淡定，浓密厚重地渗透着中国传统文人豁达的山林情结。

然而，说程学源是中国传统文人是远远不够的，因为他的不少作品更像西洋油画，物象在此启示它的真形传神，流露的手法与个性，使我们直接窥见诗人心物交融的一刹那。情景交融的画面，以其节奏、速度、刚柔、明暗……挥洒凝结的东方志士风范，有如弦上的七音、舞体的曼妙，体现出诗人的心情，体现出诗人幽深静谧的诗魂飘逸。程学源欣赏这个时代，他是时代的歌者。他的梦想、他的追求、他的忠臣情结、他的家国情怀，自然而然地建构在他的字里行间，那么真实地建构在他心灵的旷野。我以为，他的诗歌呈现的不仅是他个人的喜乐和忧伤，与此同时，他书写的是这个时代的心灵幽趣。

文学向来就是人类精神的圣地，从混沌洪荒伊始，无数人对它膜拜朝圣，表达着自己对于灵魂虔诚的皈依。它虽抽象，却真实地记录着各个时期人类的精神活动。而作为人类智慧与情感的结晶，语言浓缩的精华，诗歌以其语言的精练及思想的深邃，在文学之中闪烁着其独有且夺目的魅力，成为文人墨客寄托情思的精神家园。诗，是描述时代的最精练的文学；歌，是表达时代的最铿锵的声音。"一时代有一时代之诗"，我对他的诗歌有着一种无须言语的时代通感。

霞光、梅红、水边等充满生活与自然气息的诗歌意象就这样，随唇齿震动而闪现在我的眼前。程学源诗歌的文字抚平了夜的孤单与枯燥，同时亦是对我日常生活中纷乱了的内心的观照。我仿佛不是在读诗，而是走入了另一种不曾体会的生活。我走入了一个不曾到达的境界，在那里，我与另外一个自己相遇，既陌生又熟悉，有几分美感、几分亲切，亦飘结着几缕若有似无的惆怅。这些诗句，仿佛就在那里，如一壶茶或是清酒，温暖了我的思绪；又如偶遇知己老友，充满了感动与惊喜。

翻开程学源的书稿《你的模样》，倏然之间为这几首诗所吸引，懈怠与慵懒一下子消遁于无。孤黑的夜仿佛被诗人点燃，乏味的夜景也显得立体且有质感起来。在色彩的运用上，"霞光"的红色、"月色"的梅红、"夕阳"的金黄等，与一个个真实可触的景相映，如《月色梅红》第一节就写到"风雨飘零的晚上"，第二节却是"在回耶鲁的车上"，第三节则是"海风吹过的岸边"，有形的场景与抽象的颜色的叠加、重复、生衍，共同构建了一个立体且极具色彩感的画面，诗歌的"绘画美"跃然眼前，充满了艺术张力与视觉冲击。

我想，诗人程学源的成功，在于他善于把自己的思想、情感和语言的张力、创造力紧密而有机地结合起来。如"黎明的霞光/沸腾了我/对你的想望"，赋予黎明的霞光以人的力量；又如"我掬一手慵懒的湖水/让它在晚风中畅想/你笑容的芳香"，情景交融，物我合一；再如"你的名字如诗/冬季里带来阳光/你的名字如你/笑意温暖了心房"，如此别致而又耐人寻味，从而构筑成一座座语言的雕塑，并以美丽的姿态呈现给读者。

《黎明的霞光》这首诗色彩浓烈。它有着小说的内质，同时兼具电影表达的画面感，但这些首先是散发自诗意之中的，语句平实却夹杂了精神与心灵的色调表达。情真意切却不哗众取宠。有些句子不禁让人击节叫好，不经意间令人动容，如"鲜活的片段/潮水般涌来""黎明的霞光/沸腾了我/对你的想望"等。我最喜欢这一句："如果月儿知道/亦会回头张望……"它们虚无得像雾像云又像风，更像一个延绵温柔、令人迷恋的梦，但又那么真实地触碰着我的情感。像某个电影某个突如其来的镜头，触目动容而又隐于诗人看似不经意的笔触之中。

在抒情方面，程学源更加直白、大胆与奔放。如"这是如何遥远的世界/表面的平静依旧/心儿呀/飘过重洋"，呐喊般直率地把诗人内心对自由、对情感的渴望表现出来；"我不在白天里流浪/我会在夜里/驻足品味你在的时光"，直言不讳地把自己对"你"的爱意表现出来。这些浅吟低唱般的心灵独白，既有古诗的意境，又充满现代语言的铿锵直接，更加拉近了与读者的距离。

《东湖水边漫步》《从今天开始》的叙事元素比较浓郁，其中充满生活的深度体验，细节、场景、情绪、人物、心理活动等都有。它们扩展了诗歌的宽度，纵深了诗歌的厚度，将它带入"寻常生活"之中。艺术源于生活而又高于生活，这在程学源的诗歌中得到了生动的表现。他将"阳春白雪"融入生活之中，同时也赋予生活以美的意境与诗情。也许生活就是一首诗。用诗意的心情去拥抱生活，生活里处处可见诗歌之美。

"生命之中黑白的胶片/灵动却又泛黄的笑脸/有你低头瞬间的妩媚/映照年少赤裸的无眠"，程学源的这首《风吹木棉》，两年了，一直"安放"在专业文艺网站"文狐网"现代诗歌排行榜的榜首。

诗人用他温情的笔，凭着对故乡的热爱与依恋，为读者画出了梦中的风景，也为冷硬的工业化时代注入了一道人文风景。

程学源的诗歌里，刻画着《你的模样》——那是深沉的爱，铭心刻骨、呕心沥血的爱，一意孤行的爱。

一意孤行。在我看来，应该是一种不屑世俗的独行特立的傲然风骨。吟咏程学源的瑰丽韵句，眼前似乎总朦胧飘忽着一位踽踽风尘过客，或仰首云空，或纵目凝想，或拈花自得，内中的浩瀚情怀，实在无人可道，也不需与人道……

从夹缝之风到旷野之风

陈中先生是中国具有影响力的资深媒体人，他的名字与他和同人所创办的时政新闻杂志《南风窗》紧密相连了28年，广为中国几代读者熟知。可以说《南风窗》代表着陈中先生的社会人格和直面公共领域的精神气象，是他的座右铭"闻天地之道，求圣贤之道，尽常人之道。悟智慧之心，秉正直之心，守善良之心"的一种外在追寻，他在新闻时政的道路上几十年如一日孜孜求索，以一本杂志记录并铭刻了中国社会的一段重要历史进程和时代体温。陈中先生还有另一重身份——摄影家，他行走在山川大地，用镜头捕捉世界的颤动、记录时间截片中的光影，摄影让他的精神面影更加深邃而丰富，正如他自己在摄影集前言中的题写"立体地活着"。

陈中先生曾将自我及同行者的社会实践比喻为"夹缝中的风"，意为在艰难的处境中抱持精神的追问和生长。这个说法颇为形象，也深刻地揭示了陈中先生这一代媒体人所担负的人文理想和人格志向。他在广东侨界人文学会10周年的致辞中，阐述道："任何一个社会都是政治、经济、人文的三足鼎立。政治往往是灰色的，经济是计较的，只有人文是触动人心的。'人文'的内涵十分厚重，包含了人本、人心、人性、人格、人情、人意、人信……从'小人'到大写的'人'，从个人到族群到人类，从水土文化到社会文化到世界文明。"如果说陈中先生的新闻生涯是一种精神人格的外化，那么摄影应该是他更贴近身心的具身性表达，是他的"夹缝之风"吹向旷野的淋漓之气，是灵魂更自由的舒展和抒发。如果说眼睛是心灵的窗户，那么镜头是灵魂的倒影。陈中先生的摄影题材非常丰富，有广袤天地中的壮丽一瞬，也有时光仿若凝固的风景断章；有承载历史厚重感的人文景象，更有大自然鬼斧神工的神奇造化；有芸芸众生中那些神情各异的陌生人，还有挚爱亲朋的笑颜……他的摄影历时长、旅途广、心境深沉，在他的画卷面前，常常让人有身临其境的感觉：在茫茫旷野之中，一人独对夕阳，身后依然是新闻中那个红尘滚滚的世界，人该如何存在？人该何去何从？人又该如何面对历史的诘问、未来的疑虑？肉身有限，人的精神声音是否可以在遥远时空获得零星的回响？他说，媒体人和摄影家有着共同的追求："我们永远在路上"，追求真实世界的灵魂之路，追求自然世界的多姿多彩，追求在红尘世界"立体地"活着。

陈中先生的自然风景摄影常常刨除了"人"的影踪。当人类面对浩瀚宇宙、莽苍荒野，不得不感慨"夫天地者，万物之逆旅也；光阴者，百代之过客也"（李白）。如果人能在这万物逆旅之中成为一小股夹缝之风吹拂世间，那已然是时代的奖赏；而人如能在旷野之中随风释放自己内心的地火和海啸，那便是艺术对人的慰藉和鼓舞。所以，"惟有饮者留其名"（李白），艺术在我们疲惫的旅途、在人世褴褛不堪的时辰给予我们最深挚的抚慰。正如画家席勒所说："自然只给了我们生命，艺术却使我们成了人。"在艺术创造中，人的心神、性情、情怀、境界、审美能力、对事物的感受力等都得以呈现，陈中先生的摄影亦是如此。在他的目光所及之处，能感受到他为人之庄重、性情之宽和、对人事之体恤、对生活饱含着热望和感情；他明白并深深体验过夹缝的逼仄，所以更加珍惜旷野的和风。正是这种感情让他在摄影之路上精进数十年，他的视野也越发阔大，在晨昏交错处、在喧嚣停顿的一刻、在双眸濡湿的瞬间……一个人将自己背负的尘埃和破碎人间卸下，艺术像褪裸一样接纳了我们最赤诚的低吟。

欣赏陈中先生拍摄的自然、花卉系列时，我不由自主地想到了被称为"美国现代艺术之母"的乔治亚·欧姬芙。生活于20世纪，也是该世纪极为重要的艺术家之一，乔治亚·欧姬芙倾尽一生让自己破碎的生命开出了坚韧之花。她所创作的巨大花卉作品动人心魄，不管是曼陀罗、牵牛花、马蹄莲等多么娇弱、柔嫩的花朵，她都让它们平铺于画面的中心，甚至只是花朵的局部，她都用不可思议的线条、构图和色彩体现了植物生命的质感，又赋予它们尽情铺展的广袤感。她在微观的世界里给予了生命开阔、壮丽的位置，她让我们理解到看待静物一种"向内"的视野，"一朵花中一个世界，一粒沙中一座天堂"。陈中先生的摄影作品无疑也有这样的追求和艺术形式，他试图赋予凝固的风景新鲜的微风，让它们的生命获得生机和存在的价值。就像他在夹缝之中的努力，也是为了更多低洼、灰暗处的卑微生命能够发出自己的声音——从这个意义而言，陈中先生的摄影作品或可视为对于"夹缝"的一种穿越，其过程也许并不轻松，但总是饱含着信念和爱。

陈中先生的摄影之路绵亘至今，从出生于电影世家、在珠江电影制片厂父亲陈纯烈先生的胶卷暗室到在《南风窗》担任摄影记者的"咔嚓"声；从差旅途中的风尘仆仆到如今随心所欲的拍摄，他热爱摄影，摄影同样反哺了他一个光影璀璨、生气勃勃的世界。他在一帧帧作品中体味着生命的况味，每一幅作品似乎都是自己的心跳，他感到夹缝的风正在吹向旷野，春服既成，他沿着生命之河漫溯，沐浴着惠风，踏影而归。

欣赏陈中先生的摄影作品，在视觉震撼之中，总能激活人们的哲思跃动。

浅赏杨永康散文的沧桑感

　　我是在半醉半醒的状态读完杨永康的几篇散文的。他的散文似乎只适合在这样的状态下阅读。他的散文是半个疯子的梦话，而我下面说的全是酒话。

　　读永康的散文，我看到的是凡·高颤抖的"向日葵"，听到的是迈克尔·杰克逊的疯狂吟唱，感觉的是浩瀚无涯的精美骨牌次第倒下，金石钟磬之声响彻长天，不绝如缕……一行行方块字组成的波光亮点，满载着日新月异的"某派""某主义"的经典旨趣，有如隆隆驰过的百足巨虫留下的生命爪痕，让每一个过客望尘兴叹。他的阅读面、刀笔功夫，让人眼花缭乱。他几乎是饕餮沉醉了近当代东西方最为流行的文场佳酿，以一个肆无忌惮的饱嗝喷嚏打将出来，群芳乱坠地满天飞舞着他的痛快淋漓——不管你如何臧否月旦，你绕不过在他面前的惊诧和愉悦，抑或尴尬与妙尝。

　　我不喜欢说"主义"，我以为那不过是乞食者为自己壮胆的打狗棍；也不喜欢说"派"，那是神棍们的衣钵法器，忽悠虔诚而愚昧趋众的信徒们的勾当。当朦胧的诗行成了炊饼大嫂的噱头、澳大利亚幼女的尿布涂鸦调侃了天下美学的时候，一代接一代的大导演退化成只剩下模仿动作的古猿……我们每一个自以为饱学的读书人，在这里都成了目瞪口呆的行尸走肉，自惭形秽。

　　永康的散文洒脱、超然，精神上放荡不羁。东方千百年来的"文以载道"，豢养了一代代蠕蠕苟活的应声虫。在永康的散文里，我看到了流觞而饮、天户房衣的魏晋风骨，听到了《梅花三弄》、锻声铿锵的《广陵》绝响……这是一种让口舌多余而免灾的神交意会的境界，我们断绝了千百年的嶙嶙傲骨的境界。

我们的中世纪太长太长了。唯其如此，永康字里行间自由舞动的翩翩羽翼，才显得如此精美绝伦。

于是，我以为永康的散文有如横斜在悬崖边的树，奇迹红尘独舞。窃想这无疑是他童趣般的追求吧！

当然，就像莫言将他的生存智慧染上瓢虫的星点迷惑鸟人一样，永康也不能免俗。《咖啡馆渐次消失》，应该是永康的得意炮制之一。这篇三千来字的尼采似的乖张错乱，可以说是巴黎那段翻云覆雨有趣时空的人文精神切片。登上过天安门城楼观礼台的萨特和他的伴侣波伏娃，这对嘲弄了天下的"爱情骗子"，浸泡在永康的墨汁里尺蠖般地爬上台面，每一个读者在这里都看到了"爱"的虚无的存在和存在的虚无的"爱"——渐次消失的是咖啡馆吗？我看到的不是。那是巴黎红海洋的涛声悄然远去，搁浅的巨物垂死的关于"爱"的咏叹。那个时代，那种温馨的苦涩，那"爱"得让上帝莫名其妙也惊慌失措的"爱"，已是20世纪的遥远记忆了：我们无力还原历史，但那些并非真相的黑白底片，弥足珍贵……

永康的散文创作更近于一种对散文的挑战。永康对散文形式的突破，应该是孤注一掷的了。这种文体上的"捣乱"，从另一种维度上让他的作品成为另类。

在他这里，曾经被奉为经典的美文的概念、诗化的概念、形散神不散的概念等，都变得学究腐气，芜草丛生，不足挂齿。他似乎并不着意描写这个世界，而是重新建构另一个激荡着历史回音的世界。在他的散文中，时空是跳跃而非理性的，逻辑是混乱而非严密的，现实是荒诞而非现实的。

后现代意识流小说自由散乱的碎片拼凑、贝拉·塔尔《都灵之马》式呓语般的场景反复重现、弥漫着神秘色彩的陌生化文化符号的堆砌，三者一起构建了一个充溢着孤绝之美的密闭的永康式的散文景观——精心布局的形式与意象的诡异迷宫。

据说散文最接近生活的部分仅在于它的"散"。历史的本质是偶然的，事物的本质是零散的，世界的本质是碎片的，"现实往往比小说更加荒诞"（余华）。我眼里永康的散文世界，最高的现实是虚拟的现实，最真实的生活是荒诞的生活——毋庸置疑：等待"戈多"的人，除了奴隶主，便是奴隶吧。

其实，永康的散文并不是不屑于生活的现实，他那荒诞、残忍、沧桑的笔触，冷酷得有如仵作翻动尸体的胸腔，却又自我痛苦地拷问着心灵的归宿。无论是在《走着走着花就开了》中，那种对艾略特诗歌梦幻式的感悟；还是在《自鸣钟》中，关于时代赋予人民的苦难与痛苦的感慨；抑或是在《毫无头绪》中，对庸常生活的质疑与解构，无论散文的形式如何迥异，关注的焦点始终是人类群体性的灵魂世界，这与20世纪80年代文学突围时期先锋派的实验主义异曲同工。

永康的文字是粗糙的、疯狂的、豪放的，但不是未经打磨的钩刺相连的妄生圭角，而是吸取了古今中外写家们的种种解数：感觉派、意识流、黑色幽默……乌鸦在天空的"划痕"、"露"在故乡外面的屁股、"在云朵上打了个滚"……含英咀华，俯拾皆是。这种行文的老辣让我感觉出一种面壁累年、历经风尘的沧桑，如同风化的岩石，历史感、厚重感、归属感相得益彰。这种风格与他深厚的学养密不可分。大约，正是因为数十年传统文化的浸淫及早年诗歌创作对滚滚红尘的癫狂性感悟，加之西方文化酵母的发酵，如痴如醉的酒神，让他自成一家的吧。如前所述，这是一种拣尽寒枝、彻入骨髓的深沉蕴养和境界，悬崖边古树的境界。

　　无论他的散文形式如何更张变异，格调如何演化翻覆，窃想这一点将始终伴随他的行文经络，成为他放目天下、睥睨同侪的底座莲台。

　　金字塔塔尖上一无所有，却不知荒芜了多少旅人的眼目；而它那恢宏的底层不知拉断了多少卷尺：其千古奥秘，仅在于此吧！

美哉《聊斋》

小时候看不懂《聊斋》。那"娃娃书"里的"相公"，是童心里的偶像。成人之后，与童年的梦一样，遥远得缥缈无痕了。

我是读建筑学的。毕业后因为人生的机缘，竟然成了舞文弄墨的案牍小吏，后又误打误撞地混进了文场，一不小心，嗬，掉进了文学的"万丈泥潭"。

自古"文无定价"。我在这里一本正经地数黄论黑，会不会"满纸荒唐言"，只是"辛酸泪"呢？

也在这时，我很敬重的一位老师鼓励我说，你要升华自己的艺术造诣，把《聊斋》读通读透是一要径，并且先后给了我两个版本的《聊斋》。

翻开《聊斋》我就入迷了。红玉、小翠、小谢、莲香、婴宁、宦娘、神女、青凤、娇娜、连琐、黄英、巧娘、阿纤、蕙芳、萧七、菱角、嫦娥、伍秋月、鲁公女、聂小倩……书痴、陆判、乐仲、叶生、贾奉雉、白于玉、黄九郎、司文郎、于去恶……乃至禽侠、义鼠、二班，哇！人物之美，人情之美，人性之美，美不胜收，美不可言，美到极致！蒲松龄！蒲翁！蒲老爷子！您老人家果然了得！

据说傲骨非凡的郑板桥崇尚徐渭，曾治一印自称"青藤门下走狗"。我呢？"蒲翁门下走狗"，谨祈他老人家不要以晚生愚笨见弃啊！

一部文学作品的艺术标高，不过是她的美学（情怀）追求罢了，或卑俗或旷达，或清流或污浊，滚滚红尘谁自洁？月也翳影才明媚。那个"五经"取仕、腐儒亢张的年代，"万恶淫为首"，男女不亲授。蒲老先生借孤鬼故事，高扬起爱的大纛，给阴霾千年的东方一抹璀璨的朝霞，精美绝伦，惊心动魄。

于是我想，西方文艺复兴，不就是人性——爱情故事的赞歌吗？但丁将他的精神恋人贝缇丽彩放在了天堂的至高至上；爱情诗的始祖彼特拉克的《歌集》，也仅仅是为他的劳拉浅唱低吟；达·芬奇的《蒙娜丽莎》算不得美女，但肯定是那位风流大胡子缱绻属意的女人……蒲翁，我心目中的情圣，他的"贝缇丽彩"，他的"劳拉"，他的"蒙娜丽莎"……千红万紫，群芳竞艳，灿烂星河。

他老人家对科举的黑暗、官场的堕窳、兵燹的灾祸，忧愤炽烈，力透纸背，让人拊膺扪胸，久久不能释怀。

窃想，老先生蹉跎文场，久战无功，终生未第，并不是苍天瞎了眼，是老先生本不该出现在那个太肮脏、太卑鄙、太龌龊的时空吧。

中国"文以载道"的习传与"学而优则仕"的媾和，文名高卓的大抵都是官场中人，"文章虽好，贱则弗传"啊，"唐宋八大家"自然全都是庙堂显贵。

然而，"文章憎命达"。迥隔千年的杜甫《天末怀李白》诗，窃想用在蒲老先生身上更为合适。读先生的《自序》，个中况味，真难与人诉啊！

披萝带荔，三闾氏感而为骚；牛鬼蛇神，长爪郎吟而成癖。自鸣天籁，不择好音，有由然矣。松，落落秋萤之火，魑魅争光；逐逐野马之尘，罔两见笑。才非干宝，雅爱搜神；情类黄州，喜人谈鬼。闻则命笔，遂以成编。久之，四方同人又以邮筒相寄，因而物以好聚，所积益夥。甚者：人非化外，事或奇于断发之乡；睫在眼前，怪有过于飞头之国。遄飞逸兴，狂固难辞；永托旷怀，痴且不讳。展如之人，得毋向我胡卢耶？然五父衢头，或涉滥听；而三生石上，颇悟前因。放纵之言，有未可概以人废者。松悬孤时……少羸多病，长命不犹。门庭之凄寂，则冷淡如僧；笔墨之耕耘，则萧条似钵。每搔头自念，勿亦面壁人果是吾前身耶？盖有漏根因，未结人天之果；而随风荡堕，竟成藩溷之花。茫茫六道，何可谓无其理哉！独是子夜荧荧，灯昏欲蕊；萧斋瑟瑟，案冷疑冰。集腋为裘，妄续幽冥之录；浮白载笔，仅成孤愤之书。寄托如此，亦足悲矣！嗟乎！惊霜寒雀，抱树无温；吊月秋虫，偎阑自热。知我者，其在青林黑塞间乎！

生于明末，长于清初，偃塞于据说是"康乾盛世"的年代，那一段"留发不留头、留头不留发"的血腥定天下的经历和"清风不识字，何必乱翻书"惹来杀身之祸的黑暗年代，先生秉笔而书，《鬼隶》《韩方》《林氏》《鬼哭》《野狗》《张氏妇》……给我们留下的民族之痛和精神慧光，让我们实在羞惭难堪得紧。

于是，我们不难看到，《聊斋》的美，其实是先生的操守之大美、人格之大美、情怀之大美。

《聊斋》中，人与妖互为映衬，人被妖魔化，妖也充满人的温情。"浮白载笔，仅成孤愤之书。"这当然是作者自谦与无奈之语，却也道出了人性复杂及其难以说清道明的本性。在这些志奇故事中，女性经常以妖狐的形象出现，且都有着令人汗颜震动的魅力。而人，则在官场、钱财、美色、声名之中挣扎沉沦，相比之下，妖狐鬼怪倒显得比人更加自由、洒脱、真性情。蒲松龄的确是这样写人写鬼的，写人的冷漠与官的贪婪时，"牙齿馋馋""白骨如山""贪暴不仁""花面逢迎，世情如鬼。嗜痂之癖，举世一辙"；然写鬼狐时，则是"款款多情""多使魔皆有人情，精魅亦通世俗"，从而显得"和易可亲，忘为异类"。世人皆怕鬼怪，每拿此类唬吓自己和他人，然而蒲松龄却另辟蹊径，人与鬼的位置翻转，狐妖鬼怪怕人，可见人性中恶之力量的可怖，世俗世情的不近人情。远观人却不实写人，站在一个看似虚幻的角度，用一种无法印证的存在来讲述自己的故事，既免去了许多不必要的猜忌，也取得了双重的表达效果。

思想家与文学家，对于生活，总表现出更深一层的敏感与洞见。对于生活，当下的人，或许觉得不尽如人意，但日复一日的重复让他们不断地做出妥协与退让，最终导致整个社会的不堪，而这些麻木对待生活的姿态，则会让残暴者更无情。长期游走于市井之中的蒲松龄，对于当时的生活，想必有着更深一层的见解与焦虑。这种焦虑是自身的，也是社会的。首先，他也同封建社会中的读书人一样，想要一日为官，实现自己的家国抱负，但同时，失意也更让他清醒地认识到社会的残酷。如何消解这样的痛苦？是沦为庸常地忍受还是奋起反抗？蒲松龄用了一种更加隐秘却又深刻的方法：退回自己的书斋，为自己找一片安息抚慰的栖息地，流转于民间，在生活中寻找抒发的出口。《聊斋》它当然不是写给当时的统治阶层所看，更为主流知识分子所鄙夷排斥，蒲松龄是写给人看的，普通的人，有血有肉的人，正在忍受痛苦、遭受磨难的人，正在恣意妄为、任意沉沦的人，正在冷眼旁观、日渐麻木的人……失望的人从中看到了美好，迷茫中的人或将看到方向，暴戾乖违的人从中应感受到恐惧与害怕。人性中最终沉积下来的，应是真、善与美。这些尽人皆知的"真理"，需要不断地有人用其激醒日渐麻木的神经，《聊斋志异》显示出了作者对于人性的一份至情的真诚，一种对人尊重的人文关怀。

对《聊斋》的评论，前人之述备矣：郭沫若赞其"写鬼写妖高人一等，刺贪刺虐入骨三分"，老舍更称其"鬼狐有性格，笑骂成文章"。我，真不敢轻率置喙，只能算是一个骨灰级的粉丝吧。

新文化运动的"书""话"同体，其意义应该可与秦的"三同"（书同文、车同轨、衡同一）并列。如果说"文字"可以"游戏"的话，以我的古典文学阅读经历，窃以为蒲翁的笔下，中国古文的文字魅力，被老先生穷尽汉学的博大精深和写意的生花妙笔，巨擘抟沙般地"玩"到了最高境界。一泻千里般的"骈文""对仗"与"异史氏曰"，朗朗上口，如诗如赋，让人读来两股战战，拍案惊叹。而叙事白描文字的简洁与典雅、准确与凝练、厚重与张力……古典小说的文学语言，在这里可谓字字珠玑，满齿芳华。

"视之，美。近之，微笑。招以手，不来，亦不去。固请之，乃梯而过。"这是《红玉》里青年书生冯相如与狐鬼之女红玉初见时的叙述，二十来字，言情毕集。

文学的"流派"，也不过是一种表达方式的文字嬉戏吧。空凌于"流派"之上的，便是作家个人的超达情韵与文字功力了。蒲翁的文学成就，我们今天怎么评价都不会过分。

读过一些中外名著，《聊斋》这部作品，是我最喜欢的。美哉《聊斋》！我很赞同我的老师朋友陈道阔先生的观点：《聊斋志异》，是中国文学的巅峰之作。

枕石听溪响　贪泉亦清流

　　20世纪以来的中国新文学中散文的创作成就是巨大的，散文家们无论抒情还是言志，无论状景、忆人还是怀古，都从不同层次和角度展示了时代的风云变幻，以及人们的际遇、感情与思想的复杂和精微。

　　筱卉的散文《郁水寻古》可以说是中国散文抒情与怀古一脉的赓续。文章以寻访贪泉古井的遗址展开讲述，作者用沉静、缓慢的语调慢慢地剥开那些历史的留痕：贪泉的来历、吴隐之的故事及历代名士为贪泉而作的诗。这是怀古的沉郁之思，但作者并没有停留于此，而是将笔触转向了自己的寻访之旅："小师父领着我，走在被及腰深的野草掩没的'小径'上。他不停地提醒我：小心，不要让草粘在身上！我一边应着，一边深一脚浅一脚地跟在他身后，步履蹒跚地走到那处用水泥石板盖着的'古井'边。他指着一米开外若隐若现的石板，笃定地说：'就是它。'"

　　贪泉无过，饮之者过。圣人不死，大盗不止……贪泉遗址文化的遗忘和废弃，让作者感到了失落和无力。"我忍不住一再叹息：怎会这样，怎会这样！贪泉古井的颓败和荒废，让人眼中心中满是凄凉。"作者眼见的荒芜就像当下社会生活中肆意蔓延、无处不在的贪欲，这是我们正在经历的世俗生活。作者的所思所想在这叹息中跃然纸上，井不大，但井之外是一个辽阔、复杂的世界。"井"是一个寓言，这是作者的神来之笔。井水都来自大地深处，大地是一个人的安身立命之本，更是一个人安分守己之本，只有紧贴大地的人才可能不被大地抛弃。贪婪之念是对大地的亵渎。而贪泉的存在和荒芜更像对人类现实生活的一种提醒。这提醒是辽阔而沉默的，它从古到今未曾断绝，作者在文章最后也这般写道："而贪泉古井，此刻却怀抱着宏大而辽阔的孤寂，在夜色中高冷地沉默着。"

贪泉于我亦清流。从小到大，父母长辈都会语重心长地告诫我们，干净做人，廉洁做事，生活才能永远美好如初。可是，所有怀揣初心的人，到最后能坚守生活美好的却少之又少，许多人都会被生活的欲望吞噬。作者也怀着这样的忧思，走在寻访贪泉的路上。一路走去，天黑了下来，可作者心里的灯却亮了，她决定用文字去唤醒什么。鲁迅曾经说过："希望是附丽于存在的，有存在，便有希望，有希望，便是光明。"古井虽然已经颓败，但贪泉的遗迹依然存在，只要它存在，便是一盏明灯，照亮并拷问着后来者；这也许也是筱卉在文中的寄托和希望。

机缘巧合，一次偶然的机会筱卉得知"梦里水乡"征文启事；诗友对里水独特的文化游说，激发了她去里水寻梦的冲动。在去往里水的路上，她原本想细细领略里水的风土人情、历史文化，但她更深刻地体会了贪泉的源流和对世人的教诲。贪泉带给她的感喟和冲击促使她写下了《郁水寻古》一文，并获得了第八届冰心散文奖。她把这一切归功于自己对写作保持的一份初心。因为对生活的热爱、对万物的尊敬、对灵魂诚善的认同，让她有机会通过里水的寻访之旅写就了这篇美文。

当然，我更愿意把这样的一种"机缘巧合"看成作者文化积累的必然。时间和心灵从来不会绕过你的坚守，对生活的感悟和对生命的认知，终究会通过文字或其他方式获得属于它的芬芳。《郁水寻古》里就散发出这样的芬芳，它有个人的生活温度，更有历史的纵深感。作者从个体出发，在被人遗忘的历史中获得了超越个人的感怀，这是一种穿越时空的精神力量，也是人类生命中不灭的火光。

　　寻今与怀古，是一个散文家理解岁月、贯通时空的必然修炼，也是一个写作者必须脚踏实地去寻访、去沉思、去创造的世界。筱卉在这样的写作探索中获得了一种文化的自觉和生命的悲悯，这样的写作是深入内心的锻造，更是一个作家真正走向成熟的路径。

章以武与广州三部曲

20世纪初到21世纪当下的一百年，应该是人类史上最为辉煌也最为黑暗的世纪。共产主义运动风靡全球，十月革命的炮声，两次世界大战，太平洋西岸东方板块的江山动荡，不可告人的悖论和妙不可言的异化，让一个个自视高远的过客，在此或拊膺太息而匿影潜形，或不甘摧眉而舍生取义。

我的祖辈、父辈伴随着新中国长大、成熟，他们的人生故事，在我看来，浓缩了东方历史的全部节序：氏族、城邦、农耕、工业、商政……朝云暮雨，昨是今非，大浪淘沙，多少巨擘抟沙的雄才有幸分享时代盛宴，笑到今天的可谓真"识时务者"的人中俊杰，凤毛麟角。

他们，因此而博大厚重、睿智精深，也因此而内中痛楚、如禅苦渡。

于是，我对广东文艺终身成就奖得主章以武先生，充满深深的敬意。

是太执着于"文以载道"的古训吧，读章以武先生的小说，我便想起了法国著名作家巴尔扎克的"立言"旨趣：用自己的笔来研究法国的社会现实，使自己的作品成为一部完整的历史来记录法国的社情风貌。欣赏巴尔扎克的《人间喜剧》，高老头、欧也妮·葛朗台、吕西安、大卫……老先生自称是法国社会的"书记员"，真是实至名归。

同样，章以武先生以"书记员"的身份，潜入广州这片改革开放的前沿地和热土中，潜入广味十足的日常生活中，书写了反映时代潮流、折射中国南部社会生活的三部曲：《雅马哈鱼档》《南国有佳人》《太老》。

20世纪80年代，广州人在改革开放的风口浪尖，敢为人先，以"生猛海鲜"之姿，引领全国生活的潮流。雨后春笋般涌现的个体户、迪斯科音乐舞动青春的旋律、港台音乐风靡全国……章以武先生"沐浴在南海浩瀚的现代风中，行走在珠江三角洲这片热土中"，书写了《雅马哈鱼档》，被珠影拍成电影，广州五彩缤纷而充满活力的城市生活、浓郁的广味市井风情、新时代的光芒都令观众眼前一亮。章以武的这部小说最早"撕开计划经济的一角，敲响市场经济大门"，第一个有胆量告别仇富心理，为劳动致富、赚钱光彩鼓与呼。

进入90年代，广州房地产开发红火起来。章以武先生以敏锐的视角创作了长篇小说及剧本《南国有佳人》。《南国有佳人》以房地产开发为背景，塑造了才貌出众的女企业家俞华的文学形象。俞华在时代大潮中浮浮沉沉，执着追求成功与个人幸福，游走在形形色色的男人之间。作者借主人公的命运和复杂曲折的情节，展现了在金钱面前人与人关系的微妙变化和改革开放后广州的人文风貌。

改革开放，解放思想，搞活市场，发展经济，农民工进城……中国岭南板块一夜之间猛然崛起，广州车水马龙、繁华竞逐。章以武先生以敏锐的时代嗅觉，书写了20世纪末广州这座城及城中人的时代生活变迁、爱恨情仇。

经过近30年的发展，21世纪的广州已进入典型的城市市民生活，城市人的各种压力、情绪困扰、情欲交织都成为日常生活的主流。2012年，章以武先生出版中篇小说《太老》，以都市生活和爱情理念为主线，讲述了文化局副局长李凡丁、美术学院讲师苏霓虹、富二代乔真真这一男两女之间的情感纠缠。李凡丁因为恪守着一些与时代潮流格格不入的传统伦理道德，不会随时而变，加上年龄太老，遭到一部分异性的嫌弃，却又博得另一些人的青睐。

如果你想了解20世纪80年代的广州，就看章以武的《雅马哈鱼档》；如果你想了解20世纪90年代的广州，就看章以武的《南国有佳人》；如果你要了解21世纪初的广州，就看章以武的《太老》。几十年来，章以武先生笔耕不辍，著作等身。窃以为，反映时代生活变迁，以这三部为代表。

时代洪流滚滚向前奔去，时光和历史也是健忘的，所幸章以武先生的广州三部曲记录下这座城发生的、经历的。往后人们必然会从广州三部曲中寻找到这座城市的印迹。人们会因为广州三部曲认识这座城，记住这座城。这座城也会感谢这个时代的"书记员"章以武，记住这个岭南的巴尔扎克和他的广州三部曲。

解读乡土的冷酷与温情

费孝通在《乡土中国》中曾对农村有过这样的解释：中国基层社会，即我们所称的乡村，其社会结构可以用"乡土社会"一词概括。乡土的"土气"在于它的不流动性，也即农民在土地上世代为农，自给自足。其中自然有封闭所导致的落后与贫穷，对于人性中一些美好的东西来说，也未尝不是一种保护。然而，当代中国的发展瞬息万变，农村虽处于发展的边缘，却未能避免地被裹挟进这一发展的洪流之中。相对于城市，农村的这一发展过程显得缓慢且充满伤痛，也显得更奇诡复杂。

数千年来，即使许多人背离了土地，生活在城市之中，其血液之中的乡土情结依然萦绕在他们心头、梦中。谢连波的长篇小说《白云苍狗》便是以这恢宏的人文历史背景，抒发自己的家国情怀。

无疑，谢连波是一位优秀的乡土小说家。乡土对于他来说并不是简单的写作对象，也并非单纯寄托情思的创作素材。他生于乡村，长于乡村，经过多年的摸爬滚打，消不去的依然是心头那抹乡土气息。对于作者来说，1947年出生的他，再也找不到自己儿时乡土那泛着乡甜泥土的气息，也回不到那个毫无戒备、溪边树下恣意的时光。他的儿时虽然伴随着大时代所导致的苦难，却也享受着农村该有的自然与单纯。然而，在商业发展的冲击之下，故乡经历了日新月异的变化，面对这样的变化，或许，谢连波有些措手不及。商业发展不能用对或错来单一概括，它所带来的便利人人都在享用，而它的冲击，却是潜在甚至是无形的。他仿佛被这潜在、无形的魔爪扼住了颈喉，难以忽视这种精神的苦痛。

《白云苍狗》依托典型的岭南村庄回龙乡展开小说情节，讲述了郑永炬、田世清两个家庭延续三代的恩怨情仇，小说时间跨度前后超过60年，体现了作者对于时空叙事能力娴熟的运用，展现了自50年代初到90年代南方乡村在各种政治运动与改革风潮中呈现出来的独具特色的时代风貌。其中充满奇幻、传奇、曲折而又艳丽的故事，既可以看作中国乡村变迁的某种缩影，也可以看作发展过程中人类的心灵史。

《白云苍狗》并不以结构取胜，它没有让小说因庞杂的叙事结构、关系，而疲于细节刻画。整本小说围绕"复仇"这两个字展开。"杀父之仇，夺妻之恨"。通过对这些不共戴天的仇恨的描述，延伸叙事的枝蔓。谢连波在叙事过程中，尽量客观地给予人性以充分的理解与尊重，他并不是写时代社会下的人，而是在写人。通过对两个家族关系变迁的描写，以小窥大，揭开中国当代发展过程中不为人所熟知的一面。田世清对郑一虎的仇视源于夺妻之恨，而郑永炬对田世清的报复则因杀父之仇，作者把人物置于情感支配之下，而非给其强行加上政治或是社会色彩，但又不脱离社会发展的背景。他的过人之处在于他将这种古老而简单的"复仇"融入当代中国阔大的历史洪流之中，将人物的命运融入整个社会的开合动荡中，使人物脱离自身的躯壳，获得更多的社会学与人类学上的意义。

在这本汇集着野史、艳情、占卜、发家史、政治风潮及城乡变迁等诸多因素的小说中，作者试图为我们全景式地展现当代中国乡村社会的具象形态。作者将当代中国乡村定义为浮世，发展过程中的中国社会既生机勃发又充满矛盾与徘徊：在"破"与"立"的蜕变过程中挣扎。游走在万丈深渊的边缘，稍有不慎，就会粉身碎骨，万劫不复。一念天堂，一念地狱。未来总是留给那些笑到最后的强者，在他们微笑地享受发展所带来的便利时，也不会留任何席位给那些"迷途的羔羊"。在这一鱼龙混杂、凡圣同居的南赡部洲里充斥着两种力量的交锋：人们想要掌握自身的命运，却又对神婆、庙祝等封建迷信深信不疑；人们试图在改革的浪潮中获得新生，却又经受不起外面世界的诱惑，最终堕入无间地狱。这是一场肉体与本能的狂欢，伴随的是精神如饥似渴的孤单。这是一场荒诞而真实的派对，它们如同两条无形的绳索裹挟着中国乡村踉踉跄跄地前行。

从沈从文的《边城》，到周立波的《山乡巨变》，再到陈忠实的《白鹿原》，中国现当代乡土写作经历了一场剧烈的嬗变，这种嬗变并非割裂性的，而是在不断纯熟完善的过程中，是认识的不断纵深。这场嬗变并非与过去隔绝，而是利用新的叙事技巧和表现手法对过去进行整饰。相较之前，我们这一代的乡土写作渐趋成熟并形成特有的风格，既摆脱了湘西派对旖旎景观的过分强调与依赖，充满了对过往的留恋与眷顾；也不似乡土派那般刻薄尖锐，充斥着对乡村的鄙夷与批判，带着观点对乡村风土做想象中的描述，虚渺而又飘忽，缺乏真情实感的体验。

谢连波笔下的乡土显得更加立体丰富。对曾经长期"重农抑商"的中国来说，乡土是承载、支撑着中国命运重要的载体。它的愚昧与落后不言而喻，作者用自然主义的手法再现了乡村变迁阵痛过程中结构的变动及对人性的考验。狂热、贫穷、饥饿、强奸、情色、赌博、吸毒、癫狂……然而在另外一方面，落后也极大地消减了人们的物欲。还在细微之处透露出温情，无论是田世清对孤儿寡母的照顾，还是郑永炬对王杏花的坚贞，抑或是郑永炬最终与田家的和解都透出浓浓暖意，似阳光穿透乌云，让人看到重生的希望，也因此带上救赎的意味。

作者深深的乡土情结根植于他的血液之中。"白云苍狗"不只是对于中国乡村发展状态的描述，也是作者寄托类似于杜甫一样以一个文人的操守，为农村鸣不平的情怀，才使这部小说有了非凡的艺术生命。

从决心复仇到最终和解，郑永炬的自我救赎具有特别的意义，它不仅代表两个家庭的和解，同时也预示着以田世清为代表的政治生态和以郑永炬为代表的商业生态之间的和解。这也是谢连波最渴望看到的农村的状态，这种和解可以被认为是一种象征：既是对人生的一种回馈，也是对时代的一种总结。

《白云苍狗》还有不少可圈可点之处。比如作者努力摆脱小说的一般叙述而心理描写少的格局，在心理活动的刻画上向现代小说提升，故对李彩凤等的心理描写是较深刻细腻的。作者注重细节的典型作用，有不少生动典型的细节，如郑永炬与杏花的初夜，再如金好与丘萌萌的矛盾等，因这些都是来源于生活的真实，故显得特别生动。小说层次的高低，还看文体的文化底蕴，故《白云苍狗》在传统文化浸润上做了必要的努力，以郑少儒的形象渲染名士文化，他以儒家入世思想鼓励郑可强上进奋斗，以佛家与道家出世思想帮助郑永炬解怨。

"天上浮云如白衣，斯须改变如苍狗。"我们正在经历的时代，是一个瞬息万变的时代，一切都以一种倍增的姿势狂飙突进，我们时刻面临抉择，如何适应变幻无常的人生？谢连波用小说家言为我们提供了一个独立视角：放下仇恨，克制欲望，用善意对待生活，用温情融化残酷，念念不忘，必有回响。

途中的情话

每一位作家都有一片属于自己的土壤，正如湘西之于沈从文、高密之于莫言、布宜诺斯艾利斯之于博尔赫斯……也就是威廉·福克纳的"邮票"之说吧，每一位作家所描写的，无外乎他自己的生活，生活的博大不断更新着作家的创作素材，给作品以生命。作家滕延霞创作的土壤在路上、在远方，这是一片辽阔的土壤。她热爱路上的风景，感悟旅行、表现旅行、描绘旅行中的人的情感世界，这是她游记创作的本初躁动。在文学这座宝库中，滕延霞收获的是人生路途中的心安之处和精神家园。

《披着霞光去流浪》是滕延霞抒写自己在国内外旅行途中所见所闻所思所感的一本散文随笔集。该集子的内容大致分为"国外篇"和"国内篇"两辑。第一辑回忆了作者行走土耳其、捷克、德国、维也纳、以色列、泰国、西班牙与葡萄牙等国家和地区的沿途见闻，以及与导游、驴友和当地居民的交往所引发的文化思考；第二辑的书写对象是国内的一些省市、地区，依然着眼于作者的旅行见闻和对世事的感思。

一篇篇读下去，不难发现，作者的创作思路恰恰是一条被赋予了个人化情感的国内外旅行路线。每篇散文的标题取得简洁明了而别有意味，如新疆帅哥、茜茜公主、棉花堡摄影师、英国绅士、飞机上的犹太人、印尼导游、西班牙建筑师高迪、丽江老板娘、河南夫妇、成都乞丐等，让人一目了然。有评论家认为，"散文的背后站着一个人"，想必作者滕延霞定是一个性格爽利之人。但细读文本又发现，字里行间弥漫的，是作者道不尽说不完的景语、人事、物事和情语，心随景易，情同人和，一幕幕，一桩桩，或快乐，或有趣，或沉重，或忧伤……

作者开篇写到土耳其，我便想起了土耳其作家奥尔罕·帕慕克的小说《伊斯坦布尔——一座城市的记忆》，在这部作品的扉页上，印着作家艾哈迈德·拉希姆的一句话：美景之美，在其忧伤。简短的八个字，奠定了这部作品忧郁失落的氛围，道白了帕慕克对伊斯坦布尔城的深厚情感。读《披着霞光去流浪》，也不难感受出，浓重的旅行情结、爱国情怀、历史文化情怀和对人文关怀的自觉意识在作者滕延霞生命中的缠绕交织乃至血肉相连，其在某些篇章里表现出的对人文、世事深入骨髓的忧伤感，丝毫不亚于帕慕克对帝国末路的伊斯坦布尔城的失落和沧桑情愫。"她的丈夫伤痛欲绝，剪下茜茜的头发留在身边，口中喃喃地叫着：我的天使茜茜。丈夫也许在心底是深爱着茜茜的，可是在他们长达几十年的婚姻中，丈夫只是个摆设，不但公务缠身而且艳遇不断，也许男人的爱情是心底爱着一个人，身体却爱着所有的女人。"（《茜茜公主》）"一个全民有信仰的国度心灵有所依托，走过的西班牙人脸上轻松明快。此时我脸上的阴霾也尽消，这个陌生的国度让人心生欢喜。"（《说说西班牙历史》）

帕慕克说："伊斯坦布尔的命运就是我的命运：我依附于这座城市，只因她造就了今天的我。"伊斯坦布尔城无疑是帕慕克所指的"美景"，这座城市与他命运相连，其失落衰败，其末路沧桑，其民族精神及其文化冲突，皆成为作者毕生思想和创作的源泉，以至于他的文化观、历史观、诗学观也都与这一源泉密切相关，形成了他个人对本民族精神的独特认知。旅行和思考之于滕延霞的意义，又何尝不是如此？正如她在《特洛伊遗址》中所说："其实不了解当地的历史，在土耳其旅游就是看石头，很多游客会说真没劲，左石头右石头。但不知道这些石头已经历经几千年的风霜，它见证了人类几千年的悲欢离合。"可以说，滕延霞是带着强烈的"个人感知"进入创作的，她以独特的个人经验走进不同国家、不同城市、不同景点的历史和变迁，并在细腻感性的女性书写中进行独到的反思，实现了"城"与"人"的记忆认同。在作品的字里行间，在每一段插科打诨的对话中，在某个看似无意的情节中，我们都可以读到那些城市、那些景点、那些人的忧伤及其背后的作者的忧伤。

情与景会，意与象通。王国维说："一切景语皆情语也。"在《披着霞光去流浪》这部作品里，景语和情语的交融也称得上是浑然一体的。旅途风光、人事在作家笔下以文学的方式一一呈现，这种呈现带有浓重的主观个人化色彩，滕延霞从出发地土耳其写起，把在沿途——大象村、耶路撒冷、维亚纳广场、神秘小镇、巴厘岛酒吧、巴塞罗那、叛逆斯科拉小镇、马德里、托莱多古城、西双版纳、泸沽湖、雅安、稻城、静安寺、田子坛、文殊院、宽窄巷子等地的见闻感受娓娓道来，其中有这些地区与景点的历史沿革、史实寻踪、人文胎记、趣闻逸事、美丽风光和俚风民俗等，更有作为叙事主体的作者及其游客朋友在这些水土上的穿梭行走、吃喝玩乐。无论是读书还是旅行，无论是灵魂抑或身体，作者始终在路上，作者的笔触始终没有远离"行与思"这一生命体验。这是一种情结，一种走过许多地方、见过许多世面的人才会有的情结，作者执着并且沉湎于这种情结深处，正因如此，她的点睛妙语总是不自觉地流于笔端："原来美丽并非天生，自信决定你的气场。"（《走秀》）"女人的一生都在与美较劲，而周身散发着美是需要气场的，想要有气场，就需要有自信。但自信不会空穴来风，它需要长期对音乐文学艺术的熏染与沉淀，也需要面对岁月催人老时的淡定从容，更要不停地走世界，于是你的眼睛不会空洞无物，你的美不再虚张声势。"（《走秀》）

"泰国亲情游不但是一场旅游，也是一场感恩之旅。当我们坐在海边的海鲜餐厅喝着啤酒回忆往昔，亲情飘荡在泰国的上空，我们望一眼异国的星星，个个泪光莹莹。"（《我亲爱的二哥二嫂》）"人们在世间挣扎，总以为只有财富才能将生活从无趣中拯救而出，年岁渐长，才发现当你把目光投向每一朵蔷薇、每一缕云彩，你的人生才能过得如清风明月一般从容不迫。"（《稻城茶话会》）

作者的笔触直抵读者内心，我想没有任何一个情感丰富的读者不为之动容。对于今天的人们来说，快节奏的生活使人类情感的部分逐渐钝化，互联网和电子产业的兴起，也正在吞噬着延续几千年的纸媒文明，健忘和遗忘已经成为当代人的习惯。在这样的时代背景下，作者却念念不忘她的"每一朵蔷薇""每一缕云彩"，即便是明了自己"在世间挣扎"，也依然可以做到"如清风明月一般从容不迫"，依然可以与那人、那景融洽相处、沟通和解，因为景语人语，皆情语。

一部美丽的文学作品，是一个作家的心灵密码，也是时代的霓虹。《披着霞光去流浪》中有很多衍生的信息，通过作家的文字我们仿佛看到了她的根、魂、梦。这种衍生让一个作品不单调、不寂寞、不狭隘，从而有了宽度和厚度。

秋思落谁家

　　我与张国生先生一见如故，速成了忘年交。

　　他是一个颇有意思的人。在现代繁花似锦的生活里，他充满了特立独行的气质。他用他手里的笔讲述着远古的人和事，那些看似遥远的人和事，那些情与景、爱与疼，其实蕴藏了当下生活的深刻，也蕴藏了童话般的寓言。

　　"沙茫茫，路遥遥，青海边塞多哀谣。藩魄汉魂冤相斗，佛坛道醮亡灵招。狼嚎昏月骇大漠，雕哀落阳惊寂寥。武皇悲前旨意狠，汉家辟域疆土伸。边关急报需增援，饬令抽丁补三军。童稚挎弓拖后腿，白头偻腰入辕门……"他的这首《兵车行》（仿杜甫《兵车行》）境界宏阔，悲壮惨怛，不仅在鞭挞战争罪恶的时候，吸取了杜甫悲天悯人的博大胸怀，而且在表现手法上吸收了高适、岑参等著名边塞诗人的瑰丽风格，读起来荡气回肠。

　　试举高适的《燕歌行》比较："……山川萧条极边土，胡骑凭陵杂风雨。战士军前半死生，美人帐下犹歌舞。大漠穷秋塞草腓，孤城落日斗兵稀。身当恩遇常轻敌，力尽关山未解围……边庭飘飘那可度，绝域苍茫无所有。杀气三时作阵云，寒声一夜传刁斗。相看白刃血纷纷，死节从来岂顾勋！君不见征战苦，至今犹忆李将军"同样是写战场的惨烈场面，高适的诗句语义苍凉宏大，但张国生的诗句更加惨烈骇人；高适写"孤城落日斗兵稀"，张国生写"藩魄汉魂冤相斗"，双方的鬼魂尚在醮斗，实在令人悚然！高适写"战士军前半死生，美人帐下犹歌舞",对比鲜明,发人深省;张国生写"童稚挎弓拖后腿,白头偻腰入辕门",儿童挎着弓箭,弓大人小,所以边走边拖住后腿,形象生动,具体传神。再比较岑参的《白雪歌送武判官归京》"北风卷地白草折,胡天八月即飞雪。忽如一夜春风来,千树万树梨花开。散入珠帘湿罗幕,狐裘不暖锦衾薄。将军角弓不得控,都护铁衣冷难着。瀚海阑干百丈冰,愁云惨淡万里凝……"我们通过对比不难发现,写大漠的壮丽景色时,与岑参"忽如一夜春风来,千树万树梨花开"的警句相比,张国生确实不如;但把"瀚海阑干百丈冰,愁云惨淡万里凝"与"狼嚎昏月骇大漠,雕哀落阳惊寂寥"放在一起,却是难分伯仲。有比较才有鉴别,通过对比我们可以充分肯定张国生创作古体诗的才情,若是生在大唐时代,仅凭这首《兵车行》的壮美悱恻,他就可以步入诗人的行列。

张国生的古体诗创作是多元的,《兵车行》只是他仿古的戏作之一,其他数百篇仿古诗作,灿若锦绣,美不胜收,精彩章句,俯拾皆是,几乎以假乱真,例如仿柳宗元的《别舍弟宗一》中有这样的句子:"纷辞故友知心少,又别宗亲感慨牵。十二冤年双鬓倦,六千遥路百回颠。"此句与柳河东原诗对照,使人感同身受,亦且对仗工整,感慨至深。再如仿李白的《把酒问月》中有"银晖静送万水澄,柔意安抚千林勃"这样优美蕴藉的诗句,把月光写得细腻、生动、漂亮,像女人的手指温柔抚摸林木,林木在静谧中蓬勃向上,还多了几分性感,意味深长。其他精彩章句,看似信手拈来,实则妙趣横生。如"半边斜阳偏南暗,一拱虹桥渡北晴""芳草有心循路溢,落花无力应蝉知""水倒险山摇隐浪,寒离浮雪醒荷塘"等章句或流水对一气呵成,风日流丽。或拟人手法,意象鲜活;或衔环壮浪,瑰丽壮美,使人不得不赞赏有加。至于"花怒人痴""迷眸热鬓"等句子描写热恋情人的憨态,呼之欲出,生动逼真。

张国生的古体诗不是一味地仿古，而是旧瓶装新酒，时常于不经意间翻出新意。他与朋友相约20年后相会，在设计自己的人生轨迹时写道："卅年风雨松梅共，廿载相期茶酒知。"（《茶约》）在悼念玉树地震的罹难者时写道："倏忽万千酣梦碎，蓦然多少杰灵夭。"（《悼玉树地震》）

《诗·玩》发思古之幽情，散霞成绮，集腋成裘，风流倜傥，词采斐然。我喜欢他写下的这些诗，更喜欢他写下的那些词。从他的诗词里，我读到他别出心裁的思考和观察，读到了他的欢喜、他的忧伤、他的善良、他的爱。他的诗属于那些懂得的心灵和思想者。换句话说，他的诗属于少数人的灵魂。张爱玲说过，因为懂得，所以慈悲。

这是怎样一个有意思的人呢？这个有意思的人有着一个非常普通的名字：张国生。广东中山人，生于20世纪60年代末，一个浸泡了"文革"风雨的人，一个历经了沧桑与苦难的人，一个尝试了无法言说的生命传说的人……是的，就是这么一个人，他的内心仍然充满了对未知生活的热爱，对生命旅途的温暖亲近。他的内心装满了诗的童真、词的纯粹，他翻读唐诗宋词，像品味咖啡，一点一滴，那么入味；一点一滴，回味无穷，徜徉在那个属于自己的心灵空间。

一首诗，一个人。张国生，在古代与现今之间穿越着无边无际的风情。这真令人羡慕、令人嫉妒。越是古典与传统的其实就越能呈现当下的深刻与绵延的风景。这位隐居现代诗歌民间的风雅高人，这位与古人把酒问盏，酬唱应和，一吐心中块垒的大侠，几十年下来，不经意间，竟写出了古体诗词700多首，蔚为大观，结集为《诗·玩》一书。《诗·玩》光看书名，就知道是一本很有意思的书。

张国生是一位土生土长的中山本地人，自幼便喜爱古典文学，尤喜唐诗宋词。他常常于夜深人静之时，一个人挑灯夜读。随着年岁增长和知识增多，与古人进行诗意的心灵对话便成为他的一种习惯。不读诗，不写诗，便难以入梦。于是，他便不知不觉地由一个爱读古诗的读者成为一个古典诗词的作者，一位名副其实的诗人。有时梦里还在作着他的诗。梦里与古人交谈的情景该是多么奇妙！

在我看来，诗歌是不分古代与当下的。好的诗歌，不管她是何种体裁和文本的写作，其实都是一种生命的创造和种植。在这里我用到了她，而不是他与它，因为，在我看来，诗歌是有生命的，她也是母性的，诗歌蕴含了一个人对于万物的无限风情与憧憬。我认定那是一种沾染泥土的庄稼，混合了乡村的恬静与万物青草的清香。她自然、天籁，有着伸向大地的根须和亲近天空的触角。这样的诗，她应该有着她的故乡。而张国生的诗歌有着他真正的故乡。这如同中国画一样，首先是有根的，纵横交错的根，深谋远虑的根，远见卓识的根，这些根都是中国最早文化的渲染，无比深厚。如果细细去触摸这些诗与词，你会很吃惊地发现，这些诗离我们并不遥远，是那么近，那么真，那么让你感到惊叹和钦佩。这些诗里有我们迷恋的故乡，有炊烟和粮食的味道。这些诗构造了我们无法看到的世界。她们在那里沉吟、歌唱，低回不已。与这样的诗人相遇，只有懂得的心灵才会跳动，也只有明白的心灵才能理解那份快乐。我相信，一个能够把诗歌用来玩的人，一定是快乐的，是幸福的。当然，这里的玩并非把玩，而是一种自然无边无际的没有功利思想的纯粹热爱，这是一种很高的境界。

诗歌从本质上来说，传达的是一种更为个人化的生活体验。这位试图通过"古代"与当下生活交接的构想者，他的诗正是以其独特的内质与生活个性仿制着远古时代的特色和情怀，修补着你和我、他与她的记忆。虽然他写的都是古诗句，但不可否认的是，张国生，作为一个真正的诗人，他的诗并没有丧失对现实的敏感与热情。他也并未与时代气息剥离开，他的诗歌仍然保持了对生活的高度警惕，以及与当下生活的距离。那么内在的"现实"与外在的"现实"，对于一个写古体诗歌的诗人来说，是多么难能可贵。基于这一点，张国生的诗集《诗·玩》值得让人期待。只有经过心灵的淘洗的人，才能在远古与当今的生活浪沙里呈现别样的人生意义。由此可以看出，张国生是一位大诗人。

真正的灵敏与别具匠心的叙述是需要沉实的文化做底色的，正如一位诗人所说：是从地面往上生长的天空。尽管在想象力日趋贫乏的今天，那些刻意拔高的诗意，那些真空般的"历史""文化"往往有着更大的诱惑力，但毕竟还有人愿意将身躯俯向大地，去叩问每一片草叶上的灵魂。

张国生先生诗意地生活，也诗意地表达生活。我曾经做过诗歌编辑，读过不少诗词，这是我近年来读到的一本爱不释手的诗词集。我想，一个可以把古体诗词写得恢宏精妙、典雅从容的人，生错了时代，成为我们现实生活中的朋友。若是早生几百年，也许可以成为那个时代的大诗人，成为我们在文学史上学习敬仰的大师。在我们这个商品经济大潮起伏的时代，芸芸众生在追逐金钱的罅隙，浏览的是快餐文化和光怪陆离的奇闻逸事，没有太多人会潜心研读经典诗歌，因为现实中到处是浮华、躁动、焦虑、奔波、忙累，抑或是红灯绿酒、宝马香车、美眉曼妙、歌声狂野……

灵与肉的裂缝藏着一线光

阎雪君先生的《桃花红杏花白》令我浮想联翩，沉吟良久。为其中的地域民歌心旌摇荡，为其中的色彩笑话羞赧脸红，为其中的金融之道流连忘返。然而生活的舞台不曾给这里的人们多少掌声。最终，让人沉入一种块垒于胸的痛楚之中，叹惋命运的阵痛与苦难，悲歌人性的失落与救赎。乌纳穆诺说："承受痛苦是生命的实体，也是人格的根源，因为唯有受苦才能使我们这些有生命的存在得以结合在一起。"

小说由对生活感到绝望的城市教师邵瑞到桃花峪支教起笔，通过对宋小蝶、燕百合两位悲剧女性生命轨迹的追寻，反映了社会转型期乡村的变革与动荡、追求和幻灭，在灵与肉的交织中，揭示了大变革背景下的美丽与丑陋、人性与兽性、失落与救赎等重大命题。

乡土与变革

乡土文学作品中常常伴随两大趋向：其一是诗化遥远的故乡，用惆怅而甜蜜的怀恋为乡土披上一件温情的外衣；其二则是丑化落后的故乡，把现实描写成不可收拾的惨淡绝望，虽则各具千秋，到底过于寡淡，底蕴不丰。

阎雪君笔下的桃花峪兼美而不过，其中既弥漫着田园牧歌式的乡间小调与诗情画意，也充斥着延续千年的民间巫术和神鬼迷信。在这片远离喧嚣的乡土山村，粗犷的阳刚之气与纤细的阴柔之美同在，化外之境的淳朴人性和民智未开的旧风陋俗相互衍生。它向往文明，骨子里却脱不去愚昧；它渴望富足，目下却不得不面对生存的困境。

为了生存与发展，桃花峪的视野逐渐超出了乡土。两位女主人公放弃了土地，走上各自不同的经商之路，和宋小蝶的小媳妇面馆及燕百合的澡堂开张遥相对应的是传统乡村社会模式根基的动摇，如同费孝通先生在《乡土中国》中所说的那样，农民一旦离开土地，那些因为土地而连接起来的聚落的温情也会随之消失殆尽。

尽管小说关注的视角始终在乡土，但是不可否认，这种乡土更多的是一种商业化的乡土。它虽然具备一切乡土文化的外在元素，但是其内涵和实质却带着城镇化的影子，可它又和真正的城市格格不入，它属于城乡之间藏污纳垢的灰色地带。在这里，人们暂时解除了最初与土地之间的终身契约，从聚落的罅隙中解脱出来，满怀憧憬，意气风发，当物欲的色彩逐渐占据上风，人们的主体精神世界却开始一点点崩塌，原本安然维系的一切突然变得岌岌可危，随之而来的便是精神世界的无所适从与心灵世界的无处安放。

宋小蝶从一名勤劳朴实的面馆老板蜕化为一名依靠皮肉生意牟取暴利的黑心商贩，她的悲剧不是个人的，也绝非偶发，而是一种社会转型期普遍存在的疫症，旧的乡土模式的消弭和新的发展模式的缺失，让许多动荡的心灵在金钱权力的诱惑下迷失本性，一错再错。

性爱与失落

与莫言《红高粱》中代表着狂野的生命力的"性爱"相异，小说中的"性爱"描写不再是生命力的映射，它更多作为一种庸常的生活必需品存在，象征着强大命运笼罩下脆弱灵魂的苦闷与挣扎。作为一种在肉体和心灵双重重压下扭曲式的释放方式，小说中的"性爱"更多担当了符号性的作用，既是主体精神瓦解的旁证，又昭示着物质与精神双重负荷下人性的集体失落。

一个生产力落后的农业大国，其上层建筑亦即意识形态是不容乐观的。一对夫妻的离异绝不是一件光彩的事情。感情生活对桃花峪的乡民来说，还是非常奢侈的享受。几乎死亡的婚姻，可以像植物人一样生存。婚姻死亡的夫妇，常常处于麻木状态。夫妻间的性生活至今还是遗传的需要，所以人口特别兴旺发达而在世界遥遥领先。小说中，宋小蝶和燕百合各自的婚姻是悲剧的，她们是家族的牺牲品，以"换亲"的方式嫁给了自己不钟情的"残缺"男子。对她们而言，夫妻间的性爱不是一种欢愉的体验，而是一种精神与肉体的双重折磨；反之，宋小蝶与廖大同的私通、燕百合与邵瑞的野合则充满了生命的律动和激情，这就从另一个维度上赋予了"性爱"反叛与抗争的意味，她们与其他异性的结合，与其说是对悲剧命运的自觉抗争，不如说是在为追求一条释放自我的道路而孤注一掷。

相较于对个体精神与命运的关怀，小说中还将大量的"性爱"笔墨赋予群像人物。煤炭工人和卡车司机作为小说群像中两种浓墨重彩的类型人物，寄寓了作者对底层民众生存状态的深切关怀与忧虑。他们丧失理想，安于现状，耽于感官，沉溺肉体。在他们身上，人性与兽性的界限逐渐消弭，他们沉浸于及时行乐的感官愉悦中难以自拔，行尸走肉般存活在荒原般的世界。这种精神世界的集体失落与沉默，更加显示出一种让人不寒而栗的深广悲哀。

女人有两种，一种是女神，一种是奴婢。男人也有两种，一种是战神，一种是奴才。爱情是吃饱了没事干的游戏，贫穷的地方是不会有爱情的。

殉道与救赎

无疑，《桃花红杏花白》的语言是俚俗而感官的，情节安排上亦带着深重而悲怆的宿命的影子。小说中燕百合作为作者重点塑造的女性形象，其身上不但充斥着"家族遗传式"的悲剧因素（她和她的母亲、丈夫都是残疾人，都拉了边套），而且在庸常的世俗生活中总是遭逢各种意外的灾难，每一次试图改变现状的努力都以失败收场。

然而阎雪君并不是叔本华或者尼采式的悲观论者，他笔下的燕百合虽然屡遭挫折，却从来没有放弃过对生活的希望，"贫困的生活非但没有减退她爱做梦的喜好，反而越是贫穷，她越爱做梦，生活中缺少的往往在梦里反而会得到"。

用林语堂的话来说，她是一个睁着一只眼睛做梦的人，是一个用爱及温和的嘲讽来观察人生的人，是一个把她的玩世主义和慈和的宽容心混合起来的人。

生活是尘世的，凡俗的。在生活的磨砺面前，她始终保持着一个人的自尊、道德、底线和坚守，她不是不可以妥协，却因为内心的矜贵毅然坚持；她不是不可以放弃，却因为道德的坚守而选择不弃。她像一朵开在山野中的野百合，不卑不亢，不急不躁，怀揣梦想，坚守希望。

托尔斯泰在其著作《复活》中曾经写道："一个是精神的人，他为自己所寻求的仅仅是对别人也是幸福的那种幸福；另一个是兽性的人，他所寻求的仅仅是他自己的幸福，为此不惜牺牲世界上一切人的幸福。"想成为一个道德完善的人，需要经受很多考验，因为在人心中那个兽性的人会不断站出来试图掩盖每个人温良的本质，诱惑人要及时享乐。

　　在作者笔下，燕百合是一个殉道者，同时又是一个救赎者。如同耶稣被钉在十字架上殉难的同时，也宽恕了人类诸世的罪恶。生活的挫折带给她的打击让她更加茁壮地成长，她不仅救赎了自己，避免了宋小蝶式的狼狈收场；也救赎了对世界感到绝望的邵瑞，挽回了他将死的肉体与灵魂；更寄寓了作者对社会冷静而严肃的观察之后用以救赎世人的济世理想。文本时时刻刻闪烁着悲剧之光，照耀着这个不甘寂寞的世界。

诗是一个人灵魂的勋章

在凡俗的世界里，过着诗意的日子，这样的人才配得上拥有真正的诗心。有些人，见一面你很难猜测其内心。有些诗呢，只要你读到，你就大概知道作者是个什么样的人了。

与诗人唐名生相遇，是在十几年前的草原丝绸之路上。那次采风10天，我们同住一屋，得到他长兄般的照顾，感受到他春天般的诗意。

他平和、细腻、沉稳，没有传说中政府官员的做派，也不张狂。唐名生的诗歌，像一个远去了又回来的春天。诗歌是他生命里最珍贵的礼物。早在1990年5月，他成为广东省作协会员，从此对诗歌创作有了更足的劲，他的世界充满了阳光的味道。诗歌改变了他的命运，诗歌给予他美好和未来。如相遇春天的花，热烈而芬芳。而这样的热烈与芬芳的背后却又蕴藏了人生的伤感和沧桑，让诗歌有了绵密悠长的深度与宽度。看他写机关生活的《你留下了什么？》："有人来了/有人走了/室内多了把新藤椅/办公桌的位置从东边移到西边……有人走了/有人来了/楼梯间多了把烂藤椅/办公桌的位置从北面移向南面"；他有心捕捉一些微小变化："机关里的老门卫走了/留下一壶热的浓茶/大院里的老花工走了/留下一片绿的温馨/你留下了什么？"作者的观察视角独到，撩人心肺，使人浮想联翩。

我们需要读到的不仅是诗歌的诗意，还有诗意里随处可见的生活和故事，以及心灵和思想的吉光片羽。诗歌作为更加练达浓缩的文学形式，更能体现出作家的表达能力。好的诗人善良而胆怯，他心里永远住着孩子和童话。好的文字，不在于过多的文字雕饰，所谓"佳作天成"，直抒胸臆的真实表达更能让人感动；过多技巧的装饰，反而丧失了真实感。

读唐名生的诗集《诗情流淌》，我不知道该怎样来阐述我读到的那种感觉。上百度搜索，百度官网上的评价："唐名生的诗富有激情，充满正能量，能给人特别是青少年以人生的启迪。非常值得阅读。"他的诗干净清爽，让读者看到一个真实立体的人，他的少年、青年及成年，他的踟蹰苦闷、畅快欢喜、情感，因为真实，而显得丰实饱满。他紧贴泥土的大地，让人有一种天然的亲和感。诗人与诗的距离，是我们与生活的距离。诗人打破了诗歌高高在上的优越感，让每个人都能在不同的成长阶段寻求到情感的共鸣。它们不仅是诗人"放飞心情"，敞开文学的自由，也愉悦着读者的心情，或许正因为如此，诗人才会笔下写诗，而心中有歌吧！他用像故乡泥巴一样的美丽的平实和素朴书写着每一行远去的脚印。他在诗歌的世界里虚构，但他坚守了对远方的眺望和歌唱。

纵观我们生活的时代、过去的历史，从来不缺跌宕起伏、风云诡谲的多变，其中的人事，相较于今时今日，诗人也更多了一份家国情怀与时代情绪的感喟。其中，有低落，有感慨，有高昂，有迷茫，更有着大多数时间不知何去何从的困惑。而文学，因受着这份不确定和复杂，氤氲着一种更加迷人的色彩。这在《诗情流淌》中随处可感，随处可见。诗歌，是岁月留给他最好的礼物。

坚信春天和光芒的人，写出的诗歌一定温暖而感人。

他的诗歌粗粝中藏细腻，坚毅中藏柔美，大方中藏情意。这样的书写反而有了诗歌特别的抒情意味和节奏感。那是一种怎样的味道呢？钢铁战士的硬气，毫无疑问，又折射了现实万般柔情的强度和烈度。在我们还想当然地认为诗歌是一种非常高雅、优美的文学形式时，诗人却略显苦涩却又不无真诚，同时又充满颠覆地说："对于写诗，在很大程度上最初是因为写诗省纸、省墨、省时、省事。"这种幽默往往深藏了个人在那个时代难以言说的痛。二十世纪六七十年代物资的匮乏与生活的贫苦，反而成了滋养一个文学少年诗歌的"土壤"，想来充满戏剧与宿命矛盾的熔融。诗歌，反过来，也润温了诗人的心灵，赋予了他一双敏感的眼睛与感知生命、生活的神经。是《寻觅》中那军校小河旁的战舰，驱走了身体的困乏，无意中也指引了生活的方向。

诗歌使他成了一个永远热爱生活和迷恋故乡的人。他和诗歌一起出发，一起抵达了城市的深处，一起丰富了我们对于生活新的感知。

一切随缘皆有味。仿佛是命里的注定：他并没有想要成为一个诗人，热爱与热情填补了一切。他坚持不懈把写诗与做人完美地糅合在一起。他写诗，像孩子单纯的喜欢，笃信直觉，无论面对的是一万个读者，抑或是一个。这是他的诗情，也是他永葆积极的人生态度。

张承志先生说，文学给人爱的关怀和生活的勇气。诗歌是什么？是激动，是无奈，是凄凉，是欢悦，是叹喟，是忧思……诗人笔下，无论时代、境遇如何更变，"想半壁青春过/点滴事未成/泪如浪涛"中的困惑，"多少人在你身边/几乎倾倒/多少人在你怀抱/热血在燃烧"的壮阔，以及诗歌中丰盈着的风土人情、两难无奈、亲情友情、家庭爱情、生活片段，无不表达着他真挚的感情。

诗歌既是一个人灵魂的胎记，更是一个人灵魂的勋章，它记载着一个人生命的来路，更昭示着一个人的去处和所能瞻望的高处。唐名生的诗歌让我们看到了他灵魂深处的光辉，也让我们检视自己生活中耀眼明亮的每一刻。

《香云纱》的温度

莲花含笑，

淤泥中盛开。

绸纱沉浮，

几度又重来。

阳光下你笑容宛如灿烂花海，

草地上你身姿翩跹精彩。

采摘天地雨露出神采，

烟色云霞回首有青睐。

纱纱声中故事用心轻轻打开，

缎面上隐约着你的等待……

听申林作词、吴欢作曲、杨晓演唱的《香云纱》，一下子就被它曲调之下如诗般的词句所感染：夕阳下等你/牵手换一番天地。而转身的相遇如此倾心：相逢未若再见时/心生欢喜。

身处山林或阁楼，田野或闹市，阴雨或旭日，独坐或狂欢，歌曲总能给予我们最不经意的打动。

每个人都有自己现代哥德巴赫猜想的版本，每一首歌曲也都有着它自己的故事与传奇。甚至不同的境遇、场景、心情，都能让同一首歌有不同的想象空间。当每个人的现代哥德巴赫猜想与一首有故事的歌曲相遇时，那会是一种怎样的美妙呢？

现代生活给人带来的浮躁与不安，人与人之间的疏离、交流的缺乏，使人对音乐的喜好大都仅仅停留在一种简单的律动之上，仿佛音乐只要让人能跟着"一起摇摆"就是全部了。律动当然是音乐的魅力之一，但我们却顾此失彼，很难静心聆听词句，或欣赏或评判词与句的优美与否。然而，音乐远不止这些，它更需要词句的张力。看似简单的文字以一种人性的温暖堆叠起来，更能抵达内心，美词的表达，更能引起听者的情感共鸣。

《香云纱》将一种个体体验，弥散为一个地方的独特文化，结合音乐与歌词去表达一个故事、一个概念、一段往事、一个人、一群人、一种思念，一份来自生活深处，来自民间文化的故乡体验，无穷尽的想象背景在远处散发出艺术的芬芳。

中国先秦时期的乡野民歌，隶属于通俗文学。编成于春秋的《诗经》是我国最早的一部诗歌总集，是传统诗歌的源头。

先秦以后，文人开始进行诗歌创作，中国传统诗歌由此迈入"雅"文学之列，成为中国最早且最受关注的文学形式之一。无论是"建安风骨"还是"汉魏乐府"，都将"词曲结合"发挥得淋漓尽致，及至后来的唐诗，更是将中国传统诗歌推向雅文学的顶峰。

从诗的发展轨迹我们可以看出，诗歌在最初最本质上，并不是我们通常想象的高不可攀的文学。它最初来自民间，西汉时代的典籍《淮南子·道应训》里有这样的记载：今夫举大木者，前呼邪许，后亦应之，此举重劝力之歌也。及至后来，为文人墨客所青睐，究其根源，应是其与乡野、民间的关系，与自然浑成，朴拙稚真，而又兼具直抒胸臆及而后分流而二的魏晋风骨的豪、狂气质与田园山野闲情。它从来就是与生活相通的。它所凝结与表达的，也正是人的日常。

好的歌曲，需要好的旋律，更需要好的词语的表达。词在纵横上扩张了韵律的表达空间与艺术价值。

记得国外有位伟大的艺术家说过，如果我能使用语言，何必再用音乐讲述。可见在艺术的道路上，语言是极其重要的部分。

好的歌词往往来源于好的诗歌。古代"诗"和"歌"是不分的，文学和音乐紧密相连。《诗经》中的诗篇当时都是配有曲调，口头传唱。这个传统一直延续，汉代的乐府诗、唐诗、宋词也都谱曲而流唱。到了今天，不少流行歌曲将古诗拿来，谱曲演唱，亦有不少经典传唱。越是流行的歌曲往往越蕴含了生活里不可穷尽的情与调。好的歌词，让歌曲的意境具体化，更加生动与富有感染力，给听者以更直观与形象的体验。

音乐若沦为只是取悦感官的工具，便失去了其艺术价值。除了听觉享受，它还关乎灵魂的、思考的、人类的基本情绪。更准确地说，好的音乐最先是关乎灵魂的，它与文学、绘画一样，最本质的表达，才会成就经典的传唱，焕发出强烈的认同感与感染力。

文字本身是视觉性的符号，在表意、承载意义的同时，它同时也是可以聆听的。诗歌是一种艺术的共同体，通过音乐的语言形式来表达意义的艺术，它是文字在音乐意义上的扩展。

在传统与现代，在时尚和先锋冲突的当下，将时间和过程凝练为细节，幻化为贴心的温度。

歌曲《香云纱》写于2017年，是申林的第一首写非遗的流行歌曲。

香云纱又名"响云纱"，过去被形象地称为"软黄金"，是纯植物与矿物染成的丝绸面料。在当下的时尚界，香云纱经过现代的工序和设计重新亮相，惊艳人间，甚至在国礼上也频频出现香云纱的身影。

香云纱是岭南地区一种古老的手工织造和染整制作的植物染色面料，距可查证资料，已有一千多年的历史。织造上，香云纱以桑蚕丝为原料，用广东特有的植物薯莨的汁水多次浸泡，经过特殊的工艺加工而成。由于穿着由香云纱做出的衣服，走路会"沙沙"作响，所以香云纱最初叫"响云纱"，又称香烟纱，后来以谐音称为"香云纱"。"纱纱声中故事用心轻轻打开，缎面上隐约着你的等待……"纱纱声中的美妙，传奇的诞生经历，低调的颜色云霞，足以牵起你无数穿越时光的回忆与遐想。那其中的曼妙、清冷、简净、曲折、痛苦、爱情、故事，尽在动感又性感的不言中。

歌曲《香云纱》，如同已是非遗工艺的传统布料，有着它鲜为人知却复杂的经历。我想到小时候自己养蚕虫的往事。童年的经验大部分成为后来人生中故乡的基调与情怀。融入了人生况味，故乡情调的《香云纱》如画如梦、如酒如花，如同一个人喷发出身体的灵魂想象力。香云纱需要经过数十道工序才能成型，要一次又一次浸泡莨水，一遍又一遍过河泥，"莲花含笑，淤泥中盛开。绸纱沉浮，几度又重来"，没有在净土中生长，却有着天生的好心态，它的一生，频频与阳光、草地、雨露有着浪漫的约会。"阳光下你笑容宛如灿烂花海，草地上你身姿翩跹精彩。采摘天地雨露出神采，烟色云霞回首有青睐。"感悟最深的是香云纱制作中的摊雾工序，在经过莨水和河泥的锤炼后，在夕阳落下之后，将坯绸平铺在草地等候雾露的到来，坯绸吸水后慢慢地变得飘逸而柔软起来。一首歌的产生，一个有故事的生命，亦如此。

"夕阳下等你，牵手换一番天地。相逢未若再见时，心生欢喜。"人的生命与梦想与其多么相似！经过千锤百炼，最终升华为点滴的生命感悟和智慧，我还是故乡、孩童时的那个我，初心不改，却已然超脱物外。如同经过多道程序之后的香云纱布料，经过现代设计师的妙手巧思，融合阳光、大地、时尚、手绣等元素，惊艳世人，可谓"千回百转只为能途中相遇，香云传奇写下冷暖如你"。不穿不知道，我亲身体验了几件香云纱服装后，才真切了解到"冷暖如你"的滋味。温度低时，香云纱会有一种体贴的温度，暖暖守护着你。而温度高时，它又散发出低调的清凉，给你清凉的幸福，就像一位安静从容的知己。

品味《香云纱》的歌词，其与香云纱的面料散发着同样的质感与香气，一种潜伏心底、缓缓而升的情绪，伴着每个人不同的经历，越发有韵味。内敛与含蓄的诉说，像一位智者，默默与你对视，目光背后，是过往，是弥散岁月气息的老故事。

曲词相遇，是一种缘定的邂逅，偶然天成的结合。我始终坚信：好的音乐，一定有着好的歌词。而一首好歌词，是一段或一种生活和记忆，引起能产生共鸣的参与感。真正热爱，才能讲述一段故事、一种经历。

爱，欣赏彩虹

读完资深报人、作家朱华勇先生的非虚构文本《风雨彩虹》，已是深夜。我站在阳台，看窗外的风景。不远处，一列火车缓缓地驶过，我有些恍惚。夜幕下的列车承载的，不仅是匆匆的人群，还有孤独的时光。

情到深处人孤独。在我的记忆中，朱华勇先生的散文饱含深情，纯净自然，又充满沧桑感。无论是发表在《羊城晚报》的《一张床，三代人》，还是发表在《潮州日报》的《杨柳依依》，都有这样的特质。

生命是有神性的。比如神圣的爱。回想起《风雨彩虹》里的许多情节，我所惊讶的是，它并不像一部急于炫耀自己写作技巧的作品，似乎更像一位老人，久经风霜之后，在向我们讲述他藏于心里的最深沉的那份情感，这种情感直白而又神圣、生动而又淳朴，对于爱情的表达，充满孩子般的天真与肆无忌惮。这是一个经历了漫长风雨的老人的内心独白。

作者的文字平实而朴素，不紧不慢地道来，字里行间让人听到当时的声响，看到当年的人事。那气息、那环境，不管是血雨腥风，还是脉脉温情，在岁月的洗礼之下，沉淀成了一位老者历经沧海桑田后的从容与淡定。远离曾经亲历岁月时的切肤之感，他能更豁达与宽容地看待过往。"文化大革命"，在他的笔下，如"风雨彩虹"一样，有着不一样的色彩，呈现着人类情感中不一样的真实和温暖。文字与经历融为一体，他并不像在写作，而是一位智者在回望往事，不断在梦中与自己的爱人相逢、对话，回味那些如诗一般美好的爱。他不断安抚着曾经的自己，也不断宽容着岁月之中的那些人、那些事。

亲爱的读者，这不是小说。这不是一本刻意为之、制造出很多引人入胜的情节的小说，而是作者的一种低语诉说，言语之间，或许还有些生涩，但这生涩之处也如顽童一般显得可爱自然，也正是这种原生态的笔法，让我们感受到了当时当地人们复杂心境的变换，在阅读和感知一段故事之外，多的是一份被真诚所激起的情怀。

作者在后记中写道：

"当我含着热泪写完《风雨彩虹》时，淑慧已远离我36年之长了。三十六年是相当漫长的时间，但岁月带不走深情。我无法忘记，也永远不会忘记和淑慧风雨同路、相守十年的宝贵时光。淑慧对我和孩子的爱是始终不渝的，我和孩子对淑慧的爱也是牢不可破的。因为，爱是永恒的，爱是希望和力量的源泉。"

是的，正如作者所说的那样，爱是永不停止的旅行。岁月带走了爱人，带走了时间，但沉淀下来的是两个人之间持久而又弥新的爱。对于作者来说，这又是他赖以安放不安的灵魂的港湾。他与他的爱人淑慧，虽然已经被岁月分隔，但往昔历历在目，丝丝切肤。他们在一起的十年，是作者一生中最充实、最快乐、最壮丽的十年。"十年夜雨江湖灯。"这盏灯，照尽人生的无常，生命的卑微，命运的艰难，爱情的拷问……这盏灯，丰富并照亮了他的一生，美丽了也浪漫了他的一生。这十年夜雨，是他一生都不愿从中醒来的梦，是生命于他坎坷跌宕人生的意外的馈赠。

在那段朦胧的岁月，作者心里充满了矛盾。他是多么向往爱与被爱，向往着能在动乱不安的年代里找到一个温暖的宽慰。同时为了免于风波，他对爱情的坚持与追求又有所顾忌，对周边保持着高度的警惕。

然而，该来的还是来了。爱情虽然迟到，但并不影响它的美丽与浪漫。在爱情的感召下，作者也显得不安与躁动起来，充满急切的等待：

"我望眼欲穿地等着她的来信，一天又一天地等着，终于等到了！还是那样熟练美丽的汉字，拆开信封一看，是一张她的近照，还有来信。依然是如此端庄美丽，楚楚动人。她信中表达了交友的愿望，我真是欢喜得心里乐开了花，我自言自语地说：真是上天有眼，给我很好的回报。从来信看，是一个有文化修养的女性，于是我又再给她写一封信，表达我对她的赞许和真挚的感情。"

素昧平生的两个人，却因为相互之间的一封信，生命从此连在了一起，从此，不安的时刻有了牵挂的人，幸福的瞬间有了分享的冲动。命运抓住了他们的双手，他们从此风雨兼程。鸿雁来往之中，有着中国数千年来男女交往那种不一样的神秘的浪漫。因距离和当时的社会生态而产生了无限的思念与期待，唯一能够体会到温暖与温情的情感。

张爱玲说，因为懂得，所以慈悲。淑慧是懂得他的，所以她的承担也有了甜蜜的意义，而作者也是体谅并深爱着妻子淑慧的：

"我骑车搭淑慧，共跑了100公里，这对我这个文弱书生来说，真是一个奇迹！不过，人就是这样，在一种巨大动力的推动下，释放了全部潜能，很多看起来无法完成的任务竟然完成了！哪来的力量？这力量来自淑慧，来自初婚的动力，来自夫妻初婚的深情。这种情感的力量，会使人视苦为乐，'吃苦也是享受'，这是我此次骑车赴穗城的深切感受。"

因为爱，风雪之中相互取暖的同伴，相互扶持，互相鼓励。因为爱，他们坚信，这些痛苦与折磨不过是黎明前的黑暗。因为爱，他们有力量战胜一切艰难困苦和委屈。

有人说，真正的爱情，有时并不是诗歌和浪漫，不是热烈和美酒，而是柴米油盐的忙碌，是两个人对庸常生活的分担。是的，作者的爱情是普通的，然而却有一种特别的力量，让人从他不经意的文字里读到了对爱情最好的解释，他并不以老者之姿来教导我们什么是爱情，而是独自回味，在记忆中，他仿佛又回到了那段让他胆战心惊同时又甜蜜的岁月：

"为了解决生计问题，经人帮助，我到人民医院附近一家烟丝厂拿烟叶回家撕碎，每天约3角钱收入。淑慧每天在出租屋撕烟叶，把手指都撕黄了，右手的大拇指和食指好几次都肿了。为了生活，她夜以继日地撕，多少个静夜里，伴着孤灯，她撕去了青春的年华，也撕出了人生的苦味和无奈。

"那时烟丝厂设在街口的朝阳路口，从朝阳路到出租屋大约2公里远，要经过荔枝林的一条羊肠小道，每次从烟丝厂把烟运到出租屋，大约要1个小时。因为我是个文弱书生，无法托起烟叶，因此要用单车推，我握住车头，淑慧在后面推。记得有一次，经过街口大桥时，风云突变，疾风骤雨，把我们夫妇都淋成了'落汤鸡'，烟叶也被弄湿了，需要晒干才能撕。但淑慧没有怨言，只是担心我受凉感冒。

"我们夫妻，就是在这样艰难的日子里，为了后代，奔波劳碌，共同劳动，同甘共苦，编织着一首忠贞不渝、感天动地的情爱之歌。"

读到这些，心里涌起一种莫名的感动，被这庸常的琐碎的喃喃低语所感动，我好像看到了时间的长廊中两个相濡以沫的背影，走得沉重，走得坚定，他们如两个英雄：虽万千阻碍，我与你同在。双手握在一起时，是那么温馨。这是时代对于他们最好的馈赠，是对生命、对爱情、对人性最好的诠释与赞美。

　　生活就是如此，我们不得不承认，伟大常存在于平常之中。对于好的作品，我们有着不同的标准，但人生如戏亦如梦，一个人内心最深层的也是最普通的经历，就是一个最好的故事，也是一个人生命中伟大的轨迹，不需要太多华丽的辞藻去着色，因为生命的过程本来就是风雨兼程，有风有雨也有彩虹，有苦有甜有泪也有笑容。这些都是生命的底色，是人对生命最直接的热爱与追求。这种热爱，时有见诸作者的笔下，在那些字里行间中，充满人性的温暖，如同作者笔下的淑慧，明亮而宽容。这是一位老人在跟读者述说他的青春和爱情，还有隐藏于理想里的善良。我分明从他不经意的文字里读到了一个人内心丰富的色彩，读到了他内心散发着春天般的美好！这是歌唱生命的诗歌，这是献给爱人的情诗。一个人的出身、背景和经历，以及他的性情和内心的情怀，直接决定了他的命运、他的疼痛。作者最爱的姑娘淑慧在他的命运中，折射出一个时代的曲折和难以言说的悲伤。那是一个怎样的时代呢？那个时代的爱与当下有着太多的不同。

　　作者说："我和孩子们都没有辜负淑慧的期待和希望，我力求刻画出淑慧的高尚人格和精神。"

　　这轻描淡写的话，令人动情而温暖。突然想起了一段话，想不起是在哪里读到的了：

　　"每一个日子，看起来很平淡，但都是心头的日子，潜着香，藏着甜，是自己真正活过的每一天。"

　　都说阳光总在风雨后，风雨之后见彩虹。风雨彩虹也好，历史变迁、人世沧桑也罢。遗忘，往往要比时间来得更快，人世间的许多人许多事，过不了多久，都将无可奈何地被遗忘。文学是抵抗遗忘的一门技艺。我一直认为，作家是人类灵魂的医师，治疗的是一个时代的内伤。作者七十多岁了，他在描述自己青年时代的爱情时，还能如此执着与坚定，令人感动。他的爱情在他的讲述中温暖着他的岁月，也点亮了我们对于爱情和人性美好的憧憬。

《风雨彩虹》的每一句话，都是厚厚的思念，像不朽的爱，永留芬芳。

侨风扑面故人来

每个人都是一本书，故事里有生活的风景，也有生命的温度。就像我手里这本沉甸甸的带有生命的温度的书——萧萧的纪录片采访随笔集《镜中故人》，字里行间都散发着大地的气息。

萧萧的随笔集《镜中故人》是电视纪录片《炎黄子孙》的衍生品，全书共19篇，每一篇由纪录片和采访手记两部分构成，记录了20位华侨华人在异乡行走、生活、拼搏的传奇经历，讲述充溢着萧萧富有诗意的、有温度的人文主义关怀。萧萧的镜头和笔下的人物、事件——抛却采访对象的移民身份不论，看上去是那样平凡、真切，好似过于家常，却给我带来一种久违的温暖。可以说，这本随笔集是一部具有浓郁的现实主义底色的海外华侨心灵史。

萧萧纪录片中的人物有：在新西兰种菜、开飞机、赛马的百岁老人陈松兴，历尽坎坷的"薯片大王"黄玮璋，新西兰女权主义倡导者、新西兰太平绅士和英女王服务勋章获得者冼锦燕，修学和社会活动两不误、心比天高的广府女子胡颖华，少年得志却急流勇退的"深圳歌王"刘鸿等。跟随萧萧书中的镜头和讲述，读者宛如走在一条悠长幽深的历史小巷，真切感受到海外华侨脚下的艰难阻折，头顶的星光闪耀、璀璨斑斓。这是一种对人的命运的关注和对海外华侨奋斗史的史诗性再现，萧萧通过个性化呈现杰出海外华侨丰富多彩的人生，抵达对更普遍意义上的人生和岁月的深层透视和思考。

华侨华人文化，东方文化非凡的故事和歌谣，实乃陆地与海洋相互碰撞的惊心动魄的美丽浪花和雷霆涛响。正是华侨华人，创造了人类史上奇特的侨民文化和侨人景观，地球村为之仰止的奇峰高地，有如喜马拉雅山傲视寰球。华侨华人，从华夏大地飞蛾扑火般地奔向光明、不甘命运的先锋战士！有海水的地方，就有华侨华人。华侨华人，是一个庞大的特殊群体，他们中有着众多非凡的故事。萧萧的影像创作和文字记述，好比涓涓细流，将那些闪耀着阳光的光泽、生命的光泽的河流柔和地带到读者的心中。20张面孔，20种人生，有如20首别出心裁的诗歌。书中的华侨历经风雨人生，有很多直击人心的对于命运的顿悟。陈松兴虽然客居他乡大半辈子，但骨子里仍然流淌着中国血液，他的意识深处深深烙印着中华民族传统的文化观念。如今，这位心念家乡和故国的老人已经离世，萧萧说，老人的离去也成为他写作这本书的一个重要原因。

在新西兰以乒乓球运动为生的姊妹花李春丽和李瑁丽，多次代表新西兰国家队参加比赛，荣获了多项荣誉。在聚光灯的背后，却是常人难以想象的辛酸和磨砺。"无论在中国还是新西兰，乒乓球场上的李春丽都英姿飒爽，认真迎接每一场比赛。但在国际大赛中，中国队与新西兰队的对垒，仍然让身为前国家队员的她在面对中国队的年轻选手时心里充满了矛盾。"萧萧撰写的纪录片解说词是朴素的、真切的、诚恳的。李春丽坦言："无论怎么样都是希望中国队赢。当我遇到中国队的时候确实是有一点点矛盾。又想自己打得很好，希望自己成为最优秀最好的选手，可是又希望中国队会获胜。"这种两难的心态是华侨的特殊身份和对祖（籍）国的热爱带给她们的情感纠结。但海外生存的现实推动着她们充满热情又备受压力地向前奔跑着——这样的奔跑，这样的两难，这样漫长又孤独的人生，注定要付出常人难以想象的代价。

这样对生活最素朴的信仰，这样的岁月，这样的人生，这样的精神质地，共同演绎着时代风云变幻中海外华侨的心灵史，演绎着一部人在他乡的中华儿女的生命史书。他们身上彰显出不同的人格魅力，萧萧为海外华侨书写了一个闪耀的、大写的"人"字。萧萧的随笔更像浅吟低唱，袅袅萦绕的是生活的烟火味。感谢萧萧，让我们在纸上与这些故人一一相见，在海外华侨的故事里遇见久别的自己。

有所思

伊琴觀海 壬寅西雞山人寫

"人类一思考，上帝就发笑。"——其底蕴之深，可谓十八层地狱。

天何言哉？可是，人和动物的区别，不就是"万灵之长"——有所思吗？

安徒生很搞笑：如果说皇帝的新装竟被一个小屁孩说破了真相，窃想不是那位君主的愚昧，应该是整个天下的愚昧。

啊，南风

"南风之薰兮，可以解吾民之愠兮；南风之时兮，可以阜吾民之财兮。"古老的《南风歌》，相传是舜的作品。

当年有幸，我的老领导陈建华、陈中先生把我调入《南风窗》工作，我的青春之歌便沉醉在浩浩"南风"的雄浑旋律之中，成为我人生中很醉人的前奏。

啊，南风，南方之风——沉重而凝涩的东方板块，因南风拂徐而猛然间绿满海角天涯，万紫千红。

是舜的预言而一歌成谶吗？数千年华夏历史，因东南季风吹来的"妖物"，十字门、屯门、虎门……次第洞开，自明清以降，岭南，这片曾经断发文身、"南蛮缺舌"之地，财货压海盈江，广州十三行商埠林立，雄富天下，因堆珠砌银而隆隆升高，也就是崛起吧。

然而，庞贝城也有消失的时候。

深圳湾的浮尸和珠三角的"鱼骨天线"，不能不是物质追求与精神渴望的沉重符号——"域民不以封疆之界，固国不以山溪之险"。

香港和澳门，那个年月的两叶方舟，如果说是两颗闪烁着东方终极智慧的明珠，在我看来，那是一双洞察世界的慧眼。

"文以载道"的东方文化，让张九龄、丁日昌、冼夫人、康有为、梁启超、孙中山等南国俊杰享誉史册，在我的名人录里，陈启沅、卫省轩、张弼士、马应彪、何麟书等实业领袖，同样高山仰止，争辉日月。

世界太平而百姓不得温饱的时代，不管如何乔装粉饰，也不是一个光彩的时代。

从"地心说"到"日心说"的宇宙观转变，竟然折腾了西人千年。

是万灵之长的人类徒有虚名、太愚昧的尴尬，还是"宇宙"之"观"不可测？

千年来，我们又走了多远？

放眼珠江灯火，"小蛮腰"直凌霄汉，华灯璀璨，"铜钱大厦"依稀在目。

起码，从权力崇拜到金钱崇拜，我们总算挪动了脚步，不再张扬"均贫富等贵贱"，不再以鲜明的"无产阶级"立场"仇富"了吧?!

在我眼里，广东地台的标志，并不是哪栋大厦，而是人，那些大写的人，如前所述的古贤。就今天而言，对"乌坎事件"的高度重视、钟南山傲骨、广东传媒对"小悦悦事件"的穷追猛打……大约是只有在广东，在这个恢宏的南国舞台，才可能出现的美丽。

"解放思想"在我的思维空间如春雷贯耳，才让我大胆用笔，开始了对生活的激情和写作的冲动。开放的南方和南方的开放，给每一个直面生活的人，打开了十方世界。

感谢命运，发端于云贵、浩荡东去的珠江虽然也被污染，但比之于枯竭得已是季节河的黄河，珠三角的生态值得庆幸多了。

广东文化最重要的元素是什么？我以为，应该是海上丝绸之路的百舸争流千般相思万种风情，是海洋文化与内陆文化板块碰撞之后隆起的咸淡水人文高地。

"海归"，正是站在东西方文化高地上的一群中华英才。这个非凡特殊的群体，深藏非凡特殊的故事。他们，不管是

"卖猪崽"的懵懂后生，还是迫于生计的"自梳女"，还是放目天下、志存高远的翩翩年少……他们，在那政治窳坏、海禁锁国、文明陆沉的不堪岁月，最早睁开双眼，睇注洋流，以"对美好生活的追求和向往"，有如飞蛾扑向烈焰般地扑向光明。

他们，正是他们，创造了人类史上最为奇特的侨民文化。如果说真的有先知，就是他们吧，从这块神奇的土地上走出去的让全世界为之叹为观止的精英群体！

离开了《南风窗》，我现在就业的《华夏》，在我的生命里，将是一段新的重要的历程。凯风自南，吹彼棘心。我和我的同事们将尽心尽职，风雨同舟，为全球的华夏儿女营造一个温和的、深情的精神家园。凭南方之人文精神，借南风之力，用生命之爱，为亲爱的读者奉上我们的作品。我们期待海内外读者的扶持和关怀，我们血脉相连同根家族，我们共同命运共同成长。

这都是些什么梦呓呢喃啊？哈，一盏灯，悬挂在华夏大地的屋檐下，等待一首诗的盛开。一轮月，亮堂于异乡的高楼上，静观远方的守候。在时间的底片上，隐约听到的是侨声乡音，还有与中华民族有关的词汇。

哦，南方，风很轻，却孕育希望充满力量。心中装满阳光，明丽的阳光是南方潜伏的米酒，每一滴都拥有催人振奋、令人两股战战的激情。

于是，我满怀希望，是南国早春的希望——也想借这寸楮尺牍，让悠悠南风将此吹散开去：让我们一起分享南国春天的温馨吧……

星海津渡

是不是一个巨大的悖论？正是最黑暗的中世纪，孕育了人类历史上最为璀璨的精神文化：殿堂、陵寝、雕塑、绘图，以及音乐的礼赞诗章——生命的绝唱，让一切世俗的风情或声响在此自惭形秽，那是一种与天堂共享的超尘绝俗的心灵对话。

然而，中世纪是没有文学的，因为那是不需要思想也不允许思想的世纪。教皇格里高利一世的一句名言，至今没有过时：不学无术是虔诚的信仰之母。

信仰是要崇拜的，科学是要讨论的，法律是要执行的。不崇拜的信仰，不讨论的科学，不执行的法律，不管有多少个理由为此粉饰说项，都是无耻的谎言与彻底的伪化。

是人生的旅程抑或是受时代所囿吧，我自以为是一个有信仰的信徒，寸楮尺素凝聚着我那可怜的精诚，才对这段历史、这个人如此上心。冼星海，震撼中外乐坛的音乐家，影响了整整一个时代。华彩的空灵本是艺术巅峰上的天籁之响，可一旦附上世俗的物欲，也就被穿上了"雅""俗"的号衣，即便是东方古之鼻祖师旷、师涓，也不能因之免俗。在那个崇尚红色与革命的时代，冼星海就是东方的红色贝多芬、柴可夫斯基，是革命的阿炳，是那个理想与灾难明暗交叠的年代站在历史顶端青年精英的峰值点上的星光，让我们今天也情不能忍地仰止、行止。

我对冼星海如此痴迷、痴情，在这里一个字一个字地结茧成章，如前所述，某种意义上说，仅仅是因为所谓的信仰吧——是我对冼星海那个时代不能去怀的殷殷眷注。啊，延安，"回延安"……我从来没有怀疑过诗人们当时近乎童真般的激情与忠诚，就像我不会怀疑我自己的愚笨和守拙一样……西方人对延安的交口称赞、《新华日报》的文章如雷贯耳，死气沉沉、万马齐喑的东方历史数千年来一个新生命的哇哇啼叫，总让我一想起来就血脉偾张，不能自已。

尽管冼星海的同龄人——胡风、田汉、丁玲、贺绿汀等巨子后来的命运令人唏嘘，但是，他们用自己的生命燃烧的东方灿烂的早霞，她的美丽在今天看来，是另一种耸入云天的恢宏博大的精神建筑，让多少脆弱的神经不敢仰视！不管是篡改、蔑视，或是屏蔽、冷藏，乃至格式化那一段不可疏忘的历史，对一个共产党人来说，窃想都是有意无意的背叛。

宝塔山，20世纪人类奇迹的东方的政治地标……

那一段史事，太让人神往了。英国史学家爱德华·吉本说过，所谓历史，不过是对发生过的政治事件的忠实记录而已。没有政治事件真相的历史，无疑是伪史。

"真相"，永远是一种可望而不可即的汲汲追寻，正是对真相无穷的追寻，才让哲学、历史学如此溥博渊泉。但我，想做一个芒履蓑笠、孤舟挂帆的远行者，走近星海，不过是为了走近延安，走近那段我梦中的岁月。

我在这里重彩"红色"，很可能取魏收之诮，但我绝不是为口腹所累：新中国一路走来，若是冼星海健在，以他那傲骨嶙峋的书生气节，窃想比他的同侪们还要不堪。然而，童年乃至青少年的那段美丽，会是长在心头的一粒瘊子，伴人终生；亦如懵懂初恋的卵石，在岁月河床的打磨下更加璀璨晶莹。

中国，苦难的中国，积弱、积垢、积朽……的中国，西风东渐，百舸争流。

翻开古世界史，是两张版图：囿于时代的局限，东西方的古代精英们一样无知与狂妄。东方自以为河洛乃天下中心：中土、中州、中原、中国……有趣的是，古代日本也曾自称"中国"（苇原中国），以冈山、广岛、山口等地为国家中心。只不过开化太晚，在隋、唐疆域与文化面前相形见绌，不敢自以为"天下中心"罢了，却留下抬眼可见的"中国银行""中国新闻""中国山脉"等汉字，让来自中原的过客们莫名其妙。而欧洲人则以为地中海是天下中心，以为亚历山大、奥斯古都的罗马帝国的疆域，就是整个"世界"。

当西方告别渔猎、农业文明，进入城邦"民主"社会体制，开始了古希腊古罗马的辉煌——其实那是奴隶们创造历史的辉煌，我们却成了东方的僵尸：文化因素的先天残缺，东方体制久久地停留在"鸡犬之声相闻，老死不相往来"的"桃花源"自耕农理想境界。意识形态的儒经教（奴）化，即便是再英明的君主，这片土地上也只能是"内战内行，外战外行""一盘散沙"的"东亚病夫"们的自我狂欢与陶醉。

爱尔兰哲学家威廉·勒基在《欧洲伦理史》中指出的，正是奴隶制大田庄取代了自耕农经济、自由民无须支付报酬就能从政府那里得到粮食这种情况，才导致了罗马人的尚武精神……

一个总人口仅仅三十多万、参战军人仅仅数万的"少数民族"，铁蹄所至，摧枯拉朽，如入无人之境，竟然让数以十万计、百万计的明军望风披靡，是很令人深思的。同样，曾经骁勇善战的千万八旗健儿在数百八国联军面前不堪一击，让表象繁华的农业天朝尊严扫地，颜面尽失。

人类史没有温情可言。第二次世界大战改变的不仅是世界版图。对我们中华民族来说，福耶，祸耶？冼星海和他（我）们的胜出，苏联模式的学步，不管我们犯了多大的错误，怀旧或失落的士子们如何积怨含愤，她一路走来的国力日盛，让西方世界触目惊心。人类史的历史阶段不管如何划分,审视东方大宋亡于元朝、大明亡于清朝的史鉴,我们不能不意识到,那是一群自视颇高、顾盼自雄的贵族骑士对"日出而作、日落而息"的自耕农社会的残酷剿杀——说是野蛮对文明的颠覆,我真的不敢苟同。

请读者不要误会,我没有政治家们的潇洒襟怀,也不是丛林法则的鼓吹者。塔斯马尼亚人灭绝于一群十恶不赦的罪犯,是上帝瞎了眼,抑或本来就是"主"的意旨?

一个人的愚昧,是基因缺陷的愚昧;一群人上者——顶层精英集团的愚昧,是一个种群、种族或一个文化板块窳惰灾难的愚昧,上帝也无可奈何,无能为力,无言以对。

尽管庶民的命运与庙堂的枯荣无关,国亦是国,家也是家,仅在于朝廷的清明与腐朽罢了,但兵燹的灾难与凌辱,是躲不过去的浩劫。

塔斯马尼亚人如是,古埃及如是,印加帝国也如是……

两千多年了,尽管我们有过秦皇汉武、唐宗宋祖的轰轰烈烈,也只不过"城头变幻大王旗"而已,生产力和生产关系没有挪动过踟步。是以,在19世纪德国著名哲学家黑格尔的眼里,中国是没有历史的。

历史没有捷径可言,我们连古希腊的城邦社会——奴隶创造历史的恢宏壮举——都必须重新走过!

面对我们今天的经济成就,不管怎么定位"城邦"之外、没有城市户口的"农民工",我从内心深处对他们充满了深深的敬意。我们所深为自信的,并不仅是西方老祖宗传给我们的无产阶级革命理论和社会主义先进制度,更是我们十四多亿人口大国的无限张力——让神经脆弱的西方政客们望而生畏的创造者、劳动者的巨大张力。人民,只有人民,才是创造历史的真正动力。革命的经典理论在这里找到了最为经典的注脚——将自己的人民（选民）当成负担和累赘，应该是人类近代史上最无廉耻的政治笑话！

大约到了这个时候，中国才终于结束了让黑格尔扼腕的"没有历史"的历史。

这便是鄙人的"红色"情结吧，也是甘愿如牛负重、努力笔耕的自我选择。

于是，我想通过这个可当悲喜剧来写的人物故事，书写中国那段非凡的历史，说革命先驱和英雄形象也罢，说民族精神与时代精神也罢。

他的名字镌刻在战火连绵的历史故事的彩页，也就与那段血与火的历史一样炽烈与厚重。

我，像撬动玄武岩般艰难地掀动那些熔岩冷却后的碎片，力图与读者分享那段多艰也辉煌到了极致的岁月，却多有惶悚之感！那是因为，我和时下的青年们一样，对宝塔山之高、延河水之清、延安窑洞之瑰丽，知道得太少太少了。

如果说安泰不过是大地之子，非凡的时代则是天才的摇篮。冼星海生长在一个特殊的时代。巨人时代是巨人们的时代。那个时代遗传给后人的，即便是血清里的基因，也有蜕化的可能，有如恐龙之于两栖类爬虫。怀旧情结的可怕，是因为谁都不会以茹毛饮血的古猿为羞。

非凡的人生不过是非凡的故事罢了。乱世的英雄未必都是杀人如麻的将军：荷马行吟的歌谣，竟然是血肉横飞、惊天动地的争战——烟消云散之后，只有他，才是伊利亚特那场绝杀中唯一的永远的幸存。

延安。哦，延安！如果说有革命的图腾，窃想就在这里吧。她，在我的心灵里，是我的麦加，我的耶路撒冷，我的布达拉宫……

如果说一言可以兴邦，历史深处的那部"交响"，可谓震撼华夏的雷鸣，至今余音袅袅，弥于长天。

感谢一场短暂的美丽的相遇。我的目光随着他就要离开延安了，我却并没能看清延安的真正面目：真实的历史的故事，像夜空的星子一样遥远，即便是亲眼所见，也未必真实——看那多少星辰熠熠闪烁，其实它们多是亿万年死亡了的恒星投过来的余光而已。

冼星海，这个最应该享受革命盛宴的红色信徒，没有看到东方的黎明。不管幸与不幸，他决然而去，走得那么匆忙、那么突然……一个人的生命体积仅在于他的精神高度抑或给人间留下的文化遗产，与时间的长短没有丝毫关系。他的背影在黄河的波峰浪涌与落日的余晖中浩浩远去。但是，他像奔流不息的黄河，在这个板块的腹地永远存在……

冼星海1945年10月30日在莫斯科逝世。5个多月前，5月9日，莫斯科红场为纪念反法西斯战争的胜利，举行了红色世界最为雄浑壮阔的大阅兵；两个多月前，8月14日，日本军国主义精神领袖裕仁天皇颁布停战诏书，接受《波茨坦公告》；8月15日，裕仁天皇通过广播向全日本臣民诏告投降，全面终战；9月2日，在美军"密苏里"号巡洋舰上，日本政府代表签署投降书；9月3日，中国大江南北、长城内外，举国沸腾……这一个接一个惊天动地的故事，让重病中的冼星海枯黄清瘦的脸上，掠过一丝丝的慰藉和稍纵即逝的笑颜……他，像一位难产中耗尽余力的母亲，在新生儿欢快抑或痛苦的啼叫声中，安然睡去。

交响乐，精神世界的语言，本与山野尘情的世俗无关。然而，那个特殊的岁月、非凡的时代，也是胎教般的东方文化的遗传吧，让冼星海这位音乐巨子，和着黄河的涛声，将一个民族的悲壮情怀，谱写成史诗般的命运长歌——窃以为，也正是那个苦难极致的时代和黄河文化的浪涌，成就了这位音乐天才的巨响吧！

十月革命一声炮响，给我们送来了马克思列宁主义——莫斯科，社会主义的大本营，工农红军中华苏维埃共和国的红色首都，倾倒了那一整代共产党人。刚进不惑、青春正富的冼星海在这里沉沉睡去，有如躺在母亲的怀抱里，窃想他非常惬意，了无憾情。不管健忘的后人们如何狂猜疯想，窃以为都是在管窥蠡测或是乔饰伪化那个钢铁般生冷存在的时代。

黄河没有断流，没有枯竭，涛声依旧；莫斯科的红场依然红色，依然美丽，魅力如前……

冼星海走了。那个时代，那段历史，那些岁月……也随他而去。为了永远的纪念吧，我还是忍不住怀旧与仰慕的情结，捕风捉影般地要将冼星海这位饱学巴黎襟满"西风"、投在东方大地上的影子，乐山大佛般地定格在我自己的臆想王国。

《黄河大合唱》，一阕血与火的时代乐章。那一声声时代的怒吼，是黄河咆哮的声音，是世界反法西斯的声音，无可阻挡，无坚不摧，不可战胜……

啊，有如《国际歌》里唱的那样，"不要说我们一无所有，我们要做天下的主人"。劳动者永远是伟大的，人类的公平正义是不可战胜的，为穷苦人的呐喊与呼号，永远是历史的最强音，马克思、列宁的无产者解放与耶稣的平民拯救同在，才让马克思列宁主义曾经有幸成为东方乃至世界上最大的信仰，拥有人类史上最大群体的信众，堪称人类伦理史的绝笔与奇观。

敢医敢言

我是崇尚自由的。但，万事不由人。"自由只存在于束缚之中，没有堤岸，哪来江河？"（鲁斯·巴德·金斯伯格语）

钟南山二十世纪八十年代破蛹而出，一飞冲天，倏然知名，翘楚南国，九十年代即荣膺共和国院士，2003年因"非典"之战而轰动全球，让国人望风倾倒，真的到了对其"无限崇拜"的地步。我，并不讳言是他老人家的铁粉、钢粉、骨粉，像颜回赞美他的老师那样："仰之弥高，钻之弥坚；瞻之在前，忽焉在后。"

对一个人的敬重有不需解释的千万个理由。我对钟南山老先生骨子里的钦仰，并不是因他的学识之高，医术之精，名望之大，仅仅是他的不同凡响的声音，有如黄钟大吕——就这一句话让我拊膺长叹，竭诚拜服：

"不撤'烟草院士'，难向百万患者交代！"

并不是因为我不吸烟而在这里轻率置喙，偏激臧否。中国烟草对国家的税收贡献之大世所皆知。钟老先生挑战这个特殊行业的精英群体，实在是堂吉诃德的古老浪漫。

在决战"非典"中他对官员们为什么"不向群众负责"的质问，对顶级专家早有定见的"衣原体"的异议，对"非典""有效控制"的权威新闻口径的质疑，对"甲流"死亡数字"我根本不相信"的硬撑，以及后来新冠疫情大暴发之际，与武汉权要们铁面交锋，语带霜剑，对"肯定人传人"的真相的披露……寥寥数语，却如一道道霹雳闪电，震彻长天。

"病从口入，祸从口出。"虽然一言可以兴邦，但在这块数以千年习惯了皇权专制的土地上，更多的是一言而人头落地，累及妻孥。像《红楼梦》里的焦大骂遍了贾府的主子和奴才，只被塞了一嘴的马粪，是真够幸运的了。所以有鸡汤文说，人来到世上，用一年学说话，以一生学闭嘴（其实是海明威的名言）。

哲学天才维特根斯坦则以为，语言，即世界。

"言多必失"，千古以为箴言。钟老先生却偏偏不信这个邪，反其道而行之，实在是另类得紧。

如前所述，我对钟老先生的偏爱，也正是于此。

人类的历史，就是一部"另类"的历史吧。奥兰治亲王威廉、厄格蒙特伯爵、荷恩大将等的乞丐队伍，"五月花"号三桅帆船上作别英国普利茅斯的威廉·布拉福德们，乃至我们的孙中山、陈独秀、毛泽东、邓小平……都曾是他们各自时代的"极少数"和"叛逆者"——正是这一粒粒青灯，照亮了一个个辉煌的时代。

记得革命导师说过，真理往往掌握在少数人的手里。

我们抗击新冠疫情中诞生了一个著名的网络语言：逆行。

在我的眼里，钟老先生以他忠耿朴实的狷介人格，"逆袭"着蝇营狗苟，崇尚闭口是金、平庸多福传习的龌龊世道。

我的一位长兄般的师友，约我写钟南山——他和我一样，对钟老先生景仰万分，说起钟老先生的逸闻趣事，如数家珍。

写钟老先生的文章可谓汗牛充栋了，凑热闹挤进来，恐怕只会让老先生笑话。本非专业作家而率性自由、即兴弄文字游戏惯了的我，实在两难啊：咳，面对悬盼至殷的"大师兄"，只有放弃"自由"啦。

如前所述，因宦游广州，与钟老先生同饮珠江水，共赏南海潮，对钟老先生实在是倾风良切久矣：他老先生在这个特殊时空的谔谔之声如雷贯耳，不止一次挑逗起我自作多情而技痒的冲动。

太少了，太稀缺了，太需要了……不能伴响于钟老先生振聋发聩的惊世、醒世、警世之浩浩和声，实在为同世人所千古吊恨。

鲁迅先生当年东渡日本，求学于仙台医专。面对窳惰孱弱的故国子民，鲁迅先生弃医从文，试图以自己声嘶力竭的"呐喊"，来唤醒这头病恹恹的睡狮：我以我血荐轩辕。

啊，谁是巨擘医国手？满眼多是苟且人。

有媒体大腕（王志）不乏担忧地与钟老先生交流："作为人际关系来说，您可以不说话……"（见2003年4月26日央视《面对面》）

可能吗？"这不是一般的学术讨论，是救命的问题！"钟老先生瞪起眼直统统地说。他早就多次放言，政治上说假话要害人，医生说假话是要害命的！（见叶依《钟南山传》）

——在城府森严、腹有刀剑者听来，老先生是何等纯洁幼稚啊……

心理学大师马斯洛以为，伟大的人心思单纯，像天真的小孩。有学者（李劼）评美国著名大作家海明威时，说"海明威终其一生都是个孩子，他越深沉就越孩子气"。

君子德风，小人德草。天下诺诺，是谁谔谔？

苏格拉底以为自己这只"牛虻"，可以叮得那匹硕大而暮气沉沉的老马（雅典）精神焕发起来。不幸的是，号称民主政治体制的雅典501人组成陪审委员会，以280：220高票通过，判处七十岁的苏翁以服毒自杀的方式执行死刑，罪名不过是这老爷子"教坏青年"、妄议神格、大嘴巴信口开河没个站岗的罢了。

膏以香消，麝以脐死。

苏老爷子虽然数年后在学生们的鼓捣下平反昭雪，并以"苏格拉底说"享誉于后世，但"说"的教训是耐人寻味的吧——多数人的暴政和少数人的暴政一样血腥和残忍。

暴秦"焚""坑"之后，学会了趋利避害、"识时务者为俊杰"的东方精英们，所书写的历史功业，是很让人困惑的了。有人将春秋诸子百家争鸣气象，与明清之后的国风士子民情相比较，得出一个很让人伤感的结论：竟然犬儒委顿得有如爬行的蠕虫了。更有学者推论说，近500年来，影响世界的838项重大发明，竟和号称文明大国的我们，没有一毛的关系，和寸草难生的土地，不能说没有关系……

如今上了年纪的人只要大脑健全还没有完全糊涂失忆，应明白因言获罪的时代相去并不遥远吧。我们当代著名的一位小说家，竟然将自己的笔名署为"莫言"，不能不让人为之寒栗怅叹。

一百多年前（1905），列宁鉴于党内一些人假话套话连篇，专门为此写了一篇文章，标题就是：《决不要撒谎！我们的力量在于说真话！》

说真话就这么重要、这么难吗？

如果说儿童的第一个谎言是走向成熟的开始，而一个国家、一个民族，如果充斥了谎言，没有了真话、实话，那会是一个什么样的天下？

听家父说二十世纪50年代"大跃进"，有权威媒体说亩产水稻可达数万斤，新闻照片上"眼见为实"地说谷穗上可以站小孩哩……结果发生了饿死人的悲剧。彭德怀元帅不忘初心，老大不忍，站出来说了些实话，后果如何呢？

出头的椽子先烂。

怀疑，质疑，寻找真相，是一个国家的基本智慧元素。屈原，以他一两百个"天问"，构成了古圣先贤抒怀求索的宏大史诗。没有了质疑、异议之声，万马齐喑，是什么灾难都可能从天而降的，真"究可哀"了。

所幸，历史的册页艰难地翻到今天，那天下钳口、路人侧目的时代，应该是一去不复返了。

钟老先生办公室的墙上，正正端端地悬挂着一方"敢医敢言"的大幅行书。2020年4月6日，他穿着洁白的衬衣，背靠着这特别醒目的四个水墨大字，通过世界卫生组织向全世界侃侃讲述着我国防治新冠疫情初见战果的即时动态。

——"敢医敢言"，可见这四个字，在老先生的心目中，是何等金贵！

在这个"专家"被讽为"砖家"，"教授"成了"叫兽"的年头，守住常识和做人的底线，即说真话、实话——"敢言"，是要有点大无畏强项精神的。

木秀于林，风必摧之；堆出于岸，流必湍之；行高于人，众必非之。正所谓，峣峣者易折，皎皎者易污。阳春白雪，和者有几？

古人还说，事修而谤兴，德高而毁来。

钟南山他老人家，躲得过这一劫吗？

随便网上一搜，向老爷子泼来的污水，随处可见。最不能忍者，竟说老先生为某某产品代言广告，且将他与黄有光、李剑阁、董藩、林采宜等十位"大神"放在一起，排在了第十一位……

无欲则刚，有容乃大。钟老先生"敢言"，窃想他最大的底气，不过是"无欲"罢了。

医患纠纷困扰了多少局中要人。医生收取红包一直为世人所诟病。钟老先生面对媒体记者杵过来的采访笔，咬牙切齿地低吼："医生收红包极为丑恶！应淘汰不合格的医生！"

（2006年3月4日，中国新闻网）

他自己两袖清风，淡泊处世，不知钱财为何物。用他夫人李少芬的话说："他都不知道他一个月的工资是多少。"

于是，在我的眼里，钟老先生这位将自己毕生精力和才华睿智献给医学事业的工程院院士，其实与鲁迅先生多有异"趣"同工之妙：以自己的"呐喊"之雷霆，撕裂着这方天空的沉沉阴霾。

鲁迅先生的骨头是硬的，钟老先生硬的是骨头。

一个现代化的国家，不是一群奴才建造得起来的。

网上有消息说，安徽一所小学五年级的副班长——一个十三岁的小男孩，竟然向本班同学索贿受贿两万多元，成为时下"年龄最小的贪官"。最令人不堪的是，被迫向他行贿的7个小同学，完全屈服于这个副班长的"淫威"，全部噤声失语，没有一个有胆量站出来揭发和质疑。

都说教育要从娃娃抓起。"补钙"，是不是更要从娃娃抓起呢？

我欣然接受"大师兄"的任务，便是想借钟老先生多姿多彩的丰繁故事，速写老先生睥睨红尘、不屑俗流的傲骨人生，研一砚墨水，煎一剂"钙"药，以希于世有"补"吧。

钟老先生显荣于当世，在我看来纯粹是个特殊的偶然现象。但，辩证法告诉我们，必然存在于偶然之中。

一千个人的眼中，有一千个钟南山。但在我的眼里，他只是一个"敢说敢言"的"勇敢战士"——用著名文学家熊育群先生的话说，"他倒像个不合时宜的异类"。

这是一个令人振奋却又令人沮丧的特殊时代。因为改革开放，因为八九亿的农民解放和数以亿计的"城邦"之外的农民工进城务工，巨大的劳动力红利，创造了我们数千年不曾有过的奇迹。但是，由于我们农民大国以及农民文化的先天性缺陷，在市场经济的实验中，某些人将东方实用哲学的功利主义发挥到了极致。且不论地沟油、天价药，那些生产毒奶粉毒疫苗，连孩子都敢杀的龌龊类群，还有什么恶行不能做的呢？

一百多年前我们的先知们睁开眼睛看世界，才发现地球是圆的。我们不是"天圆地方"的中土、中原、中州、中国——天下中心。巴黎公社的火炬、十月革命的炮响，乃至二十世纪后半叶"摸着石头过河"……我们到底从西洋欧陆中取到了什么"真经"？有大学者说，日本人模仿中国，唐朝不取太监，宋朝不取裹脚，明朝不取八股，清朝不取鸦片。我一老师曾到日本旅游，他惊讶地发现：日本，不管是深山老林还是繁华都市，家家户户竟然都没有防盗网——一个遍处"宵小"之地，如何立足于世界之林？

这就是我们的尴尬与难堪之处吧。

鲁迅先生弃医从文，试图以"呐喊"医人救国。钟南山老先生因家传不改初衷而悬壶济世，在我的心目中，他的有如异类的"呐喊"，对斯时斯世的贡献，与他医学上的造诣和成就相得益彰，不愧这个时代"感动中国"的人物。

曾热播的《大秦赋》不知有没有这个小故事：当赵高以"指鹿为马"钳制悠悠众口之后，发动宫廷政变逼秦二世胡亥自杀时，胡亥哭问身边仅剩的一名相随的小太监："赵高心存二志，满朝无一忠臣，你们怎么不将实情告诉我？"小太监回答道："说实话的人都被杀光了。我若是说了实话，早就被杀掉了。"

呜呼！灭六国者，六国也，非秦也；族秦者，秦也，非天下也。嗟呼！使六国各爱其人，则足以拒秦；使秦复爱六国之人，则递三世可至万世而为君，谁得而族灭也？秦人不暇自哀，而后人哀之；后人哀之而不鉴之，亦使后人而复哀后人

也。（杜牧《阿房宫赋》）

崇祯帝煤山（今北京景山）上吊前，才知道"诸臣误朕"，"文官皆可杀"，但是，与胡亥一样，都晚了。

每个朝代都有巧舌如簧的佞臣，有趣的是，正是这些口灿莲花的佞臣，才是那个时代最为得宠、最赶时髦，也最多粉丝的政治精英。

非常幸运，钟南山如此"另类"地与时扞格，竟被选入"100名改革开放杰出贡献"对象，被评为"公共卫生事件应急体系建设的重要推动者"，授予"共和国勋章"……

时哉，时哉。

陆文夫老先生对纪实文学嗤之以鼻。他老先生是对一切关于阿炳的虚构的文学记载不能容忍。他说，阿炳的《二泉映月》实乃《知心客》改谱，原曲本为表现婊子取悦嫖客的淫秽之韵；阿炳的眼瞎也不是因日本人的刺刀，而是梅毒所致；其死也不是病，而是无钱买鸦片而痛苦上吊……他说，离政治太近的"艺术"，都是笑话。

虽然历史事件和人物有如一幅油画，距离太近根本看不出真实的精彩亦即本来的面目，但，形而上的文学艺术，都只是生活的表面光鲜。时间的长河汹涌澎湃，我们只能勾画肉眼所见的一朵朵轻浮的浪花。那更为惊心动魄的深层涌动，是思想睿智的社会学家们的事了吧。

欣逢这个开放的时代，并没有什么政治压力，做文章只要凭着良心良知就是了。

但有什么样的信徒，就会出什么样的神棍；有什么样的受众，就会有什么样的写家、吹和讲台、媒体。

于是，当我接受我的 "大师兄"的约请来写钟南山时，虽然特别看重钟老先生非常"另类"的人品，也为此大做文章，但，写下的这个册子，会有多大的受众，实在不敢奢望。

咳，时代总是进步的吧。再说，同声应之，同气求之，钟老先生的时代，是一个五光十色、丰富多彩的时代。何况，休管世人说短长，且与知音共流觞。既为荷风取鸣琴，何必恨无知音赏……

白衣卿相

癌症，一个与人类同生共处的古魔。大约公元前2500年，人类文字就记载了这种疾病。那时只有一种治疗方法，就是反复用"火钻"来烧掉突出皮肤的肿瘤。如今，风流水转，癌症成了人类生命的第一杀手，是最凶恶的生命克星：癌症=死亡=生命的终结。美国第一位伸出双臂拥抱新中国领袖的总统尼克松，曾经雄心勃勃地宣布了两项计划：载人登月和攻克癌症。

1971年，美国国会通过了《国家癌症条例》，并由尼克松总统发布《癌宣言》，誓言要在20世纪内使癌症发病率降低50％。

从1971年以来，扣除通货膨胀因素，美国投入癌症研究的总经费大约是2000亿美元，而癌症研究领域的论文多达156万多篇！

寒来暑往，岁月如梭。数十年过去了，美国每年因癌症死亡的人数却上升了73％！世界卫生组织癌症署负责人卡罗尔·西科洛博士曾不无忧虑地告诫人们："众所周知，癌症已成为一个普遍问题。在欧洲，每3个死亡的人中就会有1人是因癌症而死；到2020年，这个比例将会上升到1∶1。"

"肿瘤→化疗→放疗→死亡"，似乎成了金科铁律——大众求生的本能和世俗医人的苟且，抑或市场经济的诱惑吧，让癌症治疗屡屡陷入一个不能自拔的尴尬怪圈：明知那些常规治疗对某种癌症毫无效果，且这种治疗可能会让病人人财两空，甚至会有"第二次伤害"，我们司空见惯的是，这个舞台总是重复着一幕幕雷同的悲剧——堪称闹剧。

在这种程式化的治疗中，肿瘤缩小成了治疗效果的主要依据。一旦肿瘤缩小了，就会心安理得地认为是"成功"，尽管病人不久死去，医生们还会理直气壮地将"成果"写成论文，在权威杂志上大露脸面。

受世界经济引擎的拉动吧，也可能是东方"贱养老荣送终"的"孝道"特色，医生或病人，都在不遗余力地追求新、贵、奇的药物治疗，虽然这些药物比价低的"老"药物可能仅使病人延长 1～2 个月的生存期，但他们宁愿花费比后者贵数倍乃至数十倍的价格，了却宿债般地挥金如土，孤注一掷……

世界上的肿瘤医院之多，"创新""大师"之众，张扬广告，抢占市场，可谓群雄蜂起，天花乱坠，仅仅因为癌症，这个人类生命的第一杀手、恶魔，离我们所认知的世界还太遥远太遥远。

明天、未来、理想、天堂……蒙哄信徒、忽悠众生，渺不可知的幽冥灵异世界，神祇们的身边，最得宠、最风光的，无疑是妖孽。

真理的嘉宾全是谎言。海森堡的"测不准原理"，打肿了多少标榜"天下第一"、号称"权威"的嘴脸……

世界上总有那么一些人，在世风沉沦、谎言亢扬之际，补缀着洞穿的道德底线，呼唤着人的良知，传播着科学的理性箴言。

早在十数年前，深圳电台的直播节目里，一位专家教授直言不讳地告诫他的听众，不要相信什么能使大小三阳转阴的"基因疗法"，那些都是骗人的鬼话！据说因这番真诚的讲话，他走出电台大门时，就遭人围攻恐吓："徐教授，我们知道你说的是科学。但你不要挡人财路，小心你和家人的生命安全！"

那位"徐教授",即我的大朋友、忘年交——徐克成。因为一位老朋友的引荐,我有幸拜识了徐老先生——暨南大学附属广州复大肿瘤医院总院长、国际冷冻治疗学会理事会执行委员兼副主席、中华医学会消化病分会前幽门螺杆菌学组委员、中国医促会胃病专业委员会副会长、中华医学会广东消化病学会前副主任委员……

若是罗列这位堪称中国当代消化病名家的"名头""名位",一张A4纸用小五号字也未必装得下。

这是一位年逾古稀的老爷子,西装革履,高岸卓立,是那种飘然偶践红尘的"谪仙人"风采;谈吐幽默,笑声朗朗,臧否古今,百无禁忌,又是个不屑城府的性情中人。

往深处交,他平易近人、随和大度,很典型的"草根"学者,一位很普通、很平凡、很低调的慈眉善目、笑口常开的老爷子。.

这位从战火硝烟、新中国成立、"三面红旗"、"文革"动乱、改革开放等天翻地覆的大历史变迁中走过来的老人,真可谓饱经沧桑。在我眼里,他是无穷无尽的、深不可测的……站在他面前,不管他是睿智学者,还是市井逸民,我都有一种高山仰止、肃然起敬的感觉。

我拜读了他的几本通俗读物(我以为是癌症医学科普读物),略晓了他的些许人生和非凡经历、学术贡献后,对这位卓尔不群、细声细语却总是笑眯眯的长者,有了一种对苏格拉底般的倾风至切。

他,有如一缕金风吹皱秋水,让我这些年来槁木止水般的骄世傲物情怀,不能自已地为之深深动容。

《跟我去抗癌》《我对癌症患者讲实话》……书脊上大写着"徐克成著"。在这个信息爆炸的年代,我也不能免俗"快餐文化",除了时不时上网过眼云烟,不大留意平面读物了。

可是，当一本一本地翻看下来，我倒有了爱不释手的贪欢。

《跟我去抗癌》里有一节写"'信心'抗癌"：有人问我，我的治癌秘诀是什么？我说是信心，我坚信我会战胜癌症。由于信心，我的体内各种功能尤其是免疫功能，就能处于旺盛状态。信心就是增强免疫功能的"免疫剂"。人生是不断奋斗的过程，敢于面对困难，克服困难，继续迎接下一个挑战的人，才是最后的赢家。癌症是人生的鸿沟。生存的信心可使人跨越鸿沟，战胜癌症，这就是所谓"信心"疗法……《吉尼斯世界纪录大全》记录了一个人接受手术889次的世界纪录。纪录创造者是美国南科他州电气技师詹逊。30年前，他开始患皮肤癌，并相继扩展到骨骼和内脏，他也因此一次次地接受手术，脸部、颈部、手臂、背部、脑部和胆囊都留下了手术刀迹。他是世界有名的明尼苏达州梅奥（Mayo）医院的长期病人，医生准备在他去世后研究他的遗体，但这一想法一直未实现，因为他还活着，还在继续创造世界纪录。几十年来，詹逊坦然面对疾病，从不让死亡的阴影笼罩自己，这种心理状态显然是他战胜癌症的一个因素……

很难想象，这是一位医学家的文字！这些书里的知识面、穿透力、真实感、可读性，给传统的小圈子"行业""学术专著"，镀上了一层迷人的慧光。他老人家的阅读半径之长、思辨张力之大、文字功夫之深，可以说覆盖今古，力透纸背。老先生如果从事文科，数黄勒朱，我一定会以忝列门墙为人生之大幸。

东方医学门派林立。元朝、清朝对华夏文化的两次断裂，我们的《黄帝内经》也只能从日本传回孤本。虎骨犀角、猩唇熊胆……与"黄龙汤"一起为今人所掩鼻汗羞。令人惊讶的是，徐老先生对中医学的推崇，是那样真诚与执着。他的这些书里竟然写到了"手相术""推背图"，讲起我国著名中医学专家吴仕九的故事，娓娓道来，如数家珍。

他真正的建树却是他"西学"的高深造诣：他对微创手术的大胆引用、"消融"治疗的努力实践、个体专治的独到探索……西方当代最新医学先进成果，被他全盘端上了东方的盛宴。

他在他的著作中，一次次写到中国医学界泰斗江绍基、吴孟超、王振义、汤钊猷，尤其是"嫡系"老师孟宪镛等对他的深刻影响，是真诚的感戴之情。

他那海纳百川、兼容放达之情怀，像一块海绵，点滴不漏地吸取着当今世界东西方医学的最新成就，有如那神话中的净瓶之水，浇活一切委顿的生命。

不难想见，他和他的复大医院起点之高了：他，这个总院长，真的是"脚踏两只船"啊，是站在东西方医学最新成果之峰巅上的人，怎么能不让人有仰视的感觉呢?!

啊，徐克成和他的医学世界，在我的意念中，是一块突兀东方文化板块的精神高原！

2001年至2013年12年间，徐克成率领他的复大战将们有过数次对"无法治疗""不治之症"的"挑战极限"，铭仔、江味凤、洪秀慧、彭细妹、清华教授、娜娜、亮亮……一个个癌症患者的康复，创造了当今抗癌战场的奇迹，作为经典战例，鼓舞着抗癌斗士们勇往直前。

他在《跟我去抗癌》这本书的封底上写道：我是一名医生，一个研究肿瘤的医生，又是一名癌症患者，一个初步战胜了"癌王"的幸存者。在同癌症的抗争中，我作了巨大的努力；在探索最佳治疗的道路上，我有痛苦，也有快乐。我常跟病人开玩笑地说"Follow me"（跟我走），意思是，你的经历我都经历过了，我是幸存者，也是胜利者，跟我走，没错。

致努力抗癌的癌友：

癌症只是一种"慢性病",并非绝症。极限病例也有康复的可能。

让癌休眠、与癌和平共存是完全可行的。

对生存抱有乐观的态度,"心理免疫"会激发抗癌效应。

消灭最后一个癌细胞的,并非药物,而是体内的免疫系统。

如此质朴的话语,应该说字字珠玑。如他的另一本著作《我对癌症患者讲实话》,通篇读过,清流洋溢,实实在在。在这个有趣的时代,还能听到实话吗?他,所说的真是实话吗?我可以朗声回答:是!因为他,徐克成,他自己,他本人,如他的著作封底上所说的,就是一位癌症患者。

这个时代,虽然张悟本大师、闫芳大师、李一大师、王林大师……一个个"大师"名动天下,徐老爷子却很恶心"大师"的"名头"。是的,将这位老人与那些人排列在一起,实在是一种羞辱。

笔者因为文化学识、社会积累、品位修炼等方面的欠缺,要写一篇关于他老人家的"报告文学",深为惶恐。

在后来的交往中,我发现他老人家如果搞文科、做文字、当写家,其笔底风云之狂飙,不知会吹落多少文化人的顶戴!

"不为良相,便为良医。""千古文章一杯水,一为文人不足观。"窃想他老人家是羞于干这个勾当的。

历史是无情的,善、恶、丑、美,天下都知。一坛佳酿放得越久越是醇香;一堆丑陋的东西悄悄地掖着,藏得越深越保存着原始的龌龊。

历史是曲折的。在历史曲折的进程中,只要自己走得直、行得正,也就问心无愧了。徐老爷子曾对自己年少时的一张大字报上的签名,想起来就如锥在胸,芒刺在背。

其实,历史还是一个睚眦必报的小人。那些玩弄历史的人，必然会为历史所玩弄。徐老爷子，他，一个问心无愧的人，当然是一个会为历史所尊重的老人。

2009年12月，第五届中国民营医院院长论坛在广州举行。会后，院长们参观了广州复大肿瘤医院。这一次参观"震醒"了百位院长。院长们惊讶：民营医院原来也可以做得这样好！做得这样令政府和百姓都满意、都信任！

恰如美国著名成功学大师拿破仑·希尔所说："一心向着自己目标前进的人，整个世界都给他让路。"

作为从中国特有体制缝隙中走出来的成功者，徐克成的人生是不可复制的。不过，在我眼里，他只是一个虔诚的布道者，这是这个时代的特蕾莎修女的情怀——我心目中的"白衣卿相"。

橄榄枝镶边的"平安符"

我很敬重的一位领导同志——堪称我的师长啊——曾约我写一部关于中国警察的书，郑重其事地对我说："那个同志真的很值得一写呀！"

警察？我一听头都大了。不管是中国，还是外国，早些年关于警察的那些著名"新闻"，活生生地葬送了警察在我心目中的美好形象。

瞧，2014年末，美国亚利桑那州菲尼克斯市黑人青年布里斯糊里糊涂地倒在了白人警察的枪口之下，一时间全球震动，纸贵洛阳。也在这一年的这几天，我们太原市公安局龙城派出所民警王某某双脚踩在已被打死的女工周秀云的头发上，昂首放目，气宇豪雄，睥睨天下。

2015年4月4日，美国南卡罗来纳州北查尔斯顿市白人警察斯莱格连开八枪，黑人青年斯科特身中五弹，倒在血泊里呢喃死去。无独有偶。不到一个月，5月2日，我们黑龙江庆安县警察一声枪响，稳、准、狠地将中年"问题"农民徐纯合击毙在火车站进站大厅。

2016年7月，美国警察萨拉莫尼和莱克，开枪杀死非洲裔男子斯特林，还未被起诉，引发全国多个州乃至华盛顿群情愤怒、游行抗议，全世界的国家电视台滚动播出，成为一场吸引天下眼球的火爆大剧。也在这个夏天，我们首都北京发生了著名的"雷洋案"，我们的警察据说也"未被起诉"……

警察，全世界的警察，公权力的"凶器"合法在手，有一千个理由草菅人命，如果有司不为他们洗地、辩污，这个世界就不会有人那么战战兢兢地维护威权的美丽和颐指气使、前呼后拥的荣耀。

于是，在我的亮分板上，很难给警察以高分。

有朋友责备我偏激。我认。古人说"庸福人"，我却最恶心庸人。

记得古贤亚里士多德说过，人生最终的价值在于觉醒和思考的能力，而不只在于生存。今哲伯特兰·罗素也说过，许多人宁愿死，也不愿思考，事实上，他们至死都没有思考。

这是一块似乎不用思考也不准思考、失去了思考能力的精神洼地吗？举世浊醉，清醒何堪？我非圣贤，不能掘泥哺糟，也无意于"深思高举"？！可是，当我捧着沉甸甸的一大摞材料，走马观花一目十行地浏览数卷之后，拊膺长叹，情不能已，当即慨然应允了朋友之约——

这个人，这些事，这位叫陈文亮的英俊警察和他的父亲陈如豪、母亲吴清琴，让我想起来就内中隐隐生疼，不能释怀。我应该写，应该写出来，不然，我真的会良心不安……

那是二十多年前，1997年11月29日的黄昏，深圳巡警陈文亮与父母一家三口聚在一起吃晚饭。小伙子正狼吞虎咽之际，包里的电话响了。

"我是烈辉！"分队长王烈辉在那头喘着粗气，"阿亮，我是烈辉，听清楚了？请回答，请回答！"

"我听着，"陈文亮放下碗，站起来，"请指示。"

王烈辉说，在罗湖泥岗天桥发现嫌疑人杨某，为飞车抢夺团伙首恶，已经确认。让文亮马上增援，用最快速度赶到泥岗天桥会合。再说一遍，泥岗天桥，不得延误！

文亮放下电话，就要出发。

这样的突然通知和电话，夜半有过，凌晨有过，平时有过，节假日也有过，老爸老妈听得多了。老妈说急什么呀，先把这碗饭吃完。老爸倒是豁达，宽容地笑："去吧去吧！"

文亮回过头，扮个鬼脸，一把拉开房门，头也不回地冲下楼去。他拦了一辆的士，很快就和王烈辉、张志军等战友会合，一起上了警车，赶到泥岗天桥，果然发现杨某和他的同党，正在行人匆匆的马路边寻猎目标，准备下手。见巡逻车驶过来，众蟊贼一声呼哨，四下散开，夺路狂奔。

王烈辉等盯紧了杨某，志在必得。而狡诈的杨某见警车穷追不舍，骑上路边一辆大马力摩托，猛踩油门，逆行冲上人行道。警车急打方向盘，欲掉头堵截。却不料，一辆泥头车迎面驶来，警车躲闪不及，只听轰隆一声，警车原地打转180度，重重撞上水泥石墩……

惨剧瞬间发生了！车内警察4人均不同程度受伤，而陈文亮伤得最重，整个头撞向右上方的拉手，正中太阳穴，当场昏迷过去。王烈辉、张志军渐渐醒来，一边用对讲机报告警情，一边大声呼喊"阿亮——"。

陈文亮的口、鼻、耳、脸都在流血，整个头部急剧肿胀，仍在竭尽全力地挣扎。听到战友近乎疯狂的呼喊，他慢慢睁开了眼睛，血溢出来，嘴唇嗫嚅着，不知说着什么；他吃力地抬起右手，一根指头剧烈地颤抖，明显指向腰间的佩枪，一字一顿："替我，替我保管好……"

文亮说完又昏过去了，这一次，再没有醒来……

这一年，陈文亮21岁，从警才两年多时间。可是，就在两年多的时间里，卷宗一摞一摞：他救助过多少人民免受伤害？他阻止过多少流血冲突或刑事犯罪？他抓捕过多少窃贼党羽？

毫不夸张地说，这是一部史诗般的普通巡警的英雄颂歌！

啊，其实，我的内心深处，对警察总有敬畏之情，不管是西方的还是我们的，我并没有职业的偏见。我知道，太原警察王某某等，只是我们警察队伍里的一小撮。

而后面更让我泪奔的故事，是这个年轻警察昏迷之后，他的父亲陈如豪、母亲吴清琴夫妇，自那一天起，开始照顾沉睡中的儿子的起居，端屎端尿，防病防疮，延续儿子旺盛的生命，呼唤着儿子兀然间醒来……

二十多年过去了。

好像一位历史巨人说过，一个人做一件好事并不难，难的是一辈子做好事。二十多年，天天月月，岁岁年年，那位十年面壁而成佛的古贤圣哲，对此会有何种感慨？

人世间不可想象的磨难，这对夫妇一步步地走过来，走到今天，走上讲台，作为精神文明典型，走进了神圣的人民大会堂……

谁能够不声不响、无休无止地重复如此漫长而浩繁的辛勤劳作？可与之媲美的，窃以为只有天上的太阳和月亮……

在我的意念中，对植物人警察陈文亮来说，这一对平凡而又非凡的父母，就是天上的太阳和月亮。

我们如此庞大的宣传机器，应该是人类史上的奇观。我们呼喊什么，大概是社会最稀缺最需要什么吧。

陈如豪和吴清琴，被这个时代所认可，得到了这个时代的最高荣誉，一点也不值得奇怪。但对我来说，最让我惊异的是，当单位决定给昏睡中的陈文亮分福利房时，陈如豪夫妇竟因儿子尚未结婚成家而坚决拒绝了。负责分房的领导同志对陈如豪夫妇交口称赞，以为是"厉行原则，不越规矩，严守底线，是当代文明社会最难得的契约精神……"。

"春秋无义战"。那是华夏板块最为美丽的瞬间：百花齐放，百家争鸣。

诸侯兼并征伐之中，宋、楚泓水之战，史家以为是东方伦理板块贵族消亡的最后一役，仅源于一个人的贵族精神而被诮讽千年的悲剧——

两军大战，宋襄公（兹父）依然奉行斯时诸侯们约定的"君子不重伤，不禽二毛，古之为军也，不以阻隘也。寡人虽亡国之余，不鼓不成列"的战场原则。也同样是这个时候，晋文、秦穆、楚庄等一个个英雄粉墨登场，轮霸中原，其秘籍仅仅是"兵行诡道""兵不厌诈"——不按规矩出牌，将流氓手段玩得炉火纯青、天花乱坠。

宋襄公以自己的失败和后世人趋炎附势的笑骂，埋葬了东方的贵族精神。尽管司马迁以为："襄公既败于泓，而君子或以为多伤中国阙礼义，褒之也。宋襄之有礼让也。"但随着秦的一统，一次次改朝换代不过是一个个流氓头子君临天下，对宋襄公的污名便成了对自己厚黑人格的最好漂白。宋代著名文豪苏轼，更是以《宋襄公论》，将这位倒霉的迂腐国君钉在了耻辱柱上，遗臭至今。

"识时务者为俊杰""好汉不吃眼前亏"。东方的"俊杰"和"好汉"是些什么人，也就路人皆知了。

于是，我想到了陈如豪、吴清琴夫妇，他俩真是"不识时务"，当然谈不上"俊杰"。

但是，他们俩的故事，和宋襄公的故事一样，正是这个时代所特别"稀缺"的精神——契约精神，我才满怀敬意地在此尽我所能，大写一笔……

浮世物语中的人格救赎

　　一个时代的优秀文学作品，是这个时代的缩影，是这个时代的心声，也是这个时代千姿百态的社会风俗画和人文风景线，更是这个时代的精神和情感的结晶。

　　法国文坛怪杰拉布吕耶尔的《品格论》，以纵横捭阖的视野与近乎白描的艺术手法展现了法国巨细无遗的市井百态、人性善恶。法国路易十四王朝光环下的支离破碎、繁荣下的弊病丛生在作者的生花妙笔下展露无遗。

　　作为一部倾尽作者毕生心血、不断修订增补完善的沥血之作，《品格论》无愧于"法国文学中一部具有划时代意义的散文名著"的美名。这是一部辞藻丰富、变化繁多、哲理深邃、技巧圆熟的讽世性散文集，全书由箴言录式的短章和勾勒某些典型人物肖像的特写两种文体组成，继承并发展了自亚里士多德以来西方源远流长的经典文学社会观念，成为17世纪法国封建古典主义文学向民主启蒙主义文学转变的开启之作。

　　拉式思想语丝——

　　　　我们向外界追求自己的幸福。我们明知一些人是拍马专家，明知他们伪善、不公，充满妒忌、任性和偏见，却还在他们的看法中追求自己的幸福，多么荒谬！

　　　　嘲讽往往是才智贫乏的表现。因为"才智贫乏"，因为"有办法"，因此就以伤害他人的自尊为利器。

　　　　一起幻想，同他们聊天，或者什么都不同他们聊，想到他们，想一些无关紧要的事情，但只要是同他们待在一起，这就足够了。

奉承者对自己或他人的评价总是不够高。

成功之路有两条：靠自己的努力或靠他人的愚蠢。

不幸起因于不能承受孤独。

这些箴言体高度概括、精练而又深刻，充分表现了古典主义语言明朗清晰、简练精确的文风。而肖像部分则往往以真人真事为蓝本，但不用真实姓名。作者只用寥寥几笔，就刻画出一种典型品格的典型人物，从而形象地批评某种时弊或某种"品格"，一针见血，发人深省。

《品格论》是一部浮世物语式的散文集，拉布吕耶尔希望通过他的作品，振奋人心，消除颓靡，帮人类重新找寻一个自我重生的坐标。他着眼于"浮世"中的大千世界，用细致的笔触为读者展现了一幅17世纪法国社会的人物风俗画；同时，他也试图以"物语"式的笔法解剖社会、洞穿人心。他以坦率和讽刺的语言描写他所观察的社会与人物，他对贵族、宗教异端和拜金主义者的讥讽与批判尤其严厉。他身处时代洪流之中，作品中充满了对所处时代的道德说教与辛辣讽刺，然而他并不止步于此，他的眼光与思想超越了时代的局限，实质上成为对人类社会普遍存在的人性弱点的严厉批评与人格救赎。

在大浪淘沙的历史进程中，人类社会经历了多次变革，无论是社会运作形态还是社会组织机构，乃至于社会生产方式都发生了前人无法预知的改变。然而无论社会如何沧海桑田，人类心灵深处的普遍弱点却从未改变，人性中的伪善矫饰、阿谀奉承、高谈阔论、粗鄙、贪婪、无耻、不识时务、愚蠢、凶蛮、迷信、猜疑、虚荣、吝啬、吹嘘、骄傲、恐惧、诽谤，依然像毒瘤一样制约着社会的发展与人类的自我完善。人类相处的基本模式也没有发生本质的改变，精神产品、个人长处、城市、家产、习俗、时尚、大人物、讲经传道、无神论等依然是影响社会生活的重要因素。这也是拉布吕耶尔作为一名道德文学家，其作品能够穿越历史尘寰，影响当代社会的根本原因。

《品格论》用明白晓畅的文字表达了作者对理性主义的见解，对社会人性的诠释，全书用极大的篇幅刻画人物品格，褒贬道德优劣，一面反对现实生活众多不道德的物事，一面提出他心目中理性主义的理想人物形象与品格。拉布吕耶尔以一种道德圣人的姿态，站在俯瞰世间百态的高度，充当了人性评定者与道德救赎者的角色。

纵观人类发展的历史，关于社会救赎方式的争论从未停止，罂粟与菩萨是人类最早、最直观的信仰，他们具有内在的同构性——都能让人产生迷醉并获得满足。前者是物质层面的醉生梦死，后者是心理层面的精神胜利，他们以终结者的姿态让人直接绕过不堪入目的暗淡现实，在"布满灰尘和牛粪的路上突然望见远处的雪山"，然而这种救赎是不完整的，或将人类的普遍痛苦抛诸脑后，或将救赎的希望寄托于未知的世界。

在道德学家拉布吕耶尔的眼中，这样的救赎是自我的、狭隘的、不负责任的，救赎社会的唯一途径应该是在道德层面上提升人类的尊严与底线，通过对人类瑕疵的摒弃和对高尚道德的尊崇达到救赎人性、救赎社会的功效。他希望借助道德的力量剖解社会，振奋人心，拯救一个时代的道德，挽回一个时代的颓势。

当今中国，伴随着经济社会的快速转型、各种不良风气的涌入与蔓延，因为时代精英们的"示范"效应，社会道德出现普遍滑坡，享乐主义、金钱至上、仇官仇富等不良的社会思潮愈演愈烈，并引发了一系列社会问题，严重影响了人性的完善与社会的和谐发展。在这样的历史坐标系下，道德救赎日益成为社会呼吁的中心话题，拉布吕耶尔的《品格论》以其救赎时代颓废的姿态，箴言式发人深省的表达方式，深邃而特立独行的见解，以及对肖像人物道德品格的褒贬而具有了某些指导道德回归与社会进步的特殊意义。

教育学之父赫尔巴特认为："道德普遍地被认为是人类的最高目的，因此也是教育的最高目的。"怀着这种崇高而未实现的理想，认真解读拉布吕耶尔的《品格论》，结合时代的缺点与痼疾，或许会对我们的社会与个人的发展产生广泛而深刻的教益。

"有三件事人类都要经历：出生、生活和死亡。他们出生时无知无觉，死到临头，痛不欲生，活着的时候却又怠慢了人生。"

品读拉布吕耶尔的《品格论》，希望我们都不会在活着的时候怠慢了我们的人生。

岭南某生

岭南某生，中原人士。京都某著名学府读研毕，自负腹中有物，壮志南漂，冀为政商巨眼所重。然其清高和寡，狷介耿直，大为同侪所恶，屡遭汰弃。倏忽蹉跎十余载，年近不惑，犹蜗居陋巷，形同丐者。幸有李某、雷某等二三同窗故旧时以微信红包周济，方不致冻馁。

一日李、雷招饮，薄有醉意。李、雷嘱其的士以返。某甚拮据，窃想越一山丘丛林，即所居之城中村也。挥别后信步街衢，觅小径而登荒岭，拨枝蔓而拂黄叶，于一盘石支颐拈花，卧听鸟语。松风拂面，落霞在目，可谓心旷神怡也。

呜呼，真乃天有不测风云！恣意驰骋间，兀地兽吼雷鸣，扑来两头大物，藏獒也。某自忖休矣休矣。两獒甫及其身，正欲大快朵颐，却戛然止住，扭头龇牙，相对作厌恶欲呕状。某惶急号叫，来一妙龄女子，若仙人也，嗾獒去，慰之曰："若俩男生兽性未改，好食人肉，惊先生乎？甚憾。此卡乃吾一宵之资，留与先生压惊若何？密码即在卡上。"某屏息睇注，似曾相识，悟其乃影视巨星也。某口不能言，神魂都失。恍惚间，已不知女子所在，唯金卡在手，有暗香浮动。

某踉跄以归，急急于银行柜员机查卡，百万也！某本超迈，宠辱难惊，此时五内激荡，情不能已，把弄其卡，摩挲于膺，一夜不曾交睫。直至曙光临窗，街市噪响，才酣然入睡。

噫！何哉？某竟为二皂衣人两腋相挟，飘飞如絮，掷于丹墀之下，令跪。某强项抗声曰："某只跪天地国亲师。是何世界，竟辱丈夫？""大丈夫又如何？"一博带轩冕者缓步于前，狮鼻豹眼，虬髯狰狞，若剧中王者，喝道，"汝知罗阎天子否？"某素疏狂放诞，也不甚惧，唯颔首而已。王捋须曰："汝性孤高，是吾所爱。吾不忍汝遏庸偃塞，潦倒以终，故遣二噬人兽——实乃豪门家宠取汝性命，再生富贵人家，汝一得厚葬，二可附骥成名。然那饕餮物谓汝之皮囊龌龊甚不堪咽嚼。吾颇奇，着鬼吏勘得，汝幼食夺命之奶粉，日饮污秽之浊流，三餐百药以果腹，汝实乃巨毒之身，有甚于砒霜鹤鸩万千倍也。兽尚厌弃，孰不惧哉？"某一哂，小有快意。王曰："汝既不得死，吾欲摄汝魂魄，判别微贱此命，另就权贵皮囊，不亦乐乎？"某窃以为妄，但唯唯。王曰："富二代，红三代，影视名流，汝欲何之？"某略一顾盼，仰首曰："王若许，可为高官乎？"王解颐，笑曰："汝欲何官？贪耶？庸耶？廉耶？"某旦旦曰："吾乃清官！"王挥袂曰："善。"

某立起，已危坐于巨案之首；两侧十数贵介，皆谀笑以目。某厌甚，拂袖出，示秘书速调李、雷等故人，各司要职。秘书讶曰："首长小恙三日，竟忘耶？李、雷等故去久矣。"某大惊而恸，泣曰："彼等青春茂年，如何早夭？"对曰："首长又忘耶？"但木讷斜睨，若惑焉。某切齿曰："彼等皆清流高洁忧乐天下者，必为奸人所算！汝速示有司彻查，吾将上达天听，严惩群丑，以慰泉下鬼雄！"

某即命驾，谒李某、雷某高堂。警队开道，副首亲随，叫嚣隳突，路人屏立，某不觉威凛自德，颐颊生霜，始知为尊者贵。道经一市中山林，某忆为葵惊处。车仗直入环山豪宅区。副首恭谦甚笃，援引下车，遥指一摩天楼宇，附耳曰："上月楼市大涨，首长A栋，价已百亿矣。"某错愕：咄！百亿何来？作嗔怒曰："汝污吾乎？"副首笑而不语，屏退左右，与秘书拥某入一独立别墅。花木掩道，泉吐珠玉，远绝尘寰，仙境也。入得室来，大厅屏列玉雕，穹挂彩虹，珠栏画檩，金碧辉煌，龙王到此也堪羞焉。副首伪咳，秘书会意，伛偻以引，领某至一铁门前。门甚阔，多锈且陋。秘书曰："此乃首长别墅之密室，为声控。唯首长语音门可开也。"某曰："何语音哉？"秘书曰："唯首长切切于中之大言也。"某即挺胸收颐，旦旦而吼："吾乃清官！"怪矣哉！锈蚀之铁物戛然蠢动，排闼而开。室内华灯竞放，耀人眼目。某凝视，但见中有黄物垒砌，状若城郭；两侧水红大币捆如牧草，工整壁立，直接穹顶。盈盈一室，仅可侧身移步。某尝得李、雷微信视频，言某巨贪敛财如斯，甚恨。吾乃其辈乎？某不觉内中痉动，惭惧交加，面若死灰，嘿然而出，踽踽至厅无一言，若梦游也。

副首趋前，扶坐，私语曰："李、雷等不识时务，挑战规则，坏吾政誉，是大逆也，合当殄灭。首长勾当其案，熨平朝野，乃国之大幸。是以在局者私献A栋及别墅等薄仪于首长，输其诚也。"某稍色霁，曰："贪者亦有功乎？"副首笑曰："首长是何言哉？九衢红尘匆匆过客，皆为利来利往；八字衙门碌碌经理，无非大贪小贪。"某怫然瞠目曰："汝贪乎？"副首甫一沉吟，亦正色曰："某非世外人，哪得清寡茹素？即便佛门中人孰为青灯枯禅耶？硕德高僧皆大富贵，况为口腹所累者乎？"某垂首默然良久，叹曰："罢、罢。重瞳羞回江东，非战之罪；仆食言于阎君，是势所趋。官箴初心，初心安在哉？"

是夜，某寝于别墅，私谓秘书曰："某星近在咫尺，可招乎？"秘书笑而颔可。某于怀中出一卡，曰："闻其一宵之资不过如此。汝速招之，资费倍之。"须臾，女果至。巧笑倩兮，美目盼兮，真可倾人国焉。而床第之欢，犹销魂也。云雨毕，如约倍价之。女返卡，曰："能得首长殷殷眷顾，幸甚矣。小女子有不逊之请，唯祈首长恩准。"某笑曰："卿试言之。"女曰："若两獒，实闺中友。然面目凶恶，不齿于人。窃闻首长与阎王有旧，若与王缓颊，假人皮于两兽，首长即再造父母也。"某颇踟躇。女娇弄于怀曰："小女子与首长肌肤相接，颠倒衣裳，枕席之爱甚于伉俪，何吝区区一言乎？"某向慷迈，曰："罢。卿且回，但候好音。"

女翩然去。某困欲眠，竟匍匐于阎罗殿前。阎罗步下丹墀，铁面秋肃，大异于前。某伏跪欲语，然战战惶悚，唇齿若僵，艾艾而已。王笑曰："君临民三日，飞扬跋扈，何前倨而后恭耶？真乃无欲者刚，有亏者怯乎？"某觍颜强笑曰："仆受人之托……"王戟指怒曰："汝休言！朝廷命官，汲汲于夜度娘之请，真柳七乎？汝背师叛友，贪墨无行，不堪雕坼甚矣！"某羞惭无地，涕泗横流。王太息曰："吾知汝本纯良，罪非汝性，乃汝体囊之荼毒入髓，体之祟祸也。"某仰首切切曰："王救我。"王曰："汝愿受雷电之击，暴雨之毁，弃此敝体而登西天乎？"某肃然合掌，伏叩再三。

俄顷暴雷訇轰裂宇，电光炽烈炫目，骤雨倾盆沐体。某以手拂面，惊觉。二三巡山协警，正以手电照射，着清水淋头也，责之曰："汝何人？醉至于此？"某面目淋漓，嘿然跌坐良久，忽作狂笑不可止。

嘻，若是梦，不亦异哉。

『在别处』的迪生

王月鹏

在《桃江流浪到天河》这部散文集中，我们可以看到一个更真实的迪生，看到他这些年所走过的路，看到他一路上遇到的人和事，以及他的所爱与所思。他的文字是抒情的，这抒情里有着一份理性底色；他的文字是安静的，这安静里沉淀了人世间的众声喧哗；他的文字是素朴的，这素朴里潜隐着汹涌的热情。他用这样的文字构筑了一个人的"岭南"。

流浪，是迪生对自我生命状态的一种概括，或者也可以说这是他对精神追求的另一种表述。他一直觉得自己应该是"在别处"的，别处未必有更好的风景，他并不期待所谓风景；别处也未必有更理想的生活，他对生活似乎没有太多奢望。他从江西信丰辗转到了岭南，先后做过美工、秘书、导游、婚纱摄影师、建筑助理工程师、公务员、新闻工作者、刊物负责人，地理空间的不断变换，身份角色的不停转换，都成为他观察社会的不同视角。他在历史和现实、远方和当下、人与世界的缝隙里，认真谛听来自内心的声音，记录自己的所见与所思。工作和生活安定下来以后，迪生仍然保持了这样一种流浪感，从未放弃对此在的省察和对远方的惦念。他的这种流浪感，我更愿视之为精神自觉，这对于一个报告文学作家来说尤为可贵。他在报告文学写作中追求和发现真善美，把困惑留给自己，以自己的方式来处理所有的精神难题。他的介入现实的路径，他的处理问题的方式，都是迪生式的。这个看法，是在鲁院时就有了的。记得鲁院结业时，朋友们彻夜长谈，迪生不疾不徐地说了一些事，我才恍然意识到，四个月朝夕相处，同学们心目中的这个阳光大男孩，竟然一个人在心里装下了这么多的事。他是善良的，也是犹豫的。他的犹豫，是因为他的善良，他不想对任何人造成伤害，宁肯自己承受伤害。包括日常相处中，朋友们时常开玩笑，把一些八卦消息故意强加到迪生身上，他并不用力反驳，只是双手一摊，叹息一声，再叹息一声，似有无奈，这就算是他的辩解了。鲁院学习结束后，我与迪生见过两次面，谈及往事，谈及文学圈的一些事，他依然还是这样双手一摊，很无奈也很超脱地叹息一声。这么多年了，现实并没有改变他，他依然还是当年的那个阳光大男孩，依然还是那个午夜时分站在育慧南路的马路牙子上给朋友们大声朗诵诗歌的迪生。

迪生的文学岭南，内在地包含了他的故乡江西信丰。可以说，故乡一直是他观照世事的参照。他从桃江出发，一路流浪到了天河，不管遭遇怎样的挫折与磨难，最初出发时的那颗本心始终不曾改变。他的悲悯，他的善良，他的对于很多现实事务的犹豫，都是他的内心世界最真实的表露。按照世俗逻辑，迪生似乎应该有更大的发展空间，具备更多的成长可能性。他在现实中似乎并不顺畅，一些在别人那里可以"顺理成章"的事，在他这里会纠结，会卡顿，他离某些东西似乎总是只差那么"一点点"。我恰恰是从这"一点点"来看待和理解迪生的。他对自己有要求，什么该做什么不该做，什么该说什么不该说，他的内心是有尺度的，他在坚持和捍卫这个尺度。我一直觉得，看一个作家，不能只看他写了什么，更要看他不写什么，从他的拒绝里，可以看到他的精神坚守。一个在现实中始终顺风顺水的人，一个在作品之外获得了太多东西的作家，大多是经不住质疑和追问的。

迪生把对于写作的梦想，对于故乡的怀想，以及对于现实的爱与困惑，都寄托在了散文中。他并不注重所谓文体探索，散文对他来说只是一种素朴的表达，是从心灵到心灵的书写。他在散文中写下了他的爱与孤独。他与自己对话，把明亮的说出来，把其他的留在心里。

这部作品，是迪生的散文合集，我们从中可以看到迪生作为一个报告文学作家的日常，他对于生命和生活的理解。作为朋友，我从他的这些文字中，看到了他的淡定和锋芒、沉思和追问、固守和找寻，也看到了他的隐忍，他的欲言又止。

时常想到迪生，想到朋友们在鲁院朝夕相处四个月的时光，那是生命中最珍贵的一段文学记忆。转眼，十年过去了。

■ 王月鹏，当代作家，一级文学创作。主要作品《怀着怕和爱》《海上书》《黄渤海记》等。曾获百花文学奖、泰山文艺奖、在场主义散文奖。现居山东烟台。